KB262342

장담 新무협 판타지 소설
FANTASTIC ORIENTAL HEROES

광룡기 1권

장담 新무협 판타지 소설

초판 1쇄 찍은 날 § 2009년 4월 8일
초판 1쇄 펴낸 날 § 2009년 4월 17일

지은이 § 장담
펴낸이 § 서경석

편집장 § 문혜영
편집책임 § 서지현
편집 § 문정흠

펴낸곳 § 도서출판 청어람
등록번호 § 제1081-1-89호
등록일자 § 1999. 5. 31
어람번호 § 제2-1721호

주소 § 경기도 부천시 원미구 심곡2동 163-2 서경B/D 3F (우) 420-822
전화 § 032-656-4452 팩스 § 032-656-4453
http://www.chungeoram.com
E-mail § eoram99@chollian.net

ⓒ 장담, 2008

ISBN 978-89-251-1765-2 04810
ISBN 978-89-251-1521-4 (세트)

장담 新무협 판타지 소설
FANTASTIC ORIENTAL HEROES

狂龍記
광룡기

10 광룡귀환 [완결]

도서출판
청어람

目次

第一章
광룡은 그런 놈이었다

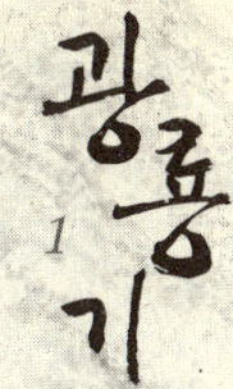

신기영이 항주에 도착한 섯은 축시가 지날 무렵이었다.

"단주, 신기영이 왔습니다."

이무환은 영호승의 말에 자리에서 일어났다.

"들어오라고 해."

방으로 들어온 신기영은 땀으로 후줄근하게 젖은 상태였다.

"찾았나?"

"예, 찾았습니다, 단주님."

신기영은 유철상에게 들은 말을 빠르게 해주었다. 그리고 유철상이 부상을 당했다는 것도.

"…그 바람에 유 대협은 대웅과 함께 천천히 오겠다고 하셨습니다."

유철상의 정보는 완벽했다. 더구나 적의 공격 시간까지 알아내고, 잠풍련 무사의 존재를 발견한 것은 뜻하지 않은 성과였다.

그러나 유철상이 심한 부상을 입었다는 말에 즐거운 기분이 한순간에 스러졌다.

'놈들을 발견했으면 그냥 물러나지…….'

이무환은 입맛을 다시며 영호승을 불렀다.

"멋쟁이, 사람들을 깨워서 모이라고 해."

"예, 단주."

"꼬챙이와 단칼은 검운장에 가서 상황을 알려."

혁수린과 단우경이 고개를 숙이고 몸을 돌렸다.

이무환이 그 뒤에 대고 한마디 더 했다.

"가거든 우리 꼬맹이에게도 말해주고, 놈들을 상대할 좋은 대책이 있으면 다 꺼내놓으라고 해."

이각 후.

유철상이 알아낸 정보가 검운장에도 전해졌다.

검운장이 발칵 뒤집히고, 간부들이 검신전에 모여들었다.

"그게 사실이오, 나 령주?"

백혜 대사의 눈이 나철위를 향했다.

"방금 연락이 왔습니다. 오전 중에 적의 공격이 있을 거라고 합니다."

"그들이 정말로 공격할 가능성은 얼마나 된다고 보시오?"

"지금으로 봐서는 팔구 할가량의 가능성이 있다고 봅니다."

"허어, 이거 큰일이로군."

숫자가 일천이 넘는다 했다. 예상했던 것보다 훨씬 많은 숫자다. 적의 지원 무사들이 도착했다는 정보가 사실이라는 말.

물론 사실인지 아니면 과장된 인원인지는 확실치 않다. 그래도 사실이라는 전제하에 철저히 준비해야만 한다.

문제는, 적의 숫자가 너무 많다는 것이었다.

과연 철저히 준비한다고 해서 검운장의 현 인원만으로 적을 막아낼 수 있을까?

솔직히 자신없었다. 그것은 백혜 대사만이 아니라 장내의 간부들 대부분이 같은 마음이었다.

"일단 항주의 각 문파에 사람을 보내 무사들을 최대한 지원받도록 합시다."

하지만 제갈도만은 백혜 대사의 말을 들으며 입술을 질겅질겅 씹었다.

호연청과 밀천회의 고수들이 악귀와 함께 있다.

그들이 있는 이상 비관적인 상황만은 아니다.

한데 그 말을 할 수 없으니 목구멍이 근질거려 미칠 것 같았다.

'끄응, 그냥 다 말해 버려?'

그때 검신전 밖에 서 있던 위사가 안에 대고 외쳤다.

"천태 도장님께서 오셨습니다!"

"안으로 모시게나."

문이 열리고 천태 도장이 안으로 들어섰다.

그 혼자만 온 것이 아니었다. 나이 어린 소녀가 그를 따라 안으로 들어왔다.

남궁산산이었다.

"그대들에게 소개할 사람이 있어 왔네."

천태 도장의 말에 사람들의 눈이 남궁산산을 향했다.

함께 온 사람은 어린 소녀뿐이다. 왜 저 소녀를 소개하겠다는 걸까?

천태 도장이 남궁산산을 바라보았다.

남궁산산은 빙그레 웃으며 입을 열었다.

"소녀는 남궁산산이라고 해요."

정천무림맹의 간부들은 남궁산산이라는 이름에 해연히 놀란 표정을 지었다.

구양진이 반문하듯이 물었다.

"남궁세가의 빙심소혜?"

"맞아요, 구양 어르신."

"허어, 남궁세가의 자랑이라는 네가 여긴 무슨 일이더냐?"

"소녀에게 적을 상대할 방법이 있어요. 물론 여러 어르신이 도와주서야 하겠지만요."

몇 사람이 눈살을 찌푸렸다. 나머지 사람들도 탐탁지 않은 표정을 지었다.

아무리 빙심소혜의 혜지가 뛰어나다 해도 이제 겨우 열대여섯의 어린 소녀다.

그런 소녀를 믿고 수백 명의 목숨을 맡길 수는 없는 일이 아닌가.

예상했다는 듯 천태 도장이 힐난조로 말했다.

"일단 들어보시게. 적을 상대할 방법이 있다면 어린아이의 손이라도 빌려야 할 상황이 아닌가?"

듣기 좋은 말은 아니었지만, 사실이 그렇다.

사람들이 별다른 이견을 달지 않자, 백혜 대사가 불호를 외며 입을 열었다.

"아미타불. 좋습니다, 그럼 일단 여시주의 말을 들어보도록 하지요."

곧 남궁산산이 자신의 계획을 말하기 시작했다.

한데 그녀가 입을 연 지 반 각도 되지 않아 몇 사람이 시큰둥한 표정을 지었다.

"너무 비겁한 행동이 아닌가?"

"정도를 걷는 사람이 어떻게……."

웅성거리며 흘러나오는 말투에 비아냥거림이 가득하디.

남궁산산은 싸늘하게 굳은 표정으로 정천무림맹의 수뇌들을 둘러보았다.

"동료들이, 제자들이 죽어가도 보고만 있을 건가요? 이건 비무가 아니에요. 전쟁이에요. 저들도 여러분들처럼 정당한 대결을 할 거라고 보는 건가요?"

우내혁이 눈살을 찌푸린 채 반문했다.

"그걸 누가 모르겠느냐? 하나 그들에게는 그들의 방식이 있고, 우리에게는 우리의 방식이 있다. 우리가 저들과 같은 방식으로 싸운다면 우리도 똑같은 사람이 되지 않겠느냐?”

“그럼 밖으로 나가서 저들과 정면으로 싸우지 그러세요? 왜 여기에 앉아서 고민하고 있는 거죠?”

“그거야…….”

“전쟁에서 적을 기만하는 것은 당연한 병법 중 하나일 뿐이에요. 적의 힘을 역이용하는 것도 마찬가지고요. 손자병법이나 육도삼략의 병법 중 많은 부분이 그러한 것인데, 그럼 그 병법들이 모두 사마도의 병법이던가요?”

사람들은 헛기침을 하며 슬며시 고개를 돌렸다.

어린 소녀에게 일침을 맞은 게 기분 나쁜 듯 대놓고 이마를 찌푸리는 사람도 있고, 내심 그 말이 옳다 생각했는지 고개를 끄덕이는 자도 있었다.

그때 남궁산산이 싸늘한 표정으로 말했다.

“어쨌든, 이것 하나만큼은 분명한 사실이에요. 죽이지 못하면 우리가 죽는다는 것. 어떻게 하실 건가요?”

가만히 보고만 있던 천태 도장이 물었다.

“네 생각대로 했을 경우 승산은 얼마나 되느냐?”

“적에 대해 완벽히 알지 못하는 만큼 당장 승산을 말할 수는 없어요. 하지만 이것 하나만큼은 분명히 말씀드릴 수 있어요. 적어도 하지 않는 것보다는 승산이 훨씬 높아진다는걸요.”

천태 도장의 깊게 가라앉은 시선이 우내혁과 구양진을 거쳐 백혜 대사에서 멈췄다.

그리고 선언이나 다름없는 강한 어조가 천태 도장의 입에서 흘러나왔다.

"결정하시게. 만일 이 아이 말대로 하지 않을 거면, 검운장 밖으로 나가서 싸우게나."

*　　　*　　　*

그 시각. 이무환도 혁수린에게서 남궁산산의 계획을 들었다.

"그래? 꼬맹이가 그렇게 말했단 말이지?"

"예, 단주. 그러니 차라리 안으로 끌어들이는 게 낫다고 했습니다."

"흠, 그것도 나쁘지 않군."

항주 외곽의 넓은 곳에서 놈들을 상대하는 게 낫지 않을까 생각했다. 좁은 곳보다는 넓은 곳이 움직이기 나을 거라 본 것이다.

한데 남궁산산은 자신과 반대로 검운장으로 끌어들이자고 한다. 좁은 곳이라면 자신에게 적절한 방법이 있다면서.

물론 남궁산산의 계획대로 할 경우 당장은 피해가 많을지 몰랐다. 하지만 나중을 생각하면, 오히려 희생을 줄이는 길일 수도 있었다.

'꼬맹이가 조금 독하긴 독하단 말이야.'

그때 혁수린이 남궁산산의 말을 마저 전했다.

“그리고 단주의 아버님과 노장주님을 이곳으로 옮기면 어떻겠냐고 하셨습니다.”

“아버지와 외조부님을?”

최악의 경우를 생각하지 않을 수 없는 일. 이무환은 남궁산산의 계획을 받아들이기로 했다.

“좋아, 그건 그렇게 하고……. 멋쟁이, 가서 영감들 다 오라고 해! 형님도 오라고 하고. 계획을 다시 짠다!”

이무환이 제법 큰 소리를 내지른 순간, 객잔의 건물이 지진이라도 만난 듯 흔들리고, ‘영감’ 들의 구시렁거리는 소리가 여기저기서 새어 나왔다.

“빌어먹을 놈.”

“끄응, 좌우간 주둥이하고는…….”

“아직 손자도 안 봤는데…….”

2

새벽 어스름이 어둠을 밀어낼 무렵.

십여 척의 커다란 배가 전당강을 타고 내려와 항주 서쪽 십리 지점에 사람들을 쏟아냈다.

묵운방과 마도의 연합 세력이었다.

위지호천과 경충문 등 묵운방과 마도 연합의 수뇌들은 그중 다섯 번째 배에서 내렸다.

그들이 내린 순간 기다렸다는 듯 한 사람이 재빨리 그들에

게 다가갔다. 묵운방의 정보를 책임지고 있는 비운당의 무사
로, 항주에 파견된 정보원들을 이끌고 있는 자였다.

"비운당의 장소안이 삼공자를 뵙습니다."

위지호천은 무릎을 꿇은 장소안을 향해 나직이 물었다.

"놈들의 움직임은?"

"항주의 문파들이 백오십 명의 무사를 지원했습니다만, 그
일을 빼고는 별다른 변화가 없는 상황입니다."

"그래?"

만족한 듯 위지호천의 눈에 진한 살기가 떠올랐다.

흥분한 듯 붉은 기운마저 느껴지는 눈빛이었다.

'이럴 때는 계집이 하나 있어야 하는데……'

피를 보며 여인의 목을 조르고 싶었다.

아름다운 계집일수록 더 좋을 것이었다.

'별수없지. 검운장을 무너뜨린 후 마음에 드는 계집을 찾는
수밖에.'

위지호천은 혀로 입술을 슬며시 핥으며 명을 내렸다.

"싸움이 끝날 때까지 안심해서는 안 될 것이다. 혹시라도 거
치적거리는 놈들이 없는지 세세히 살피도록 해라."

"예, 삼공자!"

위지호천은 장소안이 떠나자 담담해진 표정으로 몸을 돌렸
다.

"가시지요, 태상."

삼십 리에 걸쳐 퍼져 있던 흑도 방파의 정보원들이 그들을 발견했다.

일반 무사들은 몸을 숨기고, 천마교 마월당의 무사만이 전력을 다해 항주로 달렸다.

촌각을 다투는 상황.

이무환은 그들의 도착 소식을 듣고 곧바로 검운장에 사람을 보냈다.

검운장의 모든 무사들은 언제든 적을 맞이할 수 있도록 준비를 마친 상태였다.

그들은 이무환에게서 사람이 오자, 즉시 계획했던 대로 움직였다.

칠백 무사가 각오를 다지며 각자의 자리를 찾아갈 무렵, 묵운방과 마도의 연합 세력이 항주로 들어섰다.

그들은 고요한 항주의 새벽길을 달려 검운장으로 접근했다.

쏴아아아아…….

검은 안개가 바람에 밀려 몰아닥치는 듯했다.

그 시각, 검운장의 무사들은 담장에 바짝 붙어 적이 들어오기를 기다렸다.

모두가 살얼음을 밟고 선 것 같은 표정이었다.

"놈들이 온다!"

누군가가 소리쳤다.

동시에 수백 명이 까마귀 떼처럼 담장을 날아 넘었다.

장원 안에는 군데군데 깃발이 꽂힌 곳이 있었는데, 담장을 넘은 자들 중 상당수가 그 안으로 내려섰다.

순간이었다.

깃발이 꽂힌 곳에 내려선 자들은 당황한 표정을 지으며 주위를 두리번거렸다.

갑자기 안개가 가득 차 앞이 보이지 않는 것이다.

남궁산산이 펼친 진세로 인한 현상이었다.

하지만 대부분은 진세를 벗어난 곳에 내려선 상태였다.

담장에 바짝 붙어 있던 정천무림맹과 검운장의 무사들은 그들을 향해 일제히 달려들었다.

정천무림맹의 무사들로서는 상대의 등을 공격한다는 것이 마음에 들지 않았다.

하지만 지금은 단순히 승부를 가리기 위한 비무를 하는 것이 아니었다.

─죽이지 못하면 죽는다!

오직 그것만이 진실이었다.

갑자기 동료들이 우왕좌왕하자 진세 밖에 있던 묵운방과 마도 연합의 무사들도 당황했다.

그러던 차에 이어진 후면 공격은 상당한 효과를 발휘했다.

순식간에 수십 명이 쓰러지며 검운장 안이 비명과 신음으로 뒤덮였다.

"사정 봐주지 말고 쳐라!"

"마도 놈들을 죽여라!"

정천무림맹의 무사들은 사기가 충천해서 적을 몰아쳤다.

묵운방과 잠풍련의 최정예고수들이 날아든 것은 바로 그때였다.

위지호천이 냉랭히 코웃음 치며 외쳤다.

"흥! 제법이다만, 그 정도로는 우리를 막을 수 없다! 모두 쓸어버려라!"

묵운백령과 잠풍련의 고수들 대부분이 우내혁과 구양진 등이 있는 정천무림맹의 중심을 향해 해일처럼 쇄도했다.

"놈들을 막아라!"

"뚫리면 끝장이다! 목숨을 걸고 막아!"

싸움이 본격적인 궤도에 오른 상황. 제갈도도 더 이상 참지 못하고 소리쳤다.

"조금만 버티시오! 곧 도와줄 사람들이 올 것이오!"

검을 뽑아 든 우내혁이 의아한 표정으로 제갈도를 바라보았다.

"무슨 말인가, 제갈 단주? 누가 온단 말인가?"

"밀천회에서 몇 명의 고수들이 합류할 겁니다!"

"밀천회라고?"

"아마 근처에서 기회를 엿보고 있을 겁니다! 그분들이라면 놈들의 주력을 막을 수 있을 겁니다!"

제갈도가 거짓말할 이유가 없다. 사실이 그렇다면 최악의 경우는 피할 수 있을 터.

우내혁은 검을 쥔 손에 힘을 주고 소리쳤다.

"곧 지원 무사가 올 것이다! 전력을 다해 적을 막아라!"

그때였다.

검을 뽑아 든 경충문이 우내혁을 향해 날아들었다.

"으하하하! 진천검왕 우내혁! 오늘로서 우내십존 중 셋의 이름이 지워질 것이다!"

그리고 환비도 구양진을 향해 소리없이 접근했다.

'우내십존의 이름이 얼마나 허명이었는지 알려주마!'

＊　　　＊　　　＊

한편, 이무환은 검운장 서쪽 삼십여 장 떨어진 건물에서 적의 움직임을 살펴보았다.

서쪽과 남쪽에서 적들이 담장을 넘었다.

그중 서쪽으로 몰려든 자들이 주력이다.

그는 적이 모두 안으로 들어간 다음에야 움직이기 시작했다.

"계획대로 움직이쇼! 적을 칠 때는 폭풍처럼 몰아쳐서 정신을 차릴 틈을 주지 밀고! 자! 가자고! 한 번에 끝장내는 거야!"

약간의 시간 차이로 희생자가 더 많아질지 모른다. 그러나 분산된 적을 치는 것보다 훨씬 더 효과적인 공격이 될 터. 희생을 감수하지 않을 수 없었다.

건물에서 니온 광룡난은 단 두어 번의 도약에 검운장의 담장을 넘었다.

담장을 넘자 처절한 전장이 눈에 들어왔다.

말 그대로 광란의 격전이 벌어진 상황이었다.

적이 모두 장원으로 들어갈 때까지 기다린 시간이라고 해봐야 기껏 숨 서너 번 쉴 시간에 불과했다.

그 짧은 시간, 수십 명이 쓰러져 피를 흘리며 죽어간다.

비명! 신음! 병장기 부딪치는 소리!

서로가 상대를 향해 악다구니를 쓰며 도검을 심장에 틀어박고, 뼈를 가르고, 살을 찢어내고, 목을 자른다.

피안개가 검운장을 뒤덮은 듯 착각이 일어나는 광경!

이무환과 광룡단은 곧장 묵운방과 잠풍련의 정예고수들이 있는 곳을 향해 신형을 날렸다.

"일단 저것들부터 치워!"

이무환은 묵린도를 빼 들고 그들 속으로 뛰어들며 무영뢰를 날렸다.

쒜에에엑!

귀곡성이 울리며 세 명의 고수가 힘없이 무너졌다.

그것이 시작이었다.

시커먼 도광이 태풍처럼 몰아치며 묵운방과 잠풍련의 무사들을 휩쓸었다.

뒤질세라 광룡단의 고수들도 적을 향해 달려들었다.

회오리바람이 까마귀 떼를 한꺼번에 날려 버리는 듯했다.

수십 줄기 날벼락이 검운장을 뒤덮으며 떨어져 내렸다.

콰광! 떠덩!

이무환은 적의 무기와 몸을 한꺼번에 가르며 일직선으로 내

달렸다.

광룡사위를 비롯한 구룡성의 무사들은 이무환을 바짝 따르며 적을 썩어버린 갈대 부러뜨리듯 베어냈다.

순우경도 소수를 휘두르며 상대의 심장을 조금도 망설이지 않고 얼려 버렸다.

밀천회의 절대고수들도 광룡에게 당한(?) 화풀이를 하듯 적을 몰아붙였다.

“으악!”

“무, 물러서라! 케엑!”

“웬 놈들이……. 크어억!”

처절한 비명과 신음이 쉬지 않고 터져 나왔다.

강기가 검운장의 허공에서 부서지며 사방으로 비산했다.

찰나간 강기의 파편이 십수 장을 휩쓸며 주위를 공포로 몰아넣었다.

계획했던 대로 곧장 적의 중심을 가로지른 이무환이 소리쳤다.

“이곳은 밀천회에 맡기고, 우리는 이제 저쪽으로 가죠!”

그러고는 구룡성의 고수들과 순우경을 대동한 채 남쪽의 대연무장으로 갔다.

이제 검운장의 무사들을 지원해 줘야 한다.

적의 주력인 묵운방과 잠풍련의 고수 수십이 광룡단에 의해 쓰러진 상황. 밀천회의 사람만 남아도 이곳은 잠시 견딜 수 있을 것이었다.

이무환의 뒤를 따라 구룡성의 무사들과 순우경이 움직였다. 그의 말대로 폭풍처럼!

남쪽의 대연무장에선 수백의 무사가 뒤엉켜 피가 튀는 난전이 벌어지고 있었다.

개개인의 무위도 묵운방과 마도 연합이 강했다. 숫자도 두 배에 가까웠다.

정천무림맹 고수들이 방어하는 곳은 그럭저럭 견디는 듯했다. 하지만 천태 도장과 검운장, 항주의 연합 세력은 숫자와 실력에서 워낙 밀려 고전을 면치 못하는 상태였다.

백수십 명이 쓰러져 아비규환의 상황이 펼쳐져 있다.

그나마도 천태 도장이 아니었다면, 남궁산산의 지시에 따라 기본적인 진형을 갖추지 않았다면, 파도에 휩쓸린 모래성처럼 쓰러졌을 것이었다.

이무환은 대연무장으로 들어섬과 동시 검운장이 떠나가라 외쳤다.

"검운장의 무사들은 물러서서 방어에 치중하쇼!"

그의 목소리에 건물이 뒤흔들렸다.

검운장의 무사들 중 몇이 이무환을 알아보고 소리쳤다.

"악귀다! 악귀가 왔다!"

그러나 모두가 악귀를 아는 것은 아니었다.

일부는 이무환의 말대로 물러서서 방어에 치중하고, 반 이상은 여전히 적과 생사를 다투며 도검을 휘둘렀다.

이무환은 더 이상 말하지 않고 행동으로 자신의 뜻을 알렸다.

그는 일단 검운장의 무사들이 물러선 후 뭉쳐 있는 적들 속으로 뛰어들었다.

뒤질세라 구룡성의 무사들과 순우경도 백여 명의 적이 뭉쳐 있는 곳으로 날아들었다.

화살촉 형태를 이룬 열여섯 명의 고수가 쏘아진 화살처럼 나아간다. 화살촉의 선두는 광룡이 선 상황.

일순간, 사람들은 자신들의 눈을 의심케 하는 광경에 몸이 얼어붙었다.

츠츠츠츠…….

쩌저적! 콰광!

악귀의 도가 휘둘러질 때마다 도광이 번쩍이고 대여섯 명이 쓰러진다.

뒤따르는 사람들 역시 무인지경처럼 적의 진영을 누빈다.

폭풍이다. 광풍이다!

검으로 막으면 검이, 도로 막으면 도가 몸뚱이와 함께 부서지고 무너져 내린다.

비명이 터질 틈도 없다.

벼락이 치고, 도광의 폭풍이 휩쓸고 지나가는 듯했다.

열여섯 줄기의 폭풍은 화살촉 형태를 이룬 채 일직선으로 나아가며 순식간에 수십 명을 도륙했다.

검운장의 무사들을 이끌고 있던 천태 도장이 이무환의 뜻을 눈치채고 소리쳤다.

"저 사람 말대로 모두 물러서게!"

이번에는 상당히 많은 숫자가 물러섰다.

이무환과 광룡단은 보다 넓게 퍼지며 적들을 추살했다.

개중에는 묵운방의 무사도 있었고, 흑마련과 혈해방의 간부들도 있었다.

그러나 어느 누구도 태풍처럼 휘몰아치는 광룡 일행을 막지는 못했다.

"마, 맙소사……! 악귀, 악귀가 돌아왔어!"

조창산이 이무환을 알아보고 몸을 덜덜 떨었다.

막간산의 혈전을 직접 눈으로 본 그다. 수십 명의 흑마련 무사가 악귀에게 죽고, 금천신문의 고수들조차 그의 손에 힘 한 번 못 써보고 무너졌었다.

당시의 상황이 재연되고 있다. 그때보다 훨씬 더 강력하게!

"무, 물러서라! 악귀 가까이 가지 마!"

그의 떨리는 목소리가 울리는 동안에도 이십여 명이 태풍에 휘말린 썩은 갈대처럼 무너졌다.

가공할 기세였다.

흑마련과 혈해방에서 나름대로 날고 긴다는 고수들조차 일격을 제대로 받아내지 못한다.

가공할 위력을 발휘하는 것은 악귀만이 아니다. 그의 뒤를 따르는 자들도 자신들로서는 상대할 수 없는 자들이다.

심지어 묵운방의 무사들조차 그들의 일격을 제대로 받아내지 못하고 쓰러진다. 하물며 흑마련과 혈해방의 무사들이 그들을 막아낸다는 것 자체가 무리였다.

그야말로 숨 몇 번 쉴 시간에 백여 명이 쓰러지고, 전세가 완전히 바뀌었다.

이무환은 적진을 완전히 가르고는 신형을 돌렸다.

광룡단 중 몇 사람의 몸에서 피가 흘러나온다. 눈먼 칼에 맞은 사람도 있고, 뜻밖의 강자를 공격하다 부상을 입은 자도 있다.

하지만 거리를 두지 않고 서로가 서로를 보호한 덕에 죽을 정도의 부상을 입은 사람은 보이지 않았다.

지금 상황에서 그 정도는 천행이나 다름없었다.

"자! 이제 다시 가자고!"

내심 만족한 이무환은 한쪽으로 밀린 이백여 명의 석을 향해 쇄도했다.

그야말로 미친 소가 거품을 물고 달려드는 듯하다.

묵운빙과 마도 연합의 무사들은 새파랗게 질린 표정으로 악다구니를 써댔다.

"놈들은 몇 안 된다! 죽음으로써 막아라!"

"놈들도 피륙으로 된 사람이다! 칼에 맞으면 죽을 수밖에 없다! 모두 함께 달려들어라!"

조창산과 염전이 수하들을 독려하며 목이 터져라 소리쳤다.

그러나 또다시 허공을 짓누르는 가공할 기운이 밀려든다.

고오오오오!

공포가 무사들의 투기를 삼켜 버렸다.

흑마련과 혈해방의 무사들은 자신도 모르게 뒷걸음질을 쳤다. 그나마 묵운방의 무사들만이 죽음을 각오하고 이무환의 도세를 향해 달려들었다.

콰아아아!

이무환은 울음을 터뜨리는 도명과 함께 그들 사이로 신형을 날렸다.

광룡단이 이가 되어, 발톱이 되어, 꼬리가 되어, 그의 뒤를 따랐다.

일순간, 세상 그 무엇보다 날카로운 화살촉이 검은 구름을 산산이 부수며 지나갔다.

"으아악!"

"크억!"

쩌저저적! 떠더덩!

비명과 병장기 부서지는 굉음. 그 뒤에 남겨진 것은 시신과 시뻘건 선혈뿐!

이무환과 광룡단은 또다시 백여 명을 추살하고 다시 서쪽으로 신형을 날렸다.

"도장님! 나머지는 알아서 정리하세요!"

이무환과 광룡단이 서쪽의 전장에 도착한 것은 남쪽으로 간 지 반의반 각 만이었다.

그들이 도착하자, 밀천회가 합류한 후 팽팽하게 이어지던

전황이 갑자기 요동치며 흔들렸다.

"자! 이제 본격적으로 해보자고!"

이무환은 여태 몸을 풀었을 뿐이라는 듯이 말하고는, 묵운 백령과 묵운방의 무사들을 향해 뛰어들었다.

광룡단도 자신의 부상을 아랑곳하지 않고 함께 미쳤다.

무설강과 제갈신걸, 공손척, 광룡사위, 엽상, 종리난경, 광룡 오조, 그리고 순우경까지. 모두가 제정신이 아닌 듯했다.

또다시 미친 강기의 폭풍이 휘몰아치며 검은 구름을 밀어내 기 시작했다.

경충문은 갑자기 벌어진 광경에 눈을 부릅떴다.

그는 우내혁과 치열한 접전을 벌이다 말고 뒤로 훌쩍 신형 을 날렸다.

그가 물러서자, 우내혁은 곧장 공격하지 않고 일단 숨을 골 랐디.

'후욱, 도대체 저자가 누구기에……?

정체가 문제가 아니었다. 우내십존에 속한 자신과 대등한 접전을 벌인 자다. 그를 쫓아 적진으로 들어간다는 것은 무리 일 수밖에 없었다.

그사이 경충문은 주름진 눈을 잘게 떨며 광룡이 나타난 곳 을 주시했다.

묵운백령은 모두가 절정의 경지에 이른 고수들이다. 그런 고수들이 낫에 베인 짚단처럼 무너진다.

가히 질리지 않을 수 없는 광경이다.

"대체 저놈들은 누구란 말인가?"

싸움에 가담하지 않은 채 상황을 지켜보던 위지호천도 경악한 표정으로 말을 더듬었다.

"저, 저도 모르겠습니다. 조금 전에 나타났다가 남쪽으로 사라진 놈들인데, 지금까지 저런 자들이 있다는 말은 없었습니다."

환비만이 이무환과 광룡단을 알아보고 이를 악물었다.

'광룡! 광룡이다! 저놈이 이곳까지 나타나다니!'

광룡만이 아니다. 구룡성의 고수들은 물론이고, 호연청과 헌원숭과 소천득도 보인다.

하지만 그의 관심은 오직 광룡뿐이었다.

절대고수가 셋, 또는 넷이라는 가정하에 세운 계획이다. 그들만 있다면 자신과 경충문, 위지호천, 두 명의 장로, 묵운백령과 잠풍련의 고수들만으로 충분했다.

묵운백령과 잠풍련의 고수들이 일차적으로 정천무림맹의 정예들을 제거한 후, 자신들이 나서서 적의 수뇌를 친다. 그것이 지금까지의 계획이었던 것이다.

그리고 그렇게 될 것 같았다.

그런데… 광룡과 광룡단이 나타났다.

광룡이 남쪽의 전장으로 갔다 온 걸로 봐서 남쪽의 상황도 변했다고 봐야 했다.

모든 계획이 틀어져 버렸다.

'빌어먹을!'

그는 구양진을 향해 천풍장을 펼치고는, 구양진이 뒤로 서너 걸음 물러선 틈을 타 경충문 쪽으로 신형을 날렸다.

"광룡이 광룡단과 함께 나타났습니다. 아무래도 상황이 좋지 않습니다."

환비의 말에 경충문의 눈이 휘둥그레졌다.

"광룡?! 설마 구룡성의 천외광룡을 말하는 것인가?"

위지호천도 경악하며 소리쳤다.

"그가 왜 이곳에 나타났단 말인가?!"

"중요한 것은 놈이 나타났다는 것입니다. 놈에게 쓰러진 절대고수가 하나둘이 아니고, 더구나 광룡단에는 광룡 외에도 절대고수가 넷 이상 끼어 있습니다. 저들로서는 광룡과 광룡단을 막을 수 없습니다, 태상."

경충문은 경악한 표정을 지으며 이무환과 광룡단을 바라보았다.

네 명 이상의 절대고수라니!

묵운백령이 힘없이 무너지는 게 이해가 갔다.

그렇다고 해서 이대로 물러설 수는 없는 일. 그는 고함을 치며 묵운백령을 독려했다.

"모두 달려들어서 저놈들을 막아라!"

잠깐 사이, 이무환과 광룡단에 의해 묵운백령과 잠풍련의 고수들을 비롯해 묵운방의 무사들까지 사십여 명이 쓰러졌다.

나머지도 광룡단을 피해 분분히 뒤로 물러났다.

상황이 그리되자 전세가 한순간에 변해 버렸다.

정천무림맹의 무사들은 갑작스런 상황 변화가 믿기지 않는다는 표정을 지었다.

심지어 우내혁과 구양진을 비롯한 정천무림맹의 수뇌들조차 어안이 벙벙한 얼굴이었다.

적을 상대하느라 정신없던 그들은 뒤늦게야 밀천회의 절대 고수들을 알아보고 말을 더듬었다.

"저 사람… 호 형이 아닌가?"

"황보 형도 보이는군. 헌원 형… 소 형도…….."

백혜 대사는 그들이 어디의 사람인가를 알기에 경악해 소리쳤다.

"아미타불! 저들은……!"

이무환이 그들을 향해 소리쳤다.

"뭐 하쇼?! 사람들 쓰러지는 거 안 보이는 거요?!"

그러고는 호연청을 향해 빠르게 말했다.

"이곳은 밀천회가 맡으쇼! 나는 따로 때려잡을 놈이 있으니까!"

구겨진 얼굴의 호연청이 대답하기도 전이었다.

밀천회의 존재를 만방에 알린 이무환은, 광룡단원 중 구룡성의 무사들만을 이끌고 한쪽으로 신형을 날렸다.

"환비! 이번에는 도망가지 못할 것이다!"

환비는 광룡의 외침에 얼굴이 창백하게 굳었다.

"십마! 저놈을 막으시오!"

정천무림맹의 고수들을 거세게 몰아치던 잠풍련 고수들 중 대여섯 명이 일제히 몸을 날렸다.

잠풍십마.

잠풍련의 고수들 중에서도 가장 강한 자들이다. 셋이면 절대고수도 상대할 수 있는 고수들. 환비가 묵운방에 들어간 후 입지를 굳히기 위해 아껴둔 자들이 바로 잠풍십마인 것이다.

한데 과연 저들이 광룡을 이길 수 있을까?

그들 중에는 기존의 잠풍십삼마 중 넷이 끼어 있었다. 전이었다면 생각할 것도 없이 광룡의 죽음을 자신했을 터였다.

그러나 지금은 자신이 없었다.

무면검마와 신도연풍, 잠풍십삼마 중 넷이 놈을 죽이지 못했다. 그것도 구유마도 석치상을 죽이느라 부상을 입은 놈을.

어디 그뿐인가? 절대무적의 고수라 생각했던 천세도인이 폭령잠마단을 세 알이나 복용하고도 놈에게 죽었다.

그리고 이곳에 나타난 것으로 봐서 사우천도 놈에게 무너진 듯하다.

광룡은 그런 놈이었다.

이무환은 환비의 목소리에 씩 웃었다.

솔직히 누가 환비인지 확실하게 알지 못했다. 절대경지의 무위를 지닌 자들 중 그가 있을지 모른다 생각하고 떠봤을 뿐.

한데 한 사람이 자신의 말에 반응을 보인다.

젊은 나이. 전신에서 흘러나오는 풍의 기운. 환비가 분명한 듯하다.

"흥! 이들로 나를 막을 수 있다고 보나, 환비!"

쒜에에엑!

세 발의 무영뢰가 허공을 단축하며 날아들자 달려들던 자들 중 셋이 황급히 몸을 피했다.

거의 본능적인 움직임이었다.

하지만 무영뢰는 허공에서 선회하며 그들의 머리 위로 벼락처럼 떨어져 내렸다.

쒜에에엑!

"헛! 피해!"

환비가 뒤늦게 소리쳤다.

그러나 작정하고 던져 낸 무영뢰다. 더구나 뒤쪽에서 덮쳐 들어 변화를 알 수도 없다.

퍼벅!

하나는 어깨를 관통하고, 하나는 목을 관통했다. 바닥을 구른 한 사람만이 겨우 무영뢰를 피했을 뿐이다.

이무환은 달려가는 그대로 묵린도를 휘둘렀다.

쉬이익!

도강이 채찍처럼 휘어지며 그들의 목과 가슴을 훑고 지나갔다.

"크억!"

"꺼어억!"

초절정에 달한 고수가 허수아비처럼 쓰러진다.

피이이익!

솔잎을 스치는 바람 소리가 나며 분수처럼 솟구치는 핏줄기!

손을 뻗어 무영뢰를 회수한 이무환은 냉소를 입가에 머금은 채 환비를 향해 신형을 날렸다.

"묵운백령은 놈을 막아라!"

"백 장로, 기 장로, 이곳으로 와서 힘을 합치게!"

위지호천과 경충문이 동시에 소리쳤다.

조금 전까지의 기세등등한 표정은 흔적도 없이 사라지고, 그들의 얼굴에는 초조한 긴장만이 남았다.

그들의 명이 떨어지자, 정천무림맹의 수장들과 얽혀 있던 두 명의 장로가 신형을 날려 이무환의 앞을 가로막았다.

너무 빨리 벌어진 상황에 경충문과 위지호천은 미처 알지 못했다. 잠풍십마가 결코 약해서 당한 것이 아니라는 길.

게다가 이무환의 뒤에는 광룡단이 따라오고 있었고, 멀지 않은 곳에 호연청 등 밀천회의 절대고수들도 있었다.

"이자들은 우리가 맡겠네!"

무설강과 제갈신걸, 공손척 등이 묵운백령을 향해 쇄도했다.

밀천회의 고수들도 상대를 정천무림맹의 고수들에게 맡기고는, 곧장 두 명의 장로와 잠풍십마를 향해 신형을 날아들었다.

"어딜! 더는 가지 못한다!"

묵운방의 장로인 백가위와 기정교는 노성을 터뜨리며 호연청과 황보광을 공격했다.

"오냐, 이놈들! 어디 해보자!"

그들은 한 치의 양보도 없이 상대를 향해 전력을 쏟아냈다.

콰광! 쩌저정!

절대의 기운이 부딪치며 터져 나오는 굉음에 대기가 진저리쳤다.

폭풍에 휘말린 듯 그들의 주위 십 장이 들썩이며 먼지구름이 일었다.

하지만 백가위와 기정교가 막기에는 호연청과 황보광이 너무 강했다. 서너 번의 공방 만에 백가위와 기정교의 얼굴이 창백하게 일그러졌다.

그사이 이무환은 환비를 향해 도를 떨쳤다.

순간 뒤늦게 가세한 초혼신마와 장마가 이무환의 양옆에서 달려들며 진로를 막았다.

그들이 가세하자 이무환의 묵린도가 좌우로 흔들리고, 도첨에서 묵광이 번쩍였다.

벼락처럼 뻗어나가는 한 줄기 도광!

쩌저저적!

대기를 찢어발긴 시커먼 벼락은 곧장 우측에서 달려들던 자를 덮쳤다.

쾅!

벼락에 정통으로 얻어맞은 것마냥 장마의 신형이 날아간다.

이무환은 그 반동을 이용해 이 장 높이로 솟구치고는, 초혼신마를 향해 떨어져 내렸다.

"어디, 이것도 받아봐라!"

일갈을 내지른 이무환은 도를 그어 내리며 초혼신마의 검강을 둘로 갈랐다.

광룡이라면 치가 떨리는 초혼신마다.

광룡의 손에 죽은 동료가 어디 한둘이던가.

그는 이무환의 가공할 도세에 안색이 흙빛으로 물들었다.

쾌룽!

벼락 치는 소리와 함께 초혼신마의 신형이 튕겨졌다.

바로 그때다. 금철광과 혁무기가 잠풍련의 무사들에게 밀리는 게 보였다. 유난히 강한 자들. 무면검마가 말했던 환비의 심복들인 듯했다.

이무환이 바라본 바로 그 순간이었다. 한 자루 검이 금철광의 가슴을 꿰뚫었다.

금철광도 지지 않고 자신의 일수를 상대의 가슴에 틀어박았다.

쾅!

두 사람은 누가 먼저라 할 것 없이 일 장 뒤로 튕겨졌다.

금철광의 가슴에서 선지피가 솟구쳤다.

"비켜!"

이무환은 빽 소리치며 좌수를 털었다.

쒜에에엑!

두 줄기 빛이 귀곡성을 터뜨리며 허공을 갈랐다.

혁무기를 몰아치던 자가 대경하며 급박하게 몸을 틀었다. 그러나 무영뢰는 완만한 호를 그리며 그의 목을 관통했다.

뽁!

동시에 또 하나의 무영뢰가 급격하게 휘돌더니, 금철광의 가슴에 검을 꽂고 비틀거리며 일어나는 자의 이마에 틀어박혔다.

이무환이 광룡단을 향해 외쳤다.

"부상이 심한 사람은 물러나 있어!"

그 순간, 기회를 엿보던 환비가 이무환을 향해 전력을 다한 장력을 펼쳤다. 위지호천과 경충문도 신형을 날리며 검을 뽑았다.

휘이이잉!

손바닥에서 일어난 강기가 회오리처럼 휘돌고, 검첨에서 넉 자, 다섯 자 길이의 두 줄기 검강이 쭉 뻗어 나왔다.

우르르릉!

대기를 뒤흔드는 요란한 천둥소리와 함께 절대의 기운이 밀려든다.

이무환은 묵린도에 구성의 공력을 주입하고는 휙 몸을 돌렸다.

콰아아아아!

시커먼 묵광이 비늘처럼 휘돌며 두 사람을 향해 밀려갔다.

세상 그 무엇이든 모조리 파괴해 버릴 것 같은 기세다.

파천묵린광의 일도!

환비와 위지호천과 경충문은 기겁하며 전력을 다해 묵린의 도세에 맞섰다.

콰과광!

절대지경에 오른 세 사람의 기운이 뒤엉키며 벽력탄이 터진 듯한 굉음이 귀청을 먹먹하게 울렸다.

환비와 위지호천은 얼굴이 벌게진 채 뒤로 튕겨졌다.

심장이 터질 것 같은 충격. 숨이 제대로 쉬어지지도 않는다.

환비는 자신이 단 일도조차 제대로 받아내지 못한다는 것에 두려움이 밀려들었다.

'서, 설마 이 정도였다니!'

위지호천도 후들거리는 다리를 이끌고 악착같이 버텼다.

강하다는 말은 들었다. 바로 눈앞에서 펼쳐지는 광경도 보았다. 그래도 셋의 합공이라면 충분히 상대할 수 있을 거라 생각했다.

힌데 단 일도에 세 사람이 밀렸다.

공포에 심장이 오그라드는 기분이 들었다. 목구멍을 뚫고 올라온 혈기가 당장에라도 쏟아질 것만 같았다.

'저놈을 막을 수 있는 사람은 사부님뿐이야.'

그러나 가장 경악한 사람은 경충문이었다.

그는 도무지 믿을 수가 없었다.

천하에 누가 있어 자신을 일도로 물리칠 수 있단 말인가!

그가 부릅뜬 눈으로 이무환을 바라볼 때다. 이무환이 세 사람 사이로 날아가며 묵린도를 들어 올렸다.

환비와 위지호천은 지레 겁을 먹고 뒤로 몸을 날렸다.

오직 경충문만이 검을 치켜들었다. 일도에 밀린 것을 인정할 수 없다는 듯.

순간 묵린도에서 만천묵린우가 펼쳐지며 묵빛 비늘이 우박처럼 쏟아졌다.

경충문도 자신이 평생 수련해 온 경운칠검을 단숨에 삼 초나 펼치며 묵린도에 맞섰다.

그러나 채 만천묵린우의 도세를 파훼하기도 전에 경운칠검으로 펼친 검막이 흔들리며 구멍이 나기 시작했다.

픽! 퍼버벅!

“이, 이런!”

경충문은 다급히 몸을 뒤로 날리며 두 바퀴를 구른 후에야 이무환의 도세에서 벗어났다.

하지만 그것이 끝이 아니었다.

“어디, 이것도 받아보지그래!”

일어선 경충문을 향해 이무환의 좌수가 쭉 뻗었다.

천광수뢰공 중 천광뇌령이 펼쳐지며 경충문의 몸이 빛무리에 감싸였다.

경충문이 검을 휘둘러 다시 이무환의 장세를 완화시키려 했지만, 완벽해진 천광뇌령을 막아내기에는 내력이 달렸다.

쩌저적!

검강이 산산이 부서지고, 눈부신 장력이 경충문의 가슴에 틀어박혔다.

쾅!

"커억!"

경충문의 몸뚱이가 뒤로 훌훌 날아갔다.

한데 의외로, 뒤로 물러나 있던 환비가 몸을 날리더니 경충문의 몸을 안아 들었다.

묵운방에 들어가면 자신의 후원자가 되어줄 경충문이 아닌가. 그에게는 위험을 감수할 만한 충분한 가치가 있었던 것이다.

경충문을 안아 든 환비는 뒤로 날아가며 소리쳤다.

"모두 광룡을 막아!"

그의 외침이 떨어지자, 잠풍련의 고수들 중 세 사람이 몸을 빼 이무환을 향해 달려들었다.

제아무리 이무환이라도 그들의 공격을 무시할 수는 없었다.

이무환은 수류보를 펼치며 일단 세 사람의 공격권에서 벗어났다. 그러고는 우수로는 단천묵린월을, 좌수로는 천광뇌벽을 펼치며 삼마를 떨쳐 냈다.

콰르릉! 쩌저적!

세 사람이 가공할 경력에 밀려 격한 신음을 흘리며 튕겨졌다.

이무환은 더 이상 그들을 상대하지 않고, 허공에서 몸을 비틀어 환비를 쫓았다.

"환비! 어딜 가느냐!"

기급한 환비가 도주하며 외쳤다.

"위지 형! 일단 물러납시다!"

위지호천도 간담이 서늘해져 더 이상 싸울 마음이 나지 않았다. 그는 한 소리 내지르며 환비를 따라 몸을 날렸다.

"모두 후퇴하라!"

이무환은 두 번의 도약에 환비와의 거리를 십 장 거리까지 좁혔다.

"결코 도망갈 수 없을 것이다, 환비!"

귓속으로 전음이 파고든 것은 바로 그때였다.

"그 아이를 한 번만 놔주게나!"

이무환의 누구의 전음인지를 알고 표정이 굳어졌다.

슬쩍 눈을 돌리자, 저만치 담장 근처에서 묵운방의 무사들을 공격하는 자가 보였다. 검은 면사로 눈 아래가 가려져 있었는데, 그의 이마에는 그물 같은 상처가 가득 나 있었다.

무면검마였다.

'제길!'

이무환은 그와 약속한 것이 있기에 환비를 쫓지는 않았다. 대신 환비의 뒤를 따라 도주하는 위지호천을 향해 무영뢰를 날렸다.

마지막일지 모르는 공격. 더구나 이십여 장의 거리다.

이무환은 무영뢰에 처음으로 십성의 공력을 실어보았다.

고오오오!

세 줄기 벼락같은 광채가 그림자도 없이 허공을 단축했다.

다른 때와 달리 귀곡성조차 들리지 않았다.

고막이 먹먹하고 속이 울렁거리는 기분!

그 자리에서 머리를 부여잡고 비명이라도 지르고 싶은 느낌!

얼굴이 흙빛으로 변한 위지호천은 등 뒤를 엄습하는 가공할 기운에 본능적으로 몸을 솟구쳤다. 그러고는 혼신을 다해 신형을 틀었다.

하지만 무영뢰는 그가 피한다고 해서 피할 수 있는 것이 아니었다.

무영뢰 하나가 호선을 그리며 선회하더니, 위지호천의 비파골을 부수며 어깨를 뚫었다.

퍽!

피분수가 허공에서 뿌려지며 위지호천의 얼굴이 악귀처럼 일그러졌다.

"크억!"

비명을 지르는 그를 향해 다시 두 개의 무영뢰가 선회하며 날아들었다.

'흥! 당장 죽이지는 않으마.'

사실 머리나 심장을 노렸다면 그걸로 끝이었다. 하지만 그의 최후는 영호승에게 맡길 생각이었기에 죽이지 않은 것이다.

대신 이무환은 위지호천의 팔다리를 못 쓰게 만들 생각이었다.

한데 바로 그때, 뒤따라가던 기정교가 무영뢰의 동선으로 끼어들었다.

퍼벅!

"끄억!"

절대고수라는 기정교의 심장에서 분수처럼 피가 솟구쳤다.

위지호천은 입을 쩍 벌린 채 쓰러지는 기정교를 보며 공포에 휩싸였다.

'멈추면 죽는다!'

오직 그것만을 생각한 그는 혼신을 다해 담장을 넘었다.

이무환은 무영뢰를 거두고 그들을 쫓아 몸을 날렸다.

하지만 담장을 넘기도 전에 돌아와야만 했다. 영호승의 대경한 목소리가 들린 것이다.

"막위! 수린아!"

아무래도 두 사람에게 무슨 일이 벌어진 것 같다.

이무환은 담장을 박차고 신형을 뒤로 날렸다.

저만치서 비틀거리며 쓰러지는 막위가 보였다. 그의 앞을 피로 물든 혁수린이 막고 있다.

영호승과 단우경이 다급히 혁수린을 보호하며 도검을 휘두르는데, 잠풍련의 무사 넷이 둘을 몰아치고 있었다.

일대일로도 쉽지 않은 자들이다.

영호승과 단우경마저 금방이라도 쓰러질 것 같다.

"저 때려죽일 것들이!"

이무환은 눈을 부라리며 좌수에 들린 무영뢰를 날렸다.

세 발의 무영뢰가 이십 장의 거리를 단숨에 좁히고 세 명의 몸통을 뚫어버렸다.

남은 한 사람은 대경하며 급급히 뒤로 물러섰다.

하지만 허공에서 빙글 선회한 무영뢰가 물러선 자를 향해 떨어져 내렸다.

쒜에에엑!

퍼벅!

피할 틈도 없이 세 발의 무영뢰는 물러서는 잠풍련 무사의 옆구리와 어깨를 사정없이 뚫어버렸다.

이무환은 무영뢰를 회수하고는, 쓰러진 막위와 혁수린을 향해 몸을 날렸다.

"도끼! 꼬챙이! 괜찮아?!"

이미 수뇌들이 모두 도주한 상황. 게다가 후퇴 명령마저 떨어진 상태다.

묵운방과 마도 연합의 무사들은 정신없이 검운장을 빠져나갔다.

수백 명이 일제히 메뚜기처럼 튀어 올라 검운장을 빠져나가는 사이, 무면검마도 담장을 넘어 어디론가 사라졌다.

검운장에 남아 있던 광룡단과 정천무림맹과 항주의 연합 세력 무사들은 밍하니 그 모습을 바라보기만 했다.

마치 넋이 빠진 사람들 같았다.

그때 이무환의 목소리가 검운장을 뒤흔들었다.

“도끼! 정신 차려!”
그제야 정신을 차린 듯 누군가가 악을 쓰듯이 소리쳤다.
“부상자들부터 돌봐라!”

第二章
아버지는 먼저 떠나고…….

적들이 물러간 자리에는 시뻘건 선혈로 뒤덮인 시신과 부상
자만이 남았다.

무려 구백여 명에 이르는 사상자였다.

전과 다른 점이라면, 묵운방과 마도 연합 무사들의 사상자
가 훨씬 더 많다는 것이었다.

하지만 피해가 적다고 해도, 정천무림맹과 검운장과 항주
세력의 연합 무사들 역시 삼백수십 명이 죽거나 중상을 입은
상태였다.

사람들은 통곡할 정신도 없었다.

고통에 몸부림치는 부상자들이 사방에 널린 상황.

비릿한 혈향이 코를 찌르고, 깊고 깊은 신음이 장원 전체를

짓눌렀다.

부상을 입지 않은 사람도 자신이 부상을 입은 것처럼 이를 악물고 정신없이 오가며 악다구니를 써댔다.

"사, 살려줘!"

"으아아! 내 팔!"

"이봐! 정신 차려! 자넨 살 수 있다니까!"

"피부터 막아!"

"누구 금창약 없어?!"

"아파도 참게! 상처를 묶어야 하네!"

적의 살수는 지위 고하를 가리지 않았다.

우내십존에 속한 우내혁과 구양진도 적지 않은 내상을 입었다. 정천무림맹의 간부들 중에서도 많은 사람이 죽거나 중상을 입었다.

절강에서 제법 알려진 고수들도 많은 사람이 여기저기 시신으로 변한 채 널브러져 있고, 개중 목숨을 구한 자는 피를 줄줄 흘리며 바닥을 긴다.

전쟁이 끝난 곳. 그곳에 지옥이 펼쳐져 있었다.

막위는 가슴이 갈라져 갈비뼈가 보일 정도였다. 그러나 더 큰 문제는, 검기에 당한 것이어서 심장 근처의 혈맥이 막혔다는 것이었다. 사실 당장 죽지 않은 것만도 다행이었다.

이무환은 막위를 한쪽으로 데려간 후 막힌 가슴의 혈맥을 뚫기 위해 진기를 불어넣었다.

막위는 예상보다 빠르게 정신을 차렸다. 이무환이 진기를 흘려 넣은 지 반의반 각가량이 지날 무렵 눈을 뜬 것이다.

"이제 정신 들어?!"

"다, 단주……."

"바보야! 부상을 입었으면 도망가라고 그렇게 이야기했잖아! 그러다 진짜 죽으면 유 낭자만 불쌍해지잖아!"

왜 유소경이 불쌍해지는 거지? 그녀는 자신을 좋아하지도 않는데.

막위는 그런 생각이 들자 왠지 눈물이 왈칵 쏟아질 것 같았다.

"저도 그러고… 싶었는데……."

그때 옆구리를 칭칭 동여맨 혁수린이 울먹이는 목소리로 말했다.

"막 형님이 그렇게 된 것은 저 때문입니다, 단주. 제가 무리하게 적을 공격하다 그만……."

"지금 누구 잘잘못 논할 때야?"

이무환이 혁수린을 흘겨보고는 막위의 명문에서 손을 떼었다. 조금은 안심한 표정이었다.

"죽지는 않겠네, 뭐."

뜻은 그렇지 않은데, 죽지 않아 서운하다는 것처럼 들리는 말투나.

막위는 쓴웃음을 지으며 떨리는 손을 가슴에 집어넣었다.

그의 손에 뭔가가 잡혀 나왔다.

"그거 뭐지?"

막위가 품에서 꺼낸 것은 옥으로 만들어진 두꺼운 노리개였는데, 손바닥만 한 것이 주머니와 함께 반으로 갈라져 있었다.

"유 소저 주려고……. 저번에 산 것……."

그냥 쪼개진 것이 아니다. 검기에 의해 매끈하게 갈라졌다.

검기가 심장 부위를 스쳤는데도 죽지 않고 살아난 것과 연관이 있는 듯했다.

"뭐야? 그럼 그 노리개 때문에 살아난 건가?"

이무환이 신기하다는 표정으로 노리개를 바라보았다.

한데 이번에는 정말로 막위의 눈에 눈물이 맺혔다.

꼭 자신과 유소경도 노리개처럼 될 것만 같다. 애지중지하던 물건이 부서지면 화가 닥친다 하지를 않던가.

'유 소저…….'

그때 이무환이 엉뚱한 소리를 했다.

"꿈은 반대라고 하던데… 노리개 갈라진 것도 반대로 나타나면 좋을 텐데……."

'정말 그럴까? 그랬으면…….'

2

이무환은 막위와 혁수린을 방 안으로 옮겨놓고, 영호승과 단우경을 시켜 사람들을 모이게 했다.

놈들을 몰아낸 것으로 만족할 생각은 조금도 없었다.

시작을 했으니 끝을 내야 했다. 싸움을 시작하기 전부터 마월당과 흑도 방파에 따로 지시도 내려놓은 터였다.

검운장의 상황이 지옥처럼 변해 있지만, 언제까지 뒷마무리만 하고 있을 수만은 없는 일. 곧 정천무림맹과 검운장, 광룡단의 주요 인사들이 모두 검신전으로 몰려들기 시작했다.

이무환은 그동안 백혜 대사가 앉아 있던 최고 상석에 천태 도장을 앉게 했다. 그리고 부상당한 검운장의 장주 사마성운 대신 사마성안과 사마성한을 앞자리에 배치했다.

상석은 전체 상황을 이끄는 자리다. 정천무림맹의 수뇌들 중 몇 사람의 얼굴에 불만을 내비쳤다.

이무환은 그들을 한마디로 눌러 버렸다.

"천태 도장님보다 나이 많은 분 있습니까?"

나이만 많은 것이 아니다. 우내십존 중 한 사람이 아닌가.

정천무림맹의 수뇌들은 헛기침을 하며 슬며시 표정을 감추었다.

천태 도장도 이무환의 뜻을 알고 있기에 별다른 말없이 자리에 앉았다.

'흥! 그대들은 손님일 뿐이라는 점을 명심하라구!'

이무환은 내심 코웃음을 치며 단도직입적으로 입을 열었다.

"이렇게 모이시라 한 것은, 이제부터 어떻게 할 것인지 상의하기 위해섭니다. 놈들이 도망쳤다고 해서 손 놓고 있을 수는 없잖습니까?"

내상으로 인해 얼굴이 창백해진 백혜 대사가 입을 열었다.

"우리 쪽도 부상자들이 엄청나네. 그 일은 일단 이곳부터 정리하고 생각해 보세."

"물론 부상자들이야 보살펴야죠. 하지만 언제까지 뒷정리만 하고 있을 수도 없는 일이고, 놈들이 재정비를 해서 또 쳐들어올지 모르는데, 기다리고만 있을 수는 없는 일 아니겠습니까?"

"아미타불, 물론 하염없이 기다릴 수는 없겠지. 하나 우리 역시 피해가 막심하니 일단 부상자들이 나은 후 움직이는 것이 나을 것 같네. 수신제가라는 말도 있지 않던가."

정천무림맹의 사람들이 고개를 끄덕였다.

죽은 사람이 수백이다. 살아난 사람도 내외상을 입은 자가 태반이었다. 몸도 마음도 지친 상태.

더구나 적의 남은 힘은 아직도 만만치 않았다. 무작정 나섰다가는 오히려 적에게 당할지도 몰랐다.

우내혁이 고개를 저으며 말문을 열었다.

"비록 패해서 물러났다지만, 저들은 아직도 우리보다 숫자도 많고, 남은 자들도 대부분이 고수들이네. 자칫하면 역공을 당할 수도 있네."

"물론 저도 그걸 모르지는 않습니다. 하지만, 기회란 쉽게 오는 것이 아니죠. 놈들이 재정비를 마치면 그만큼 상대하기가 힘들어진다니까요?"

"성한 사람이라고 해봐야 다 합쳐도 백이 조금 넘을까 말까

한데, 그들을 모두 동원한다는 것은 너무 위험한 일이네. 적들 중 일부가 우회해서 쳐들어오면 어떻게 할 건가?"

이무환이 씩 웃었다. 차가운 눈빛이 번뜩였다.

"많은 사람이 움직일 필요는 없습니다. 사오십 명 정도면 충분합니다."

현재 검운장에는 사백여 명의 무사가 있다. 그중 부상을 입지 않은 사람은 백수십.

사오십 명 정도면 큰 부담이 되지 않을 것이었다.

문제는 그 정도의 숫자만으로 얼마나 큰 효과를 기대할 수 있느냐 하는 것이었다.

"적의 숫자는 사백이 넘네. 게다가 지원이 더 있을지도 모르지. 하거늘, 사오십 명으로 뭘 한단 말인가?"

"왜 사오십 명이 전부라고 여기십니까?"

"자네가 방금 사오십 명이면 충분하다고 하지 않았나?"

"그 사람들은 단지 먼저 출동할 사람들일 뿐, 전체 인원이라고는 볼 수 없죠. 나머지는 먼저 간 사람들이 자리를 잡아놓은 후 움직이면 됩니다."

우내혁의 얼굴에 약간 조롱이 깃든 표정이 떠올랐다.

"그 숫자로는 기껏해야 순찰 임무 정도나 맡을 수 있을 거네. 그럴 바에는 차라리 순찰무사를 따로 파견해서, 놈들의 동태를 살피며 사나흘 기다린 후 부상자들이 회복되면 움직이는 게 나을 것 같군."

정천무림맹의 간부들이 고개를 끄덕였다. 검운장과 항주 연합 세력의 수뇌들도 은근히 우내혁의 생각을 지지했다.

하지만 이무환은 자신의 생각을 굽히지 않았다.

기회란 자주 오지 않는다. 앉아 있으면 올 기회조차 날아가 버릴 것이었다.

"사오십 명을 최강의 고수로만 채운다면, 숫자는 일 할에 불과해도 적을 상대하지 못할 정도는 아니죠. 설마 자신이 없는 건 아니겠죠?"

이무환이 슬그머니 우내혁의 자존심을 건드렸다.

"누가 자신이 없다 했는가?"

"그럼 왜 무조건 반대하는 건데요?"

"아무리 고수들로만 뽑는다 해도 사오십 명으로 저들을 상대할 수는 없는 일이 아닌가? 게다가 강소에 있는 자들이 대대적으로 내려올지도 모르는데, 그에 대한 대책도 없잖은가?"

우내혁의 목소리가 높아진 순간, 이무환이 정색하고 입을 열었다. 갑자기 이무환이 정색을 하자 사람들도 일제히 입을 다물고 그만 주시했다.

"사실 절강으로 들어온 자들만 상대하기 위해서 가자는 게 아닙니다."

"그럼, 강소의 본진이라도 치겠다는 건가?"

"못할 것도 없죠."

우내혁이 어이없다는 표정을 지었다.

"그게 가능한 일이라고 보나?"

"가능하지 못할 것도 없죠. 조금만 머리를 쓴다면 말이죠."

이무환의 눈이 백혜 대사를 향했다.

"안휘 쪽에 연락을 취해서 적을 위협하라 하십시오. 안휘의 정천무림맹이 움직이면 강소의 무리들이 쉽게 움직이지 못할 겁니다. 이곳에서 도망친 자들도 강소로 돌아가야 할 테고 말이죠. 그 후, 안휘와 절강의 세력이 힘을 합쳐 우리 안에 몰린 적을 치는 겁니다."

제법 그럴듯했다. 그래도 우내혁은 쉽게 인정하지 않았다.

"훗, 말은 간단하지만 쉽지 않은 일이네. 적을 너무 과소평가하는 것 같군."

이무환이 착 가라앉은 눈으로 우내혁을 응시했다.

"과소평가하는 것은 아니지만, 그렇다고 과대평가도 하지 않습니다. 분명한 것은, 나중에 저들을 치려면 지금보다 몇 배나 힘이 들 거라는 것이지요. 적이 엄청난 피해를 입고 물러난 지금보다 더 좋은 기회가 있을 거라고 보십니까?"

"그걸 누가 모르는가?"

"알면 그렇게 하자니까요? 저들이 두렵습니까?"

이무환이 또 긁어대자 우내혁이 냉랭한 어조로 말을 받았다.

"나는 물론이고, 정천무림맹의 무사들도 저들을 두려워하지 않네."

"그럼 문제될 것이 없군요."

우내혁은 이무환을 쏘아보았다.

이무환의 말대로 최강의 고수 사오십 명을 움직인다면 적의 움직임을 차단하는 것 정도는 충분히 가능했다.

게다가 부상자가 나아서 합류하고, 안휘의 정천무림맹 무사들과 연합할 경우, 잘하면 적에게 치명적인 타격도 가할 수 있었다.

그러나 모든 것이 예상일 뿐, 예상만으로 강소의 본진에 쳐들어가는 것은 너무 위험한 일이었다.

우내혁은 슬며시 전음을 보내 호연청을 끌어들였다.

"호 형, 저 어린놈이 계속 설치도록 놔두실 거요?"

움찔한 호연청이 슬쩍 이무환을 바라보았다.

광룡의 입가에 맺힌 묘한 웃음이 보였다. 역시나 전음을 엿들은 듯하다.

'이 인간아, 왜 물귀신처럼 나까지 걸고 넘어가려고 하는 건가!'

호연청은 속으로야 그런 마음이었지만, 겉으로는 태연히 전음을 보냈다.

"어차피 놈들을 이대로 놔둘 수는 없는 일, 광룡의 말도 괜찮은 것 같지 않은가?"

우내혁은 쉽게 인정하지 않았다.

"그건 그렇지만, 묵운방과의 싸움은 우리가 이끌어야 하지 않겠소?"

"광룡은 상황을 이끌 자격이 있는 사람이네."

"허어, 그럼 앞으로 정말 저 새파란 애송이 말을 듣고 움직여야 한단 말이오?"

호연청은 속으로 한숨이 나왔지만, 짐짓 꾸짖듯이 말했다.

"누가 이끌면 어떤가? 정의를 수호하겠다는 사람이 어찌 그리 자리에 연연한단 말인가?"

"꼭 그런 뜻이 아니라……. 후우, 뭐, 호 형의 마음이 그렇다면 할 수 없지요."

호연청은 우내혁의 입이 닫힌 후에야 넌지시 이무환을 향해 웃음을 보였다.

이무환도 보일 듯 말 듯 웃어주고는 우내혁을 바라보았다.

우내혁을 바라보는 그의 눈에선 기이한 눈빛이 번들거렸다.

"일단 안휘에 먼저 연락을 넣도록 하십시오. 대충 써서 보내지 마시고, 반드시! 움직여야 한다고 하셔야 합니다. 잘못되면 고립되어서 정말 위험에 빠질지 모르니까요."

천광지령의 기운이 담긴 눈빛과 마주친 우내혁은 자신도 모르게 고개를 끄덕였다.

"그렇게 하지."

3

인원은 이무환을 포함해 총 사십사 명으로 구성되었다.

광룡단에서는 밀천회의 사람 중 다섯, 구룡성의 사람 넷, 거기에 순우경이 합세했다.

정천무림맹은 우내혁과 두 명의 단주, 대주들 중 부상이 심하지 않은 사람 일곱과 무사들 중 뛰어난 자 열다섯 명을 뽑왔다.

그리고 검운장과 항주의 연합 세력 중 여덟 명을 뽑았다.

상황이 급박하게 돌아간 터라 대부분이 제대로 운기조차 못한 상태였다. 이무환은 추적대에게 반 시진의 여유를 두고 몸을 다스리도록 했다.

그렇게 사시가 지날 즈음, 신기영과 함께 천당객잔에 있던 남궁산산이 사마추경을 마차에 싣고 돌아왔다.

이무환은 떠나기 전 설검원으로 남궁산산과 사마추경을 찾아갔다. 사마추경은 아직도 정신을 차리지 못한 상태였다.

"어떠셔?"

"아직 정신을 차리지는 못하셨지만, 몸 상태는 전보다 훨씬 나아지셨어요."

이무환은 사마추경의 맥문을 잡아보고 내심 안도했다.

그러다 문득 든 생각에 고개를 좌우로 둘러보았다.

"가만, 아버지는 어디 가셨지?"

"먼저 섬으로 가신다고 하셨어요."

"먼저?"

"어차피 도움도 안 되고, 섬이 걱정되신다면서……."

조금 이상했다. 물론 내상이 완쾌되지 않아 큰 도움이 안 되는 것은 사실이었다. 그렇다고 무작정 떠날 일은 또 뭐란 말인가?

'분명 뭐가 있는 거 같은데…….'

그리 생각하니 설검원에서 자신을 급히 떠나보내던 것도 이상하게 느껴졌다. 하지만 속을 들여다보지 않았으니 무슨 생각인지 어찌 알 수 있을까.

"갔다 올 테니까, 어디 가지 말고 여기서 기다려."

"알았어요, 오빠."

남궁산산은 쫓아내도 나갈 생각이 없었다. 세가에 가보고도 싶지만, 그것은 이번 싸움이 끝난 뒤, 섬에 다녀와서 가도 될 터였다.

원래 일 년을 계획하고 나왔지 않은가 말이다.

쪽.

남궁산산은 발뒤꿈치를 들고 이무환의 볼에 입을 맞췄다.

이무환은 뭉클한 남궁산산의 몸이 느껴진 후에야 후회가 되었다.

'쩝, 괜히 서둘렀나?'

하나 어쩌랴. 지금쯤 사람들이 기다리고 있을 텐데.

이무환은 남궁산산을 힘주어 안아보는 것으로 아쉬움을 접었다.

한데 그가 방을 나왔을 때였다.

한 사람이 방 앞에 서 있다 조용히 웃었다. 사마강이었다.

"오랜만이군."

사마강은 내원의 가족을 맡고 있어서 싸울 때 볼 수가 없었다. 그렇다고 그에 대해 모르지는 않았다.

절정의 고수가 되어 돌아왔다고 했다. 사마성운보다 강할 거라는 말도 들렸다.

하긴 자신이 봐도 전보다 훨씬 강해졌다.

"떠오르는 해는 잘랐수?"

"자네 덕분에 해도 자르고, 좋은 사람도 만났지."

"좋은 사람?"

사마강이 피식 웃으며 장난처럼 말했다.

"그런데 말이야, 용아가 자네 원망을 많이 하더군. 지금은 아니지만."

"아하! 성하루에 갔군요!"

"자네 말대로 음식 맛이 기막히더군. 그래서 여기 올 때까지 그곳을 벗어나지 못했네."

이무환의 눈이 가늘어졌다.

"흠, 단지 음식 맛 때문에요?"

"사람은 더 좋더군."

가늘어진 이무환의 눈이 조금 커졌다. 사마강의 말뜻을 어렴풋이 깨달은 것이다.

"혹시……?"

"모든 일이 끝나면 이리 데려올 생각이네. 아버님이 반대한다면, 내가 그곳에서 살면 되고 말이야."

"호오, 대단한 각오군요. 하지만 걱정 마쇼, 정말 그런 마음이면 제가 밀어드리죠."

"정말인가?"

"당연하죠, 외사촌 형이 좋은 사람을 만났는데 제가 도와드려야죠. 외갓집을 위해서라도 말이죠."

사마강도 이충량을 만나고 그간의 사정을 들은 터였다.

그는 고종사촌 동생인 이무환이 정말 마음에 들었다.

"고맙네, 아우."

"쩝, 어째 이번 길에 형들은 많이 만났는데 동생은 하나도… 아니구나, 하연이, 우리 예쁜 하연이가 있지? 깜박했네. 흠, 언제 남궁세가에 가봐야 하는데……. 걔가 나를 너무 좋아한단 말이야."

이무환이 중얼거리는 동안 사마강의 웃음이 짙어졌다.

"아름다운 여자가 자네를 기다리고 있는데 너무 욕심이 많은 거 아닌가?"

"그거야 그렇… 어? 형이 어떻게 그걸 알죠? 아버지가 말했수?"

"얼마 전까지만 해도 같이 있었는데……."

사마강이 말하다 말고 의아한 표정을 지었다.

"아버님이 말씀 안 하시던가?"

"무슨 말이죠? 같이 있었다뇨?"

사마강이 간단하게 옥이에 대해 말했다.

순간 이무환의 얼굴이 벌게졌다.

'이 양반이! 으흥! 그래서 간 거군. 내가 뭐라고 할까 봐 도망친 거였어!'

하지만 없는 사람, 더구나 아버지를 들먹이며 화를 낼 수도 없는 일. 이무환은 화를 꾹 참고 고개만 끄덕였다.

"그렇게 된 거군요. 끄응……."

"이거, 내가 괜한 말을 한 것 같군."

"아, 아뇨. 잘하신 거요. 덕분에 아버지가 왜 먼저 갔는지 궁금증을 털었으니까."

"그럼 다행이네만……."

사마강은 옥이에게 들은 말을 마저 다 해주어야 하나 망설였다.

하지만 왠지 이무환의 표정이 좋지 않았다. 지금 말해봐야 좋을 게 없을 듯했다.

'나중에 알려주지, 뭐.'

그때 이무환이 찌그러진 표정을 풀고 고맙다는 인사를 했다.

"좌우간 고맙수. 형 덕분에 옥이가 무사했다니."

"나보다는 용아가 고생했지. 어쨌든 그만 가세. 사람들이 기다리겠네."

"그러죠."

이무환은 속으로 구시렁거리며 설검원을 나섰다.

'쳇, 잘 좀 돌봐달라니까……. 아들 간 떨어지는 꼴을 그렇게 보고 싶나.'

4

이무환은 광룡단과 정천무림맹에서 뽑은 사람들을 이끌고 검운장을 나섰다.

바로 그때였다. 저만치서 덮개도 없는 마차가 달려오는 게 보였다. 한데 대웅이 마부석에 앉아 있는 것이 아닌가.

이무환의 눈이 커졌다.

"어? 저게 누구야?"

대웅은 이무환을 보더니 금방이라도 울음을 터뜨릴 것 같은 표정으로 소리쳤다.

"대형!"

이무환은 누가 보든 말든 마차를 향해 뛰어갔다.

부상을 당한 유철상이 대웅과 함께 남았다고 했다. 한데 대웅이 마차를 몰고 나타났다.

더 생각할 것도 없었다.

"어떻게 된 거야?!"

급히 달려간 이무환은 마차 위를 바라보며 소리쳐 물었다.

덮개도 없는 마차에는 거적이나 다름없는 이불로 한 사람이 싸여 있었는데 얼굴만 보였다. 유철상이었다.

대웅이 울먹이며 입을 열었다.

"저 때문에… 저를 살리시려고 적을 막다……. 허엉!"

유철상의 말대로 대웅은 산을 타고 올라갔다.

하지만 그는 유철상이나, 하다못해 신기영처럼 내력을 지닌 강호 고수가 아니었다. 그러니 어둠 속에서 움직이는 게 불편할 수밖에 없었다.

이십여 장 올라가던 그는 그만 이끼를 잘못 밟아 넘어지고 말았다. 문제는 넘어지면서 자신도 모르게 소리를 지른 것이었다.

수색하던 자들이 빠르게 대웅이 있는 산 위로 올라왔다.

그때 유철상이 그들을 공격했다.

적은 열둘. 유철상은 삼 초 만에 그중 일곱을 쓰러뜨렸다.

남은 자는 다섯. 유철상은 그들을 한쪽으로 유인하며 상대했다.

그러나 삼 초의 공격을 펼치면서 상처가 도진 유철상으로선 다섯 명의 무사를 막는 것이 쉽지 않았다.

다행이라면 그들 중 절정고수가 없다는 것이었다.

유철상은 최대한 방어에 치중하며 적의 약점을 노렸다. 그리고 기회가 날 때마다 하나씩 처치했다.

하지만 적을 모두 처치했을 즈음에는 유철상도 두어 군데의 상처를 입고 말았다. 상당히 깊은 상처였다.

처음의 상처에 나중의 상처가 더해지자 유철상은 움직이기도 힘들 정도가 되었다.

다시 산을 내려간 대웅은 유철상을 둘러업고 죽을힘을 다해 산을 올랐다.

아무런 생각도 없었다. 자신이 넘어지며 소리만 지르지 않았다면 적이 유철상을 발견하지 못할 수도 있었다.

결국 유철상은 자신 때문에 중상을 입은 것이다.

일개 흑도의 졸개인 자신 때문에 말이다.

대웅은 숨이 턱까지 찬 상태로 산을 넘었다. 그리고 산 너머의 제법 큰 마을에 도착해서, 늙은 말 한 마리와 허름한 마차와 이불 하나를 구했다.

그 후부터 최대한 충격이 가지 않는 한도에서 말을 몰았다.

쉬지 않고 왔는데도 팔십 리 길을 세 시진이나 걸렸으니, 그가 얼마나 조심하며 왔는지 알 수 있는 일이었다.

이무환은 즉시 이불을 벗기고 유철상의 상태를 살폈다.

핏기 하나 없는 창백한 얼굴. 숨소리조차 들릴 듯 말 듯했다.

다행이라면 아직 맥이 뛰고 있다는 것이었다.

이무환은 유철상의 몸을 이불째 들어 안았다.

"제가 안겠습니다, 단주."

영호승이 재빨리 나섰다.

하지만 이무환은 고개를 저으며 걸음을 옮겼다.

그가 유철상은 안고 검운장으로 발길을 돌리자, 우내혁이 눈살을 찌푸리며 물었다.

"그 사람은 다른 사람에게 맡기지 그러나?"

이무환은 냉랭히 말하며 검운장으로 들어갔다.

"조금만 기다리쇼. 나에게는 적 백 명을 잡는 것보다 이 사람을 살리는 것이 더 중요하니까."

영호승과 구룡성의 사람들은 잔잔하게 떨리는 눈으로 뒤를 따르며 턱에 힘을 주었다.

순우경도 묘한 눈빛으로 이무환의 등을 응시했다.

조금 전만 해도 정말 지옥의 악귀라도 되는 것처럼 적을 도살하던 이무환이다.

정천무림맹을 압박할 때까지만 해도 적을 추살하지 못해 안달 난 사람처럼 보였다.

한데 이제는 동료 한 사람을 위해 추적마저 늦춘다.

그녀의 얼어붙은 가슴에 묘한 물결이 일었다.

'저 사람, 도무지 알 수가 없어.'

이무환은 곧바로 설검원으로 갔다.

그가 이불에 말린 사람을 안고 다시 돌아오자 남궁산산이 깜짝 놀라 몸을 일으켰다. 그녀의 옆에는 언제 왔는지 천태 도장이 함께 있었다.

"유 대협이잖아요? 어떻게 된 거예요?"

"어. 내 명령 때문에 적의 목구멍까지 들어갔다가 부상을 입었는데, 죽기 직전이야."

이무환은 유철상의 축 늘어진 몸을 침상에 내려놓고는, 품속에서 대나무 통을 꺼냈다.

또르르.

두 알의 폭령잠마영단을 꺼낸 이무환은 옆에 조용히 서 있는 천태 도장에게 내밀었다.

"도장님께서 돌봐주십시오. 이 사람은 살 자격이 있는 사람입니다. 이 사람 덕분에 저들을 물리칠 수 있었거든요."

"알겠다. 그런 사람이라면 무슨 수를 써서라도 살려야지.

이 늙은이가 최선을 다해보마."

　사람을 고치는 일은 자신보다 천태 도장이 훨씬 나았다. 게다가 모르는 게 없는 남궁산산도 옆에 있는 상황.

　이무환은 유철상을 물끄러미 바라보고는 나직이 말했다.

　"올 때까지 나아 있으쇼, 돌사자 양반. 내가 맛있는 거 사줄 테니까."

　밖으로 나가자 사람들이 모두 이무환을 쳐다보았다.

　흐뭇한 표정, 감격에 찬 표정, 각양각색의 묘한 눈빛으로.

　이무환은 슬며시 품속의 대나무 통을 잡으며 그들의 따뜻한 가슴에 찬물을 끼얹었다.

　"왜들 그런 표정들이쇼? 이제 얼마 안 남아서 줄 것도 없는데."

第三章
준비된 추격(追擊)

적의 추격은 처마교의 마월당 무사들괴 힝주의 흑도 방꽈가
맡았다.

외곽에 미리 대기하고 있던 그들은 묵운방과 마도 연합의
무리들이 검운장에서 쏟아져 나왔다는 연락을 받고 숨을 죽였
다.

그리고 곧 도주하는 자들이 나타나자 뒤를 쫓기 시작했다.

그들은 이무환과 검운장의 사람들이 적을 쫓는 것은 아랑곳
하지 않았다.

오직 도주하는 자들의 뒤만 밟았다.

악귀가 그렇게 명령을 내린 것이다.

항주 서북쪽 외곽으로 나가자 소면생이 다가왔다.

"놈들은 어느 쪽으로 갔죠?"

이무환의 질문이 떨어지자마자 소면생이 대답했다.

"흩어진 자들이 여항 쪽에서 집결한 후, 일부는 서남쪽으로, 일부는 북쪽으로 갈라졌습니다."

서남쪽으로 간 자들은 흑마련과 혈해방일 터였다.

언제든 마음만 먹으면 처리할 수 있는 자들. 그들에게는 관심이 없었다.

"북쪽으로 간 인원은 얼마나 되죠?"

"이백이 조금 넘는 것 같습니다."

이백이 넘는 인원. 그 참혹한 전쟁에서 살아난 만큼 약자는 없다. 오직 부상자와 정예고수로 나누어질 뿐이다.

"이백이라……."

이무환은 소면생의 말을 들으며 북쪽을 쳐다보았다.

싸움이 끝나고 놈들이 도주한 지 한 시진이 넘었다. 하지만 부상자가 많고 중간 중간 수로가 많은 만큼 멀리 가지는 못했을 터였다.

"현재 추적은?"

"사십 명이 넓게 퍼져서 쫓고 있습니다. 오 리 간격을 둔 채 공자를 기다리라 했습니다."

옆에서 두 사람의 대화를 듣던 모든 사람들이 질렸다는 표정으로 이무환을 바라보았다.

소름이 돋았다.

말투도 건방지고, 하는 짓도 마음에 들지 않는 이무환이다.

계획을 짜는 것도 엄벙덤벙 대충 짜는 듯 보인다.

그런데도 자세히 들여다보면 바늘 끝만 한 틈도 없다.

대체 언제 저런 준비를 해놓았단 말인가? 질 거라고는 아예 생각지도 않았단 말인가?

광룡단을 제외한 모든 사람들이 경탄하며 그를 바라볼 즈음, 호연청이 문득 떠오른 듯 물었다.

"남궁 소저가 짠 계획인가?"

이무환이 목에 힘을 주고 대답했다.

"나와 함께 짠 계획이죠."

호연청은 그 말을 곧이곧대로 믿지 않았다. 물론 광룡단의 단원들도 마찬가지였다.

'그럼 그렇지.'

대부분이 그렇게 생각했다. 몇 사람은 하도 보고 들어서 새로울 것도 없다는 표정이었고.

이무환은 그들의 생각을 조금도 신경 쓰지 않았다.

사실이 그랬으니까. 비록 자신이 한 것은 천마교의 마월당과 흑도 방파를 움직인 것이 전부지만, 그들이 없었으면 계획도 세우지 못했을 것이 아닌가.

"하, 하, 그런 눈으로 보니 쑥스럽군요. 누구나 생각할 수 있는 작전인데 말이죠. 자, 갑시다."

쑥스럽기는, 자랑하지 못해 안달 난 표정인데!

사람들은 속으로 그런 생각을 하며 걸음을 옮겼다.

전서구가 소주의 소천장(昭天莊)에 날아든 것은 오시 무렵이었다.

항주에서 소주까지 직선거리로 삼백 리 정도인데 한 시진 반 만에 날아온 것이다.

탐호당주 위지청이 전서구에 매달린 전서통에서 서신을 빼냈다.

오늘 전면 공격을 해서 절강을 접수할 거라 했다.

전서구가 온 시각이 예상했던 것보다 조금 빠르긴 하지만, 분명 승리에 대한 소식일 것이었다.

그는 느긋한 자세로 서신을 펼쳤다.

그의 관심은 오직 피해가 얼마나 났는가 하는 것뿐이었다.

하지만 첫 줄을 다 읽기도 전에 그는 벌떡 일어나지 않을 수 없었다.

와장창!

탁자에 있던 찻잔이 떨어져 박살 나며 사방으로 튀었다.

박살 난 찻잔은 강서 경덕진 도요(陶窯)에서 만들어진 고급품으로 그가 매우 아끼는 것이었지만, 지금은 그에 대해 신경 쓸 정신이 없었다.

그는 정신없이 가주가 머무는 정요전으로 달려갔다.

“뭐라? 패해?!”

위지창화가 대경하며 믿을 수 없다는 표정을 지었다.

“그렇다 합니다, 가주! 지금 호주(湖州) 쪽으로 물러나고 있는데, 소가주께서 중상을 입었다는 연락입니다.”

쾅!

탁자를 내려친 위지창화가 말도 안 된다는 듯 소리쳤다.

“방에서 지원이 있었다 하지 않았는가?”

“우태상이신 경 대협과 두 분의 장로, 묵운백령 중 사십칠 명이 갔다 했습니다.”

“그런데도 졌다고? 지금 그 말을 나더러 믿으란 말인가?”

“구룡성을 뒤집어놓았다는 광룡이 밀천회의 고수들과 함께 나타났다 합니다, 가주!”

위지창화는 경악으로 눈을 홉떴다.

“광룡과 밀천회라고?”

광룡에 대해서는 크게 생각하지 않았다.

구룡성의 이야기를 듣긴 했다. 방에서는 광룡에 대한 소문이 사실일지 모른다는 말도 있었다. 그러나 그는 반 이상이 과장된 이야기라 생각했다.

문제는 밀천회였다.

그는 전설처럼 전해지는 밀천회의 존재를 알고 있었다.

정천무림맹과 밀천회가 밀접한 관계라는 것도 알았다. 비록 백 년 전이지만, 위지가에서도 밀천회에 뽑힌 사람이 있었던 것이다.

"이후의 상황에 대해 알려진 게 있는가?!"

"전서구도 이제 전해진 터라……."

"으음……."

위지창화는 의자의 팔걸이를 움켜쥐었다. 쇠로 된 팔걸이가 부서질 것처럼 찌그러졌다.

"방에 즉시 사실을 알리도록 하고, 장로들과 간부들을 모두 불러들여라! 그리고 일급 비상령을 내리고 무사들을 소집해! 최대한 빨리 지원을 간다!"

"예, 가주!"

3

환비는 백이십 리를 달려 덕청현(德淸縣)의 건원(乾元)에 이르러서야 걸음을 멈췄다.

마음 같아서는 호주까지 쉬지 않고 갔으면 싶었다. 그러나 경충문과 위지호천은 물론이고, 부상이 심한 자가 많아 욕심대로 할 수만은 없었다.

"이각을 쉰 후 출발하도록 합시다."

장로인 백가위가 눈살을 찌푸렸다.

"굳이 이렇게 서두를 게 있나? 우태상과 삼공자의 몸이 회복된 후 갔으면 싶네만."

환비가 일행을 이끈다는 것이 마음에 들지 않았다. 하지만 경충문이 그를 남다르게 생각한다는 것, 무위가 자신보다 강하다는 것 때문에 심한 말을 하지는 않았다.

남경 천강문의 장로인 전태위도 백가위의 말에 동조했다.

"환 공자, 이제 호주까지 백 리밖에 남지 않았네. 일단 부상자들부터 돌보았으면 싶군."

부상이 크다지만 경충문과 위지호천도 정신은 들어 있었다.

그들은 쉬고 싶었다. 이대로 조금만 더 지나면 진짜 죽을지 모른다는 두려움이 엄습했다.

"백 장로 말대로 하세."

"검운장을 나온 즉시 전서구를 보냈으니 지금쯤 소주의 아버님이 움직였을 거네. 서두르지 않아도 될 거야."

광유 역시 불만이 많았다. 묵운방과의 관계는 자신이 만들어놓았다. 그런데 갑자기 끼어든 환비에게 밀린 꼴이 되지 않았는가 말이다.

"사형, 비록 이 상황이 되긴 했지만, 남은 사람이 이백이 넘습니다. 놈들도 상황을 정리하느라 정신이 없을 텐데, 이곳에서 부상자를 손보고 갑시다."

환비는 주위에 몰려 앉은 사람들을 둘러보았다.

모두가 피곤한 모습이었다. 몸이 힘든 것보다 정신의 충격이 더 클 것이었다.

'후우, 어쩔 수 없나?'

그는 광룡을 안다. 구룡성의 일이 끝나자마자 곧바로 추적에 나선 그다. 남들이 예상치 못한 일을 조금도 망설이지 않고 하는 추측 불가의 인물, 그게 광룡인 것이다.

어쩌면 지금 자신들의 뒤를 따라오고 있을지도 몰랐다.

최대한 멀리 가야 한다. 하다못해 호주까지라도 가야만 한다.

지금쯤이면 위지가에서 무사들을 동원했을 터. 그들과 만난다면 추격대를 걱정하지 않아도 될 테니까.

문제는 자신의 주장이 먹혀들기 힘들 만큼 사람들의 심신이 충격을 받았다는 것이었다.

"그럼 반 시진만 쉬었다 가도록 합시다. 그 이상은 위험합니다."

4

서쪽에서 뻗은 막간산 줄기만 피하면 호주까지는 평탄한 지형이었다.

하지만 흑도 방파의 사람들에게서 지형을 파악한 소면생은 동쪽으로 돌아 막간산에서 뻗은 산자락을 타고 움직이자고 했다.

덕청 인근에 산재한 수로와 호수 때문이었다.

수로는 때로 산보다 더 거추장스런 장애물이었다. 좁은 곳이라면 문제될 것이 없었다. 그러나 폭이 이십 장이 넘는 수로나 호수는 제아무리 추적대가 고수들로 이루어졌다고 해도 부담되지 않을 수 없었다.

수로에 발이 묶이느니, 힘이 좀 들더라도 돌아가는 게 낫다고 생각한 것이다.

다행이라면 적이 수로 쪽으로 갔다는 점이었다. 그들은 숫자가 많은 만큼 더 늦어질 수밖에 없을 게 분명했다.

이무환은 소면생의 의견을 받아들여 동쪽으로 선회했다.

그렇게 동쪽의 산자락을 오르내리며 한 시진 반을 달리자, 저만치 덕청이 보였다.

모두가 절정에 이른 고수들이기에 백 리 길을 달리고도 거의 지치지 않았다.

일행이 덕청 쪽으로 다가갈 즈음, 무사 하나가 다급히 다가왔다. 소면생이 배치한 마월당의 무사였다.

"속하가……."

"놈들의 위치는?"

이무환이 상대의 말을 잘랐다. 몇 마디 하는 시간도 아깝나는 듯.

"이십 리 동북쪽 갈대숲에서 반 시진가량 쉰 후 이각 전에야 출발했습니다."

이십 리. 이각.

둘을 합치면 대충 반 시진 정도의 차이가 난다.

도주하는 자보다 배로 빨리 갈 경우 한 시진 이내면 잡을 수 있다는 말. 호주로 들어가기 전에 따라잡을 수 있다는 소리였다.

'잘만 하면 의외의 소득을 올릴 수 있겠군.'

이무환은 차가운 웃음을 지으며 옆을 바라보았다.

"어떻게 생각하쇼?"

호연청과 황보광과 백혜 대사가 동시에 이무환을 쳐다보았다.

"뭘 말인가?"

호연청이 의아한 표정을 지은 채 버릇처럼 물었다.

이무환이 한심하다는 눈빛으로 입을 열었다.

"호주 도착하기 전에 꼬리를 잡을 수 있을 것 같은데……."

"그럴 수 있을 것 같군. 호주까지 아직 백 리는 남았으니까 말이야."

이무환이 호연청을 빤히 바라보았다.

"왜 말을 끊고 그럽니까? 끝까지 들어봐야 할 거 아뇨? 내가 그냥 돌아가자고 할지 모르잖아요?"

호연청의 얼굴이 살짝 붉어졌다.

어지간하면 이무환과 말상대를 하지 않겠다고 다짐한 그다. 그런데 또 버릇처럼 말상대를 했다. 그런 자신에게 짜증이 났다.

기분이 그러다 보니 말투에서 짜증이 묻어 나왔다.

"그럼 나머지도 말해보게."

이무환은 피식 웃으며 전음으로 말했다.

"왜 짜증을 내고 그래요? 그런 마음으로 어디 합동작전이 잘되겠어요? 나이도 드신 분이 좀 대범하서야지……."

호연청은 귓구멍을 막고 싶었다.

이제는 짜증 정도가 아니라 속이 부글부글 끓어오른다.

"자네, 정말⋯⋯!"

그가 벌게진 얼굴로 막 소리치는 순간, 이무환은 아무 일 없다는 듯 입가에 여전히 웃음을 달고 입을 열었다.

"발 빠른 사람들이 먼저 가서 저들을 막고 양동 공격을 하면 괜찮지 않을까요?"

사람들이 힐끔거린다.

이무환은 담담한데 자신만 화를 내는 것처럼 되어버렸다.

호연청은 생사대적을 눈앞에 둔 눈빛으로 이무환을 노려보았다.

'감히 나를 놀리다니! 괘씸한 놈! 똥물에 튀겨 죽일 놈! 사흘을 굶겼다 덜 익은 고기를 억지로 처먹여 죽일 놈!'

손이 근질거렸다. 거리라고 해봐야 일 장도 되지 않는다. 제아무리 광룡이라 해도 자신의 공격을 막을 수 없을 것이다.

그의 손가락이 펴지고, 손바닥이 점점 하얗게 물들 때였다.

이무환이 담담한 표정으로 그의 눈빛을 받아넘기며 다시 물었다.

"어떻게 생각하세요?"

연이은 질문에 호연청도 결국 입을 열었다.

"이 숫자로 말인가?"

"어차피 발이 느린 사람과의 시간 차이가 많이 나지도 않을 텐데요, 뭐. 열 명 정도가 가서 반 각 정도만 막아도 될 거 같은데 말이죠."

"그럼 열 명이 이백을 상대해야 한다는 소리군."

"폭이 좁은 곳을 이용하면, 직접적인 상대는 일 인당 대여섯 명 정도겠죠."

호연청이 모사는 아니어도 구룡성에서 나름대로 머리를 굴리며 살아온 자였다. 계책에 대한 이야기가 나오고, 두어 번 반문하다 보니 자신이 언제 화를 냈는지조차 잊었다.

더구나 이무환이 말한 방법대로 한다면, 훨씬 효과적인 공격을 할 수 있고, 반 각 이상의 시간도 벌 수 있을 터였다.

적의 대규모 지원 무사가 있을 경우, 반 각의 시간은 생사를 가르고도 남았다.

"그럼 그렇게 하세."

이무환이 빙긋 웃으며 고개를 돌렸다.

"자, 신법에 자신있는 분 앞으로 나오세요."

이무환이 고개를 돌린 후에야 호연청의 얼굴이 살짝 달아올랐다.

'빌어먹을, 저 여우 같은 놈에게 또 당했군.'

이무환을 비롯해 호연청과 황보광, 헌원숭, 소천득, 우내혁, 모용상명, 무설강, 제갈신걸, 공손척이 앞을 막기로 했다.

"자네는 뒤에서 나머지 사람들을 지휘하게."

호연청이 이무환을 떨치기 위해 그렇게 말했지만, 이무환이 간단하게 틀어버렸다.

"고수가 한 사람이라도 더 앞에 가야 피해가 줄죠."

틀린 말이 아니니 호연청도 더 말을 못했다.

결국 이무환이 정한 대로 열 명의 고수가 먼저 출발했다.

나머지 인원도 거의 동시에 땅을 박차고 그들의 뒤를 따라
갔다.

5

바람이 왠지 눅눅하게 느껴진다.

기분 나쁜 느낌.

환비는 고개를 들고 하늘을 바라보았다.

동쪽에서 먹구름이 몰려오는 게 보였다.

사방이 수로와 호수다. 큰비라도 온다면 오도 가도 못할 판
이다. 하지만 그가 느낀 기분 나쁜 느낌은 결코 비 때문이 아
니었다.

'너무 지체했어.'

자신의 느낌은 사부인 천세도인이 인정할 정도로 섬세하고
도 정확했다. 이러한 느낌이 들 때면 분명 뭔가 좋지 않은 일
이 벌어지곤 했다.

한데 반 시진을 쉬고도 모자라 일각을 더 쉬었다.

추격대가 있다면 그만큼 가까워졌다는 말.

소주에서 지원 나온 자들과 합류한 상태라면 몰라도 지금으
로서는 모든 것이 불안했다.

그는 좌우에 있는 자신의 수하들을 둘러보았다. 총 일흔다
섯 중 마흔한 명만이 살아남았다. 그중 잠풍십마가 다섯.

무창을 떠날 때와 비교하면 반도 되지 않는 인원이다.

그는 속으로 광룡을 씹으며 전음으로 명을 내렸다.

"만일 무슨 일이 벌어지면 절대 흩어지지 말고 방어에 치중하도록."

잠풍십마 중 수장이나 다름없는 혈양마(血陽魔)가 슬쩍 고개를 끄덕였다.

열 명의 추적대는 모두가 절대고수거나 그에 근접한 사람들이었다.

그들의 앞은 수로라 해도 막지 못했다.

등평도수의 신법으로 물 위를 스치고 날아가는 그들의 모습은 물새가 감탄할 정도로 날렵했다.

사십 리 길을 쉬지 않고 달려간 그들은 작은 야산에 올라 전면을 바라보았다.

그리 높지 않은 야산이었지만, 전면이 탁 트여 있어 삼십 리 앞까지 보였다.

"저기 있군요."

이십여 리 정도 되는 곳에서 개미 떼처럼 움직이는 자들이 있었다. 먼 거리지만 그들의 정체를 아는 것은 어렵지 않았다.

저들을 따라잡으려면 앞으로도 사십 리는 더 가야 한다.

뒤에서 쫓아오는 사람들과의 거리는 오 리 정도. 아마 결국은 십 리 정도 떨어질 것이다.

일각은 싸워야 한다는 소리.

이무환의 입가에 싸늘한 웃음이 맺혔다.

'어디, 십 대 이백의 싸움을 시작해 볼까?'

사람들은 단순히 적을 견제하기 위해 나선 거라고만 생각하고 있다.

하지만 자신은 그럴 생각이 없었다.

적과 마주치면 어차피 싸우게 될 터, 미리부터 부담을 주지 않으려고 말하지 않았을 뿐.

이무환은 하얗게 웃으며 뒤를 돌아다보았다.

"자, 가서 한번 붙어볼까요?"

함께 있은 지 어디 하루 이틀인가?

호연청은 그 웃음을 보고서야 이무환의 본뜻을 눈치챘다.

'깜박했군. 광룡이 그냥 남의 뒤나 쫓겠다고 나올 놈이 아니거늘.'

하지만 어쩌랴, 이미 이곳까지 왔는데.

전력을 다해 싸우는 수밖에!

이무환 일행은 백 장의 거리를 둔 채 묵운방 사람들을 앞지른 후, 수로 옆의 갈대숲에서 기다렸다.

한쪽은 십여 장 넓이의 수로, 한쪽은 진흙탕 농지다.

수로와 농지 사이의 공간은 십오륙 장 정도. 소수의 적으로 다수의 적을 막기에 적당한 지형이었다.

이무환 일행은 묵운방 무리가 이십여 장 앞까지 다가온 다음에야 갈대숲에서 나왔다.

이무환이 뒷짐을 진 채 세 걸음을 옮길 무렵이었다.

맨 앞에서 달리던 자들 중 하나가 이무환을 알아보고 소리쳤다.

"광룡이다!"

쾅광!

벼락이 떨어진 듯했다.

달리던 묵운방의 이백 무사가 갑자기 시간이 정지된 것처럼 멈춰 섰다.

이무환은 턱을 치켜들고 씨익 웃었다. 그의 눈이 전면에 서 있는 환비를 향했다.

"그냥 가면 검운장에서 죽은 사람들이 섭하지. 안 그래, 환비?"

환비는 불안이 현실로 나타나자 이를 지그시 깨물었다.

"흥! 우리를 막을 수 있다고 생각하느냐?"

이무환이 싸늘한 웃음을 매단 채 나직이 대답했다.

"못할 것도 없지."

환비의 눈이 떨렸다. 하지만 절망하지는 않았다.

아무리 봐도 더 이상 나오는 사람이 없다.

그렇다면 눈앞에 있는 열 명이 전부라는 말. 그 열 명이 아무리 절대고수라 해도 자신들을 전부 막을 수는 없을 것이었다.

"고작 열 명으로 말이냐?! 웃기는 소리!"

환비의 말에 묵운방 무사들도 정신을 차리고 무기를 뽑았다.

그렇다. 상대는 고작 열 명이다. 미리부터 겁먹을 필요가 없다.

환비가 그들을 부추겼다.

"추격대가 오기 전에 이곳을 벗어나야 하오! 놈들을 공격하시오!"

"놈들은 얼마 되지 않는다! 쳐라!"

묵운방의 무사들 이십여 명이 무기를 들고 신형을 날렸다.

그 뒤를 따라 환비와 잠풍련의 무사들이 달려들었다.

순간 이무환과 아홉 명의 고수에게서 가공할 기운이 퍼져 나왔다.

철벽이 따로 없었다. 열 명에게서 흘러나오는 절대의 기운은 철벽보다도 더 단단하고 강력한 장애물이었다.

쉬이익!

헌원숭의 손에서 세 발의 기어시가 날아가는 것으로 십대 이백의 싸움이 시작되었다.

호연청의 하얗게 변한 손이 백령천존공을 쏟아내고, 소천득과 황보광이 우뚝 선 채 쌍장을 휘둘렀다.

콰르르릉!

먼저 달려들었던 이십 명의 무사가 근처에 접근도 못하고 튕겨졌다.

하지만 뒤따라 달려든 잠풍련의 무사들은 서너 명이 합공을 하며 철벽을 두들겼다.

모두가 절정에 이른 고수들이다.

그들의 합공은 절대고수라 해도 방심할 수 없을 정도로 강했다.

우내혁과 무설강과 제갈신걸, 공손척, 모용상명이 검을 뽑아 들었다. 우연의 일치인 것처럼 보일 정도로 그들 다섯은 모두가 검을 주무기로 쓰는 사람들이었다.

검강의 벽이 펼쳐지며 잠풍련 무사들의 공세가 막혔다.

일순간, 열 명의 고수가 일제히 적을 향해 쇄도했다.

"막아!"

백가위가 기겁하며 소리쳤다.

선두에 선 이무환은 추호도 망설이지 않고 묵린도를 휘둘렀다.

검은 벼락이 떨어지며 부딪치는 모든 것을 부수었다.

숫자는 단 열 명에 불과했다. 하지만 이백 무사에게 전혀 밀리지 않는 위세였다.

"침착하게 상대하라! 놈들은 열 명에 불과하다!"

백가위가 악을 쓰듯이 외쳤다.

환비도 다수라는 이점을 최대한 강조했다.

"합공하면 놈들을 죽일 수 있다! 철저히 합공해!"

묵운백령 중 대여섯 명이, 잠풍련의 무사 중 서너 명이 한 사람에게 달라붙었다.

그도 안 되면 십여 명이 한 사람에게 덤벼들었다.

묵운방과 잠풍련의 무사들도 결코 약하지 않았다. 절정고수가 수십이고, 초절정에 달한 자들도 칠팔 명이나 되었다. 게다가 환비와 백가위는 절대지경에 달한 고수였다.

헌원숭과 소천득과 황보광과 무설강과 제갈신걸이 합공에 휘말려 더 이상 전진을 하지 못했다.

공손척과 모용상명도 잠풍십마에게 가로막혔다.

백가위는 우내혁을 상대하고, 환비는 호연청을 막아섰다.

이무환은 좌충우돌하며 자신을 둘러싼 이십여 명의 고수 사이를 누볐다.

'쳇, 숫자의 차이가 너무 컸나?'

짧은 시간에 삼십여 명의 적을 쓰러뜨렸다.

그러나 한 사람, 한 사람, 합공을 당하더니 손발이 묶여 버렸다.

비세는 아니시만, 그렇다고 우세를 점하지도 못한 상황. 팽팽한 접전이 이어졌다.

이무환은 그 와중에도 다섯 명의 무사를 더 쓰러뜨리고, 정말 미친 사람처럼 적진을 누볐다.

"다 덤벼!"

광풍이 따로 없었다.

누구도 그의 앞을 막을 수 없었다.

열 명이 달려들든, 스무 명이 달려들든 마찬가지였다.

그나마도 끊임없는 공격이 이무환의 행동반경에 제약을 가져왔다.

경충문과 위지호천은 그 틈을 이용해 삼십여 명의 무사와 전장을 벗어났다.

뒤에서 쫓아오던 서른네 명의 고수가 도착한 것은, 이무환의 손에 이십여 명이 더 쓰러진 뒤였다.

"왔군! 좋아! 이제 확실하게 정리해 볼까?!"

환비는 백혜 대사가 이끄는 지원 병력을 보고 대경했다.

열 명을 상대하는 것만도 버거운데, 수십 명의 고수들이 달려온다. 그들이 가세하면 전세가 변하는 것은 순식간일 터였다.

'빌어먹을 새끼! 먼저 와서 시간을 끌었구나!'

그제야 이무환의 계획을 간파한 환비는 이를 갈았다.

그는 호연청을 향해 전력을 다한 천풍장을 쏟아냈다.

콰과광!

호연청의 백령천존수가 천풍장과 정면충돌하며 굉음을 일으켰다. 가루가 되어 흩어져 있던 갈댓잎들이 회오리바람에 휘말리며 솟구쳤다.

환비는 그 반동을 이용해 십여 장을 벗어나고는 악을 쓰듯이 외쳤다.

"이곳을 벗어나라!"

누가 먼저라 할 것도 없었다.

묵운방과 잠풍련의 무사들은 상대를 놔둔 채 전력으로 신형을 날렸다.

미리 전장에서 벗어나 있던 위지호천과 경충문은 지원 무사들을 보는 순간 이미 백여 장을 도주한 후였다.

　추격대는 미처 벗어나지 못한 자들을 향해 조금도 망설이지
않고 손을 썼다.
　이무환의 귓전에 무면검마의 전음이 울린 것은 바로 그때였
다.
　"환비는 내가 맡겠네."

　휘이이잉!
　바람이 불며 피비린내가 코를 찔렀다. 사방에 적의 시신이
널브러져 있다.
　이백여 명의 적 중 쓰러진 자는 구십여 명. 겨우 일백이삼십
명만이 도주했다.
　한데도 이무환 일행은 서너 명이 약간의 부상을 입었을 뿐
이다.
　"저들을 쫓아야 하지 않겠나?"
　우내혁이 거칠어진 숨을 가라앉히며 물었다.
　하지만 이무환은 고개를 저었다.
　"이 정도면 되었습니다."
　우내혁이 불만인 표정을 지으며 반문했다.
　"왜? 생각이 바뀌었나? 쫓아가면 자네 말대로 끝장낼 수 있
을 텐데 말이야."
　이무환이 묵린도를 도집에 넣으며 우내혁을 째려보았다.
　"도망갈 길도 없는 구석에 몰리면 쥐도 고양이에게 대드는
법입니다. 함께 죽자고 대들면 우리 중 반은 죽을 텐데, 그러면

남는 게 없죠."

적을 쫓아도 도망갈 길을 한 군데쯤은 터줘야 하는 법이다. 그래야 목숨을 걸고 저항하지 않는다.

저들을 죽인다고 묵운방이 무너지는 것도 아닌데, 공연한 피해를 자초할 필요는 없지 않은가 말이다.

우내혁도 그 정도는 알았다. 다만 조금 전에는 격전의 흥분이 가라앉지 않아 깊게 생각하지 않았을 뿐.

"그럼 어떻게 할 건가?"

"좀 쉬었다가 천천히 쫓아가죠. 강서까지 말입니다."

나직이 입을 여는 이무환의 두 눈에 서리가 맺히는 듯했다.

우내혁은 불만인 듯 한마디 하려다 이무환의 눈을 보고 입을 닫았다.

6

정천무림맹의 안휘성 임시 거점인 무호의 호영장(湖影莊)에 전령이 도착한 것은 신시가 지날 무렵이었다.

전령이 도착한 지 일각도 되지 않아 십여 명의 간부가 탁자를 가운데 두고 모여 앉았다.

무당의 장로이자 정천무림맹 부맹주인 원화 도장은 간부들이 모두 모인 다음에야 전령이 전해온 소식을 전했다.

"묵운방과 절강의 마도 연합이 검운장을 공격했다고 하오. 전보다 훨씬 강한 전력으로 말이오."

순간 만 근 바위 같은 침묵이 방 안을 내리눌렀다.

이삼 일 간격으로 지원을 바라는 전령이 왔다. 한데도 지원을 보낼 여력이 없어 총단에서 사람이 오기만 기다리고 있던 터다.

적도 피해가 많은 상황. 당분간은 공격하지 않을 거라 생각하고 말이다.

그러나 자신들의 예상은 빗나갔고, 적이 항주를 쳤다고 한다. 그것도 전보다 훨씬 강한 전력으로.

모두의 얼굴이 굳어졌다.

침묵을 참지 못하고 한 사람이 물었다.

"으음, 어찌 되었다 합니까?"

남궁세가의 장로인 남궁양이었다. 그는 적은 인원이라도 보내자며 줄기차게 지원을 찬성한 사람 중 하나였다.

질문을 던진 그는 착잡한 표정으로 원화 도장의 답을 기다렸다.

원화 도장은 자신을 바라보는 사람들을 둘러보며 천천히 입을 열었다.

"적을… 물리쳤다고 하오."

초조하게 대답을 기다리던 사람들의 얼굴에 화색이 돌았다.

남궁양의 얼굴도 활짝 펴졌다.

"그게 정말입니까? 오오, 그거 오랜만에 반가운 소식입니다!"

"그럼 그렇지! 우 대협과 구양 대협까지 있는데 어찌 패할

리가 있겠소?"

"이 기회에 놈들을 제거해야 하외다! 부맹주, 명을 내리시구려!"

정천무림맹의 간부들은 엉덩이까지 들썩거리며, 마치 자신들이 승리하기라도 한 것처럼 환호했다.

원화 도장은 웅성거림이 가라앉을 때까지 기다렸다.

그 역시 기뻤지만, 마음 한 켠으로는 씁쓸하기만 했다. 사람들은 정천무림맹 덕분에 이긴 걸로 알고 있다. 그러나 그가 전령에게 들은 바로는 결코 정천무림맹의 힘으로 적을 물리친 것이 아니었다.

잠시 후, 방 안이 다시 조용해지자 남궁양이 의아한 표정으로 물었다.

"승리한 것은 기쁩니다만, 뭔가 좀 이상하군요."

"뭐가 말이오?"

"놈들의 전력이 전보다 훨씬 강하다 하지 않았습니까? 그런데 어떻게 이겼는지 모르겠군요."

원화 도장은 그렇게 물을 줄 알았다는 듯 씁쓸하게 웃으며 대답했다.

"놈들의 전력이 전보다 훨씬 강해서 패색이 짙었는데, 뜻밖의 사람들이 나타나 그들을 물리쳤다고 하오."

"뜻밖의 사람들이라니요?"

"정천총령주인 호연청 령주가 밀천회의 사람들과 함께 검운장에 나타났다고 하는구려. 그리고… 구룡성의 천외광룡도……."

원화 도장의 설명이 이어질수록 간부들의 입도 점점 크게 벌어졌다.

밀천회의 고수들이 나타난 것만 해도 놀라운 일이 아닐 수 없었다. 하거늘, 구룡성을 뒤집어놓았다는 광룡까지 나타나다니!

대체 그들이 왜 모조리 항주의 검운장에 나타났단 말인가?

사람들이 기쁨과 의아함으로 웅성댈 때다.

원화 도장이 정색한 얼굴로 사람들을 둘러보며 말을 이었다.

"한데… 우리에게 무사들을 이동시켜 달라고 하는구려. 곧장 강소의 본진을 칠 모양이오."

사위가 자시 조용해졌다.

조금 전과는 다른 뜻의 침묵이었다.

열기가 피어나는 침묵. 정천무림맹 간부들의 가슴에서 불길이 일기 시작했다.

第四章
정의를 위해서라면 미친 짓인들 못하랴

얕은 구릉을 넘어서자 좌측으로 호수가 보이고, 우측으로는 태호가 보였다. 그리고 호숫가를 달리는 수백 명의 무사도 눈에 들어왔다.

거리는 사오백 징 정도. 그들의 정체를 알아본 백가위가 소리쳤다.

"본 방의 무사들입니다, 태상! 어이!"

그의 목소리를 들은 듯, 호주를 향해 달리던 자들이 고개를 돌렸다. 그러더니 곧 구릉을 향해 방향을 틀었다.

그제야 죽을상이던 사람들의 얼굴이 펴졌다.

경충문이 숨을 깊게 들이쉰 후 어깨를 펴고, 위지호천의 창백한 얼굴에도 희망이 떠올랐다.

"광룡, 정말 지독한 놈이었어."

경충문이 이무환을 떠올리고 진저리를 쳤다.

위지호천은 그 이름만 듣고도 이가 딱딱 부딪쳤다.

하루 종일 악몽을 꾼 기분.

아직도 악몽에 붙잡혀 있는 것만 같았다.

하지만 지원 무사대를 만난 이상 곧 악몽에서 깨어날 것이었다.

'개자식, 내 반드시 그 자식의 살을 씹고 피를 마셔 버리겠어!'

위지가의 무사는 모두 삼백.

그들을 이끌고 온 자는 위지창화의 바로 아래 동생이자 묵운방의 주력인 삼단 중 하나, 적운단(赤雲團)의 단주인 위지창준이었다.

그가 비록 동생이라지만, 누구도 그를 위지창화의 아래로 생각하지 않았다. 위지창화가 위지가의 가주라면, 그는 묵운방의 실세였다.

게다가 무공 역시 절대경지에 이르러 묵운방의 서열 십위에 올라 있었다.

그런 그조차 경충문과 위지호천을 보고 경악을 금치 못했다.

겉모습만 보고도 무슨 일이 벌어졌는지 짐작할 수 있을 정도로 참담한 모습이다.

"태상, 오랜만에 뵙습니다."

위지창준의 인사에 경충문은 자조의 표정을 지었다.

"사정은 나중에 설명하지. 일단 이곳을 떠나세."

위지창준은 슬쩍 고개를 숙여 보이고 위지호천을 향해 고개를 돌렸다.

창백한 얼굴, 축 처진 어깨. 위지호천의 모습에선 그 어떤 기백도 보이지 않았다.

'대체 무슨 일을 당했기에 저런 모습이 되었단 말인가?'

은근히 분노가 솟구쳤다.

적에게 패한 것만 해도 치욕이거늘, 기백마저 잃어버리다니!

대위지가문의 장손으로서 저런 꼴을 보이다니!

하지만 그는 별다른 내색을 하지 않고 몸을 돌렸다.

방주의 양팔 중 하나인 우태상 경충문마저도 내상을 입어 십 년은 더 늙은 듯 보인다. 위지호천을 나무라면 결국 경충문마저 나무라는 꼴. 참지 않을 수 없었다.

그때 문득, 조금 뒤로 처져 따라오는 사가 보였다.

나이는 위지호천보다 어린 듯했다. 하지만 그에게서 느껴지는 기운은 위지호천이 정상이라 해도 따라가지 못할 정도였다.

'저자가 잠풍련의 환비인가?'

그의 눈빛이 예리하게 환비를 훑었다. 하지만 그가 볼 수 있는 것은 겉모습뿐이었다.

호주에서 이십 리쯤 떨어진 곳을 가는데 빗방울이 떨어지기 시작했다.

위지창준은 경충문이 왜 호주로 가지 않고 곧바로 소주로 가자는지 의아했다.

부상자가 많다는 것은 그도 알았다. 하지만 호주에서도 치료할 수 있는 문제가 아닌가 말이다.

"태상, 호주에서 치료하고 가시는 게……."

경충문이라고 해서 왜 그러고 싶지 않을까.

삼백의 무사가 왔다. 그것도 묵운방의 정예들이다. 비록 절대경지에 이른 고수는 위지창준 하나지만, 삼백이면 추격대를 충분히 상대할 수 있을 것 같았다.

그러나 거기까지가 한계다. 상대는 할 수 있으되 이긴다는 보장이 없는 것이다.

경충문은 당장 모험을 하는 것보다 나중을 기약하는 게 낫다고 생각했다.

"아직은 견딜 만하네. 지금 추격대와 부딪쳐 봐야 이익될 게 없으니 일단 소주까지 가세."

"그렇게 강한 자들입니까?"

"이렇게 말하면 어떨지 모르겠네만, 십중팔구 이길 거라 생각했던 싸움에서 패한 것은 바로 저들 때문이네."

위지창준도 대충 이야기는 들었다. 밀천회의 고수, 그리고 광룡에 대한 것까지.

그래도 마음에 와 닿지가 않았다. 그렇다고 경충문에게 그 말을 하지는 않았다.

'태상도 이제 나이 먹었군. 한때는 공포의 존재였거

늘……'
　그의 눈빛이 싸늘하게 식었다. 가슴 깊은 곳에서 투기가 끓
어올랐다.
　'좋아, 내가 직접 놈들을 잡아보지.'

　묵운방 무리들이 멀어지는 것을 한 사람이 지켜보았다.
　눈 아래로 검은 면사를 걸친 중년인, 무면검마였다.
　'비아야, 내 비록 네 앞에 나설 자격은 없다만, 네가 잘못된
길을 가는 것만큼은 필히 막을 것이다.'
　빗물이 머리카락을 타고 흘렀다.
　면사도 젖어 물방울이 뚝뚝 떨어졌다.
　그러나 그의 눈은 멀어지는 환비의 등에서 떨어지지 않았다.
　'수랑, 이제 확실히 알고 있다오. 당신보다 내 잘못이 더 크
다는 걸. 저승에서나마 당신의 아들을 지킬 수 있도록 도와주
시구려.'
　빗방울이 짐짐 굵어지더니 호숫가에 물안개가 끼기 시작했
다. 그러잖아도 끝이 보이지 않던 태호가 더욱더 넓게 느껴졌
다.
　무면검마는 묵운방 무리가 완전히 사라진 다음에야 안개 속
으로 스며들었다.

2

남북으로 이백 리, 동서로 백오십 리의 광대한 호수가 물안 개 자욱이 눈앞에 펼쳐져 있다.

본래 바다였던 곳이 장강의 삼각주에 막혀 호수로 변했다는 곳, 태호(太湖)였다.

"으아! 시원하다!"

이무환은 두 팔을 벌린 채 태호를 향해 소리를 내질렀다. 기 분이 무지 좋다는 표정으로.

하지만 뒤에 서 있는 사람 누구도 기분 좋은 사람은 없었다.

비가 온다. 봄비치고는 제법 굵은 빗줄기. 기분이 좋기는커 녕 짜증이나 안 나면 다행이었다.

호연청은 이무환의 뒤통수를 노려보며 자신의 짐작이 결코 틀리지 않았음을 확신했다.

'역시 광룡이 비를 좋아하는 것은 분명한 것 같군.'

그때 휙 몸을 돌린 이무환이 물었다.

"여기서 소주까지 얼마나 되죠?"

사마강이 대답했다.

"백이삼십 리 정도 될 거네."

"가깝군요."

이무환의 한마디가 떨어진 순간, 사람들은 불안한 눈으로 이무환을 쳐다보았다.

광룡이 또 무슨 미친 짓을 하려고 그러는 건가?

그런 표정이었다.

호연청은 입이 근질거리는 것을 참지 못하고 넌지시 물었다.

“설마… 당장 소주까지 놈들을 쫓아가자는 건 아니겠지?”

이무환이 호연청을 흘겨보았다.

“미쳤습니까?”

한마디 툭 내뱉은 이무환이 한쪽을 바라보았다. 적수방의 무사 하나가 잔뜩 겁을 먹은 채 굳어 있었다.

“지원 무사가 얼마나 왔다고 했죠?”

적수방의 무사는 하늘의 부름이라도 받은 듯 얼어붙은 입을 열었다.

“사, 삼백입니다, 대형!”

“들었죠? 지원 무사가 삼백이나 왔다는데 우리끼리 쫓아가서 뭘 어쩌자고요?”

호연청은 갑자기 뒷골이 당겼다.

그러나 어디 이런 일이 한두 번인가? 자꾸 상대하다 보니 그것도 면역이 된 듯 금방 가라앉았다.

“그럼 어떻게 할 건가?”

“일단 호주에 가서 지원대가 도착할 때까지 기다려야죠, 뭐. 맛있는 것도 먹으면서. 제가 사죠.”

나도 돈 있어, 이놈아!

호연청은 그 말을 하고 싶은 걸 꾹 참았다.

생각해 보니 품속에 있는 돈이라고는 황금 백 냥짜리 전표가 전부였다. 그것도 이무환에게 받은 것 말이다.

그걸 내고 음식을 먹으면 이무환의 얼굴에 잔뜩 비웃음이 떠오를 게 분명한 일. 그런 꼴을 볼 수는 없었다.

“그럼… 가세.”

호연청이 막 돌아설 때다.

이무환이 중얼거리며 옆을 스쳐 갔다.

“좌우간 영감님들이 공짜는 되게 좋아한다니까.”

작게 말했다지만, 당연히 들렸다.

아마 비가 오지 않았다면, 호연청의 끓는 가슴이 터져 버렸을 것이었다.

3

양주(揚洲)의 서쪽 야산 자락에는 십여 채의 제법 큰 장원이 자리 잡고 있었다.

하나하나의 장원은 그리 커 보이지 않았다. 그러나 양옆과 뒤쪽으로 겹겹이 이어진 십여 채의 대장원이 모두 하나로 연결되었다면 말이 달라진다.

양주 사람들은 그곳을 두고 십오형제장이라 불렀다. 열다섯 채가 붙어 있어 생긴 이름이었다.

하지만 열다섯 채의 장원이 하나라는 것은 알지 못했다. 그리고 그곳이 묵운방의 총단이라는 것은 더더욱 알지 못했다.

그중 가장 중앙에 있는 장원이 어느 곳보다 화려하면서도 아름다웠는데, 늦은 봄비가 부슬거리며 내리던 날, 중앙의 장원에 나머지 열네 채 장원의 주인들이 모여들었다.

"절강의 일이 수포로 돌아갔다고?"

고풍스럽게 꾸며진 방 안에서 잔잔한 노인의 목소리가 흘러 나왔다.

앞쪽에 앉아 있던 열네 사람은 침중하게 굳은 표정으로 노 인을 바라보기만 했다.

상석에 앉은 노인은 나이를 짐작키 힘들 만큼 얼굴에 주름 이 많았다.

길게 뻗다가 축 처진 하얀 눈썹, 주름이 자글자글한 입술.

언뜻 보면 수십 년 길거리에서 좌판을 벌이고 장사를 한 장 사꾼 같았다. 그러나 주름진 눈꺼풀 속의 두 눈을 보면 그런 생각이 싹 달아날 수밖에 없었다.

안개가 낀 듯 모호한 눈빛. 사람의 마음을 제압하는 기묘한 힘이 담긴 눈빛을 지닌 사람이 어찌 평범한 장사꾼이랴.

"기 장로는 죽고, 경충문도 내상을 입고, 게다가 셋째도 한 쪽 어깨가 박살 나고……. 허어……."

그들만 당한 것이 아니다. 묵운배령 사십칠인 중 서른둘이 죽 고, 삼백오십 무사 중 살아난 사람은 기껏 백 명도 채 안 된다.

좌태상 사종위가 조심스럽게 입을 열었다.

"소문으로만 떠돌던 밀천회의 고수가 상당수 나타났다 들었 습니다. 그들의 출현을 미처 몰랐던 게 실수였습니다, 방주."

"광룡이란 놈도 나타났다고 했지?"

"하오나 그놈은 아직 애송이라……."

"종위, 정말 그렇게 생각하느냐?"

“방주……”

노인, 우문적태는 잔잔한 눈빛으로 사종위를 바라보았다.

사종위의 고개가 절로 숙여졌다.

“구룡성의 주인이 바뀌었다. 야율 늙은이는 죽고 말이야. 그 일을 한 사람이 누구더냐? 광룡이 아니더냐? 한데도 단지 나이가 어리다는 것만으로 그를 무시하다니. 쯔쯔쯔……”

우문적태는 혀를 차며 고개를 젓고는, 사종위가 미처 모르는 사실을 하나 더 말해주었다.

“어제 무이산의 모용 늙은이가 죽었다는 말을 들었다.”

고개를 번쩍 든 사종위의 눈이 커졌다.

“예? 하면 사우천은 누가……?”

우문적태가 다시 혀를 찰 것 같은 표정으로 말했다.

“사우천도 완전히 풍비박산이 났다.”

사종위는 아연한 표정을 지은 채 무심결에 물었다.

“그럼 순우천이 회복되기라도 했단 말입니까?”

“순우천이 아니다. 상황은 그가 회복되었다 해도 돌이킬 수 없을 정도였어.”

사종위의 눈빛이 파르르 떨렸다. 지금 우문적태가 말하고 있는 사람이 누군가. 왜 지금 그런 말을 하겠는가.

“하오면… 설마……?”

우문적태는 천천히 고개를 끄덕였다. 대답하는 그의 눈에서 검은 눈동자가 서서히 안개에 쌓인 것처럼 희미해졌다.

“설마가 맞다. 광룡이 한 짓이다.”

“마, 맙소사⋯⋯.”

앉아 있던 열세 명도 경악을 금치 못한 표정을 지었다.

광룡.

소문으로만 들었다. 누구라도 그러하듯이 별다르게 생각하
지 않았다.

한데 그에게 잠풍련뿐만이 아니라 사우천까지 정리되었다
면 이야기가 달라진다.

“그런 광룡과 정천무림맹이 힘을 합쳤다. 힘을 아낄 생각하
지 마라. 적을 얕봐서도 안 된다. 모든 힘을 끌어내고, 쓸 수 있
는 방법은 뭐든 써야 할 게야.”

“존명!”

“명심하겠나이다!”

우문적태는 천천히 자리에서 일어났다.

‘잠풍련이나 사우천은 그놈을 제대로 몰라 당했지만, 우리
는 놈을 알고 있다. 아는 것과 모르는 것은 천지 차이지.’

돌아서는 그의 입가에 잔주름이 그어졌다.

‘게다가⋯ 나에게는 조현이가 있지 않은가. 천하의 주인이
될 손자가 말이다. 흘흘흘흘. 야율모궁, 모용장호, 너희들은
죽어서도 모를 것이다. 그날, 너희들이 버리고 간 상자의 덮개
에서 내가 뭘 얻었는지⋯⋯.’

인연은 우연히 다가왔다. 하지만 그는 두 사람에게 철저히
비밀로 했다. 심지어 다른 제자들과 심복들에게조차.

그리고 그 인연은 손자에게로 이어졌다.

그는 자신했다. 잠풍을 가라앉히고 사우를 멈추게 한 광룡을 자신의 손자가 처리할 수 있을 거라고.

손자가 광룡을 처리하기만 한다면, 묵운은 천하를 뒤덮을 수 있을 것이었다.

'너는 반드시 이 할아비가 못 이룬 천하의 주인이 될 수 있을 것이니라!'

4

비가 멈추고 구름이 걷혔다.

하늘은 그 어느 때보다 맑아 쪽물이 든 듯했다.

호주에 머문 지 이틀째 점심 무렵. 몸을 추스른 백오십 명의 무사가 천태 도장과 함께, 이무환 등이 머물고 있는 호주의 객잔에 도착했다.

그들 중에는 영호승과 남궁산산도 끼어 있었다.

"꼬맹아!"

"오빠아아아아!"

주위에 있던 사람들은 두 사람의 극적인(?) 상봉을 보고 슬그머니 고개를 돌렸다.

물론 두 사람은 다른 사람의 마음을 조금도 신경 쓰지 않고, 거의 끌어안다시피 한 상태로 이야기를 나누었다.

"어떻게 된 거야? 외조부님은?"

"어제 깨어나셨어요. 항주제일의 의원을 불러 맡겼으니 이제 걱정하지 마세요. 그리고 의원이 유 대협도 이제 목숨 걱정 안 해도 된데요.”

이무환의 표정이 환해졌다.

“그래?”

“근데 오빠 몸은 괜찮아요?”

“음하하하, 나야 뭐… 여기저기 조금 아프지만, 견딜 만해.”

이무환이 진짜 아픈 것처럼 어물거리자 남궁산산이 걱정스런 표정으로 쳐다보았다.

“너무 무리해서 쫓지 말라고 했잖아요.”

“어, 그냥 쫓으려고만 했는데, 놈들이 너무 뭉그적거리고 늦게 가잖아. 그래서 한판 붙었지, 뭐. 너무 걱정 마. 많이 다치진 않았으니까.”

“남자는 허리 다치면 안 된다던데, 허리는 안 다쳤죠?”

“그러엄! 봐! 끄떡없지?!”

도저히 더는 못 듣겠는지, 사람들이 우르르 객방으로 들어갔다. 남은 사람들은, 하도 봐서 무덤덤한 구룡성의 사람들과 순우경뿐이었다.

순우경은 묘한 눈빛으로 두 사람을 바라보았다. 보고 있으니 기이하게도 가슴 한쪽에 서늘한 바람이 들어오는 것만 같았다.

처음 느껴보는 감정. 왜 이런 느낌이 드는 걸까?

그녀는 자기 자신을 이해하지 못하고 쓴웃음을 지으며 고개를 돌렸다.

하지만 이무환과 남궁산산은 그녀의 표정을 보지 못했다.

남궁산산이 이무환의 팔을 붙들고 생긋 웃었다.

"우리도 들어가요."

이무환이 넌지시 말했다.

"꼬맹아, 어… 내 방으로 갈까?"

남궁산산의 얼굴이 살짝 붉어졌다.

"아이, 그래요, 오빠."

항주의 무사들이 도착한 지 한 시진이 지날 즈음, 무호에서 온 정천무림맹의 무사들이 호주 외곽에 도착했다는 전갈이 왔다.

어차피 안휘의 무사들이 도착해야 본격적인 계획을 세울 수 있을 터. 이무환과 남궁산산은 방 안에서 노닥거리다 그제야 나왔다.

"전숙과 무호에 있던 육백무사 중 사백은 남경으로 움직이고, 이백 명만 이곳으로 왔다고 하네."

호연청의 말에 이무환이 홀짝이던 찻잔을 내려놓았다.

"천강문을 치겠다는 건가요? 사백이면 위험한데……."

"그쪽에서 천강문을 치는 척하면 양주에 있는 놈들도 당장은 소주에 지원을 보내지 못할 것이 아닌가."

그럴지도 모른다. 하지만 아닐 수도 있다.

정천무림맹의 지원 무사까지 합하면 호주의 인원은 총 사백.

위지가만 상대한다면 걱정할 것이 없다. 그러나 양주의 묵운방 총단이 소주 쪽에 집중적으로 지원하면 골치 아픈 일이 벌어진다.

이무환은 남궁산산을 바라보았다.

"어떻게 생각해?"

"계획은 좋은데, 인원 배치가 좀 잘못되었어요."

그 말에 정천무림맹의 간부들과 우내혁이 못마땅한 표정을 지었다.

그녀 덕분에 검운장의 싸움에서 피해가 준 것은 사실이었다.

그렇다고 그녀의 말을 모두 수용할 수는 없었다. 그들이 보기에는 그녀가 한 번의 성공에 스스로를 과신하는 것처럼 보일 뿐이었다.

백혜 대사의 눈에도 그렇게 보인 듯했다.

"험, 여시주, 그 일은 본 맹의 군사께서 직접 계획한 것이라네."

남궁산산은 백혜 대사의 말에 두 눈을 반짝이며 물었다.

"그분이 적과 싸우는 것을 직접 보셨을까요?"

"그러지는 않았겠지만……."

"그럼 이곳의 사정을 이곳 사람보다 세세히 알고 계실까요?"

"어느 정도는 알고 있을 거네. 우리가 전말을 적어 보냈으니 말이야."

"들은 것과 본 것은 분명히 달라요. 저는 적의 강함을 직접 보았어요. 여러분도 겪었고요. 하지만 안휘에 계신 분들은 아니지요. 그러니 적을 판단하는 것에서 차이가 날 수밖에 없어요. 안 그런가요?"

우내혁이 눈살을 찌푸리며 입을 열었다.

"그건 그럴 수도 있겠지. 하나 그 정도는 충분히 생각하고 계획을 짰을 거라고 보네."

"소주로 접근하면 우리의 움직임이 저들에게 낱낱이 전해질 거예요. 천강문의 경우완 완전히 달라요. 그러니 제대로 계획을 짰다면, 이쪽으로 사백, 남경으로 이백을 보냈어야 했어요."

우내혁이 어이없다는 표정을 지었다.

"이백으로 천강문을 칠 수 있다고 보나?"

"누가 치랬나요? 그리고 사백이 가도 정말 칠 생각이 아니잖아요?"

"하지만 이백 명만 움직이면 양주에 있는 자들도 쉽게 움직이지 않을 것이네."

"어차피 싸울 것이 아니라면, 인근의 무사들을 대충 끌어모아서 인원만 늘려도 되요. 이백 정도는 쉽게 모을 수 있을 테니까요."

우내혁이 입을 닫았다.

백혜 대사가 어렴풋이 남궁산산의 말을 알아듣고 불호를 외며 물었다.

"아미타불, 그럼 우리의 힘만으로는 소주를 칠 수 없다고 보는 건가?"

"쉽지는 않겠지만, 방법이 없는 것도 아니에요."

이무환이 눈을 반짝이며 물었다.

"뭔데? 말해봐."

남궁산산이 차갑게 가라앉은 눈으로 대답했다.

"간단해요. 우리 측의 고수들이 단체로 미쳐 버리는 거죠."

호연청이 스멀거리는 불안감에 슬그머니 끼어들었다.

"그게… 무슨 말인가?"

"말 그대로예요. 최강의 절대고수들이 적의 중심부를 완전히 휘저어서, 저들로 하여금 싸울 의욕을 잃게 만드는 거죠. 그런 다음 약간의 시간 차를 두고 외부를 치면, 아마 저들은 도망갈 길을 먼저 생각하게 될 거예요."

이무환이 반짝거리는 눈으로 씩 웃었다.

"흠… 제대로 미쳐 보라, 이 말이지? 그것도 단체로?"

"바로 그거예요, 오빠. 중심부로 들어간 분들은 조금 힘들겠지만, 그로 인해 모자란 인원만큼의 공백이 메워질 수 있을 거예요."

이무환은 둘러앉은 사람들을 찬찬히 훑어보다 호연청에게서 멈추었다.

"어떻수? 까짓거 정의를 위해서 한번 미쳐 보는 것도 괜찮을 것 같은데 말이죠."

'썩을 놈. 왜 하필 나를 보고 말하는 거야?

호연청은 불만이 많았다. 하지만 어쩌랴, 못한다고 하면, 하다못해 인상만 찌푸려도 분명 두고두고 씹어댈 텐데.

죽어도 그 소리는 듣기 싫었다. 차라리 한번 미친 짓을 하고 말지.

그는 굳은 각오를 다진 표정으로 무겁게 고개를 끄덕였다.

"못할 것도 없지."

이무환의 눈이 옆으로 돌아갔다. 황보광, 소천득, 헌원숭은 건너뛰고 우내혁…….

무설강과 제갈신걸 등 구룡성의 사람들은 보지도 않았다. 당연히 자신을 따라올 사람들이니까.

"정의를 위해서라면……."

"그 정도도 못하면서 정의를 어찌 논하겠나?"

"허험, 나도 젊은 때는 성질 좀 있었다네."

천중십마, 우내십존에 속한 사람들이 반론도 못하는 상태다. 다른 사람들은 그저 고개만 끄덕였다.

이무환은 반대하는 사람이 없자, 아주 기분 좋은 표정으로 물었다.

"꼬맹아, 대장은 누가 하지?"

"그야 당연히 오빠죠."

5

신시 말, 이무환은 기분 좋은 표정으로 호주를 출발했다.

호주를 벗어나 십 리가량을 가자 갈대숲에서 휴식을 취하고 있는 정천무림맹의 무사들이 보였다.

한데 그들을 바라보던 이무환의 눈이 커졌다.

"어? 저 사람들은 황산검문 사람들이잖아?"

그랬다. 정천무림맹의 무사들 속에는 황산검문의 무사들이 삼십여 명 섞여 있었다.

이무환이 바라보는 사이, 공은효와 담환과 전상휘가 밝은 표정으로 다가왔다.

아무래도 사이가 가까운 공은효가 먼저 입을 열었다.

"잘 있었소, 이 공자?"

"어찌 된 일입니까?"

"사부님께서 항주에 대한 이야기를 들으시고 우리를 파견하셨소. 은혜를 잊으면 안 된다 하시면서 말이오."

"하하하. 그거참, 고마우신 분이군요."

"한데 오다가 저분들을 만났지 뭐요. 마침 이 공자가 이곳에 있나 하기에 함께 왔소. 상황을 제대로 알았으면 더 많은 사람이 왔을 텐데… 그게 아쉬울 뿐이오."

"하, 하. 이 정도만으로도 큰 도움이 될 겁니다."

이무환은 밝게 웃으며 황산검문의 제자들을 둘러보았다.

개중 내여섯 명은 처음 본 사람들이었다. 하지만 대부분은 함께 검을 들고 사우천과 싸웠던 사람들이었다.

그때 문득, 이무환의 눈이 황산검문 제자들의 뒤쪽을 향했다.

'저게 누구야?'

한 사람이 좌우를 둘러보며 누군가를 찾고 있다. 유소경이었다.

이무환은 빠르게 머리를 굴리고는, 곧바로 결정을 내렸다.

"에… 그런데 말이죠, 다른 분들은 함께 가도 좋은데, 한 분은 안 되겠군요."

그의 갑작스런 말에 황산검문 제자들이 의아한 표정을 지었다.

이무환이 그들을 향해 심각한 표정으로 나직이 말을 이었다.

"유 소저는 급히 항주로 가야 할 것 같습니다."

"예?"

눈을 크게 뜨는 공은효를 향해 이무환이 말했다.

"지금 막 위사가 크게 다쳤거든요. 그 사람이 유 소저에게 할 말이 있다지 뭐요."

"그게 정말인가요?"

유소경이 다급히 물으며 앞으로 나왔다.

그러다 사람들의 눈을 의식하고 고개를 숙였다.

"빨리 가보쇼. 죽으면 듣고 싶어도 듣지 못할 거요."

유소경도 가보고 싶었다.

그 바보 같은 사람이 크게 다쳤단다.

가서 한 소리 해주고 싶었다.

그래서 뭘 보여주겠냐고.

하지만 혼자 온 것이 아니다. 하기에 가고 싶어도 가고 싶다는 말을 할 수가 없었다.

그때 담환이 이무환의 뜻을 알고 유소경을 재촉했다.

"이 공자 말대로 너는 항주에 가보도록 해라."

유소경은 입술을 깨물고 담환을 바라보았다.

"그래도 돼요, 사형?"

담환이 담담한 표정으로 고개를 끄덕였다.

유소경의 눈빛이 잘게 떨렸다.

왜 가는지 알면서도 담담히 떠나보내는 담환이 야속했다.

이제 가면 모든 마음을 정리해야 한다. 가슴에 담고 있던 사람도 떠나보내야 할 것이다.

그녀는 약간 상기된 얼굴로 담환을 빤히 바라보았다. 그리고 이를 악문 채 천천히 몸을 돌렸다.

"그럼… 먼저 떠날게요."

유소경이 떠나자, 남궁산산이 옆구리를 쿡 찌르고 찡긋 웃었다. 잘했다는 듯.

반면에 순우경은 무슨 생각을 하는지 깊은 눈빛으로 허공만 응시했다.

어쨌든 기분이 좋아진 이무환은 사람들을 모이게 했다. 그리고 일행을 모두 넷으로 나누었다. 중심을 칠 열세 명만 빼고.

일대는 천태 도장이, 이대는 백혜 대사가, 삼대는 제갈도가,

사대는 화산의 청원자가 맡기로 했다.

본래 일대는 사마강에게 맡기고 천태 도장은 중심부를 칠 고수들과 합류시키려 했다. 그러나 사마강이 서로의 임무를 바꿔서 맡겠다고 했다.

이무환은 흔쾌히 승낙했다. 하긴 미친 듯이 적진을 누벼야 할 터. 나이 든 천태 도장보다, 무공은 떨어져도 사마강이 나을지 몰랐다.

그렇게 사대로 나누어진 무사들은 오 리의 간격을 둔 채 소주로 향했다.

하늘은 여전히 청명하고 바람도 선선해, 먹을 것 싸 들고 놀러가기 딱 좋은 날씨였다.

'이런 날은 비룡도에서 고기나 잡아 구워먹으면 딱인데…… 쩝.'

＊　　　＊　　　＊

이무환 일행의 행적이 위지가에 알려진 것은 그날 유시 무렵이었다.

탐호당주 위지청은 전서구가 붉은 띠를 매달고 날아들자마자, 전서통에서 빼낸 서신을 들고 즉시 위지창화에게 달려갔다.

"놈들이 오고 있습니다."

"얼마나 되느냐?"

"모두 사백 정도라고 하는데, 넷으로 나누어졌다고 합니
다."

"넷으로?"

"예, 가주. 아마 백 명씩 나누어서 접근하려는 거 같습니
다."

"너구리 같은 놈들."

위지창화는 이를 뿌드득 갈고 옆을 바라보았다.

"아우, 어떻게 생각하는가?"

"놈들도 우리가 만반의 준비를 하고 있다는 걸 알고 있을 겁
니다. 아마 우리를 분산시켜서 상대하려는 것 같습니다."

"흥! 쉽게 안 될걸?"

위지창화는 코웃음을 치고 위지창준에게 물었다.

"총단의 무사들은 언제 도착할 것 같나?"

"운하를 따라 내려온 배가 무석(无錫)을 지났다는 연락이 왔
으니 곧 도착할 겁니다."

의자의 팔걸이를 버릇처럼 주무르는 위지창화의 두 눈에서
새파란 살기가 번들거렸다.

"이백이라고 했지? 그럼 모두 팔백이군. 좋아! 어디 와봐라,
이놈들! 모조리 태호의 물고기 밥으로 만들어주마!"

6

호주에서 백이십 리 떨어진 평망(平望)에 도착할 즈음, 석양

이 온 세상을 황금빛으로 물들이기 시작했다.

사람 키보다 큰 갈대숲도 금빛으로 물들어 불길이 타오르는 듯했다.

평망은 양주 아래쪽 진강에서 항주까지 이어지는 대운하가 가로지르는 곳이었다. 그곳에서 소주까지는 팔십여 리.

이무환은 운하의 둑을 따라 곧장 북상했다. 선두는 일대 지리를 잘 알고 있는 영호승이 인도했다.

어차피 자신들의 움직임이 속속들이 전해지고 있을 터. 적의 눈을 무서워할 필요도 없었다.

그렇게 달리던 이무환 일행은, 소주에서 사십여 리 떨어진 오강의 갈대밭에 이르러 걸음을 멈추었다.

석양은 떨어진 지 오래였다. 사위는 이미 어둠에 휘감기고, 하늘에선 총총히 뜬 별들이 그들을 내려다볼 뿐이었다.

휘이이잉.

동쪽에서 바람이 제법 세게 불었다.

난데없는 인간들의 출현으로 입을 닫고 있던 물새들도 다시 울기 시작했다.

사람들은 각자의 품속에서 식사 대용으로 지급된 육포와 교자를 꺼내 먹었다.

그렇게 멈춰선 지 일각가량이 지날 무렵, 나머지 삼대의 지휘자들이 이무환이 있는 곳으로 모여들었다.

그리고 다시 일각.

휙! 휘이익!

물새 소리에 섞여 휘파람 소리가 들렸다.

이무환이 휘파람 들린 곳을 향해 소리쳤다.

"여기야!"

곧 두 사람이 그들을 향해 다가왔다. 호주에서 하루 먼저 파견된 항주 흑도 방파의 사람과 천마교 마월당의 무사였다.

그들은 이무환을 향해 털썩 무릎을 꿇고는, 품에서 한 장의 둘둘 만 종이를 꺼내 내밀었다.

남궁산산이 종이를 받아 들고 펴보았다.

각 대의 지휘자와 열두 명의 고수가 다가오더니 빙 둘러앉았다.

비치는 것은 달빛과 별빛뿐이었다.

그러나 그곳에 있는 누구도 종이에 그려진 그림과 글자를 보지 못하는 자가 없었다.

"적의 지원 무사들이 도착했나?"

이무환의 질문에 마월당의 무사가 대답했다.

"운하를 타고 내려왔는데, 숫자가 이백 정도 될 거 같았습니다."

"흠, 그래? 그럼 대략 칠백에서 일천 사인가?"

"팔구백이라 보시면 크게 틀리지 않을 것입니다."

마월당의 무사는 더 이상 이무환의 질문이 이어지지 않자, 검지로 커다란 점이 찍힌 곳을 가리켰다.

"이곳이 위지가의 장원인 소천장입니다. 접근하는 길은 모두 아홉 군데. 하지만 모두 저들의 순찰조가 눈에 불을 켜고서

지키고 있습니다."

점을 향해 아홉 줄기의 선이 뻗어 있었다.

마월당의 무사는 아홉 줄기의 선을 하나하나 찍으며 자신이 본 것을 말했다.

"소천장은 태호 쪽의 야산 자락에 있습니다. 이곳은 자양객잔이라는 곳을 오른쪽으로 돌아가면 나오는 길인데……. 여기는 두 개의 수로가 겹치는 곳을 지나……. 그리고 이쪽은 삼층으로 이루어진 오래된 고택 옆으로 난 길……."

사람들은 그의 말을 듣는 것만으로도 머릿속에 대충 그림이 그려졌다.

한데 그가 고택에 대한 말을 할 때다. 영호승이 이를 악물고 눈을 반짝였다.

'하마터면 깜박 잊고 지나칠 뻔했군!'

삼층의 고택. 그곳이 바로 한때 소주제일의 가문으로 이름 높던 영호가의 장원이었던 곳이다. 지금이야 남에게 넘어가 버렸지만.

중요한 것은, 그가 누구보다도 그 장원의 구조를 잘 알고 있다는 것이었다.

그는 마월당 무사의 말이 끝난 다음에야 입을 열었다.

"단주, 드릴 말씀이 있습니다."

第五章
소천장의 혈전(血戰), 그리고 무면검마

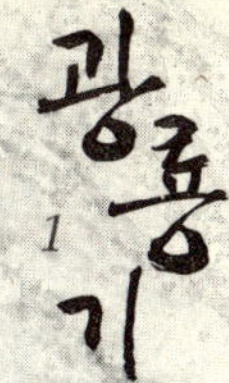

달랑 열네 명이 먼저 출발했다. 본래는 열셋만 갈 생각이었는데, 영호승이 합류해 열넷이 되었다.

남궁산산은 천태 도장 곁에 맡겨놓은 상태였다. 그녀라면 천태 도장과 함께 전체의 행동을 잘 조율할 수 있을 것이었다.

'뭐, 워낙 여우라 누구에게 당하지도 않을 거야.'

단순히 머리만 뛰어난 게 아니다. 기문진도 펼칠 줄 알지, 무공도 절정고수 못지않았다.

그리고 누구보다도 냉정했다. 절대 자신이 다칠 일은 하지 않을 것이었다.

갈대숲을 출발한 지 한 시진. 이무환은 남궁산산을 조금도 걱정하지 않고 소주로 들어섰다.

그의 곁에는 영호승과 순우경만이 있었다. 나머지 열한 명은 약간씩 뒤로 처져서 따라오는 중이었다.

그들은 절대고수. 오면서 주위 백 장 이내의 인기척을 달빛 아래서 손금 보듯이 확인하며 순찰들의 눈을 피해 온 터였다.

위지가의 순찰들로서는 그들이 소주에 입성한 것조차 알지 못할 게 분명했다.

이무환은 번화한 거리를 지나며 지나가듯이 물었다.

"지금쯤 근처에 왔겠지?"

영호승이 나직이 대답했다.

"십 리 정도 떨어진 곳에 있을 겁니다."

사백여 명의 무사는 그들과 이각의 거리를 두고 출발했다. 적의 눈치를 보지 않고 움직였을 테니 자신들보다 빠르게 왔다고 봐야 했다.

어쩌면 운이 좋아 들키지 않았을지도 모르지만, 일단은 적에게 들켰다고 보는 게 편했다.

"와아, 소주도 멋지네! 저 배 좀 봐, 놀잇배인가? 어? 저기는 여자들도 많이 탔네?"

이무환이 환하게 웃으며 탄성을 터뜨렸다. 마치 강촌의 촌놈이 처음으로 대도(大都)에 놀러온 것 같았다.

영호승은 피식 웃음이 나오려는 것을 꾹 참았다.

독사눈에게 이무환과 어떻게 만났는지 들은 적이 있었다. 아마 그날도 이랬을 것이 분명했다.

'그러니 흑도의 건달들이 털려고 했지.'

영호승은 입꼬리만 말아 올리고 담담히 대답했다.

"예, 소주에는 저런 놀잇배가 수백 척이나 있습니다."

"그럼 우리도 한번 타볼까?"

"지금요?"

"음……. 지금은 바쁘니까, 나중에 타지, 뭐."

옆에 있던 순우경이 힐끔거리며 이무환을 바라보았다.

"정말… 탈 생각인가요?"

"타면 재미있을 거 같아서……."

이무환은 대답을 하다 말고 고개를 갸웃거렸다.

그러고 보니 순우경과 말을 나눈 것이 언제였는지 잘 기억도 나지 않았다.

'맞아, 그때 마월당 무사들하고 만나보라고 했을 때 하고 안한 거 같네.'

조금 미안한 마음이 들었다. 순우경은 살아온 환경으로 인해 먼저 말을 거의 하지 않는다. 그럼 자신이라도 말을 붙여서 순우경의 얼어붙은 마음을 풀어주었어야 했는데, 이곳까지 데려와 놓고—따라왔든 어쨌든—너무 무관심한 했던 것 같았다.

'이제부터라도 하면 되지, 뭐.'

이무환은 씨익 웃으며 말을 건넸다.

"순우 소저도 타고 싶어요?"

"저요?"

순우경은 막상 반문을 해놓고 당황했다.

글쎄, 솔직히 잘 모르겠다. 내가 저걸 타고 싶은 걸까? 왜 바로 답을 못하는 거지?

"타고 싶으면 일 끝나고 타요. 물론 그때까지 다치지 않아야 하겠지만요."

"그… 러죠."

머뭇거리며 대답을 하고도 그녀는 자신이 왜 그런 대답을 했는지 정확히 알지 못했다. 한데 그렇게 말해놓고 보니 정말 타고 싶어서 대답한 것만 같았다.

'내가 왜 그런 대답을 했지?

그녀는 눈살을 찌푸렸다.

뭔가가 자꾸 자신의 마음을 흔든다. 항상 얼어붙은 채 가라앉아 있던 마음에 잔잔한 물결이 이는 듯하다.

문제는 그것이 그리 싫지만은 않다는 것이다.

'후우, 나도 모르겠어…….'

"저깁니다."

영호승이 앞을 바라보며 나직이 말했다.

이무환은 전면의 삼층 전각을 바라보았다. 전각은 그리 크지도, 작지도 않은 장원 안에 지어져 있었다.

"장원의 주인이 누군지 알아?"

"일 년 전 그대로라면 알고 있습니다. 잠시만 기다려 주십시오."

영호승은 만감이 교차하는 눈빛으로 삼층 전각을 바라보고는, 장원의 정문 쪽으로 향했다.

정문은 그들이 서 있는 곳에서 이십 장 좌측에 있었다.

영호승은 정문으로 다가가더니 문을 두드렸다.

곧 허리가 구부러진 노인이 문을 열고 나왔다.

영호승은 노인과 몇 마디 나누더니 안으로 들어갔다.

이무환은 천천히 걸음을 옮겨 정문에서 십여 장 떨어진 곳까지 다가갔다.

순우경이 바짝 붙어 그를 따라갔다.

기분이 묘했다. 천마궁에서 나올 때를 제외하고 처음으로 단둘이 걷는다. 손을 뻗으면 닿을 듯 말 듯한 거리다.

뒤에 따라오는 사람들이, 지나가는 사람들이 자신과 이무환만 바라보는 것 같다.

심장박동이 빨라졌다.

귓속에서 쿵쿵거리는 소리가 들리는 듯했나.

자신도 모르게 얼굴이 상기되었다.

설마 내 심장이 뛰는 소리를 들을 수 있는 것은 아니겠지?

안심할 수 없었다. 광룡이라면 그럴 수 있을지도 몰랐다.

그녀는 천녀소수마령공을 끌어올렸다. 적의 심장을 얼리기 위한 것이 아니었다. 자신의 심장박동을 줄이고, 얼굴의 열기를 가라앉히기 위해서였다.

'아버님이 알면, 이직 멀었다며 수련동에 집어넣을지도……'

전이었다면 당연하다는 듯 받아들이고 들어갈 터였다.

그러나 지금은 달랐다. 그녀는 수련동에 들어가고 싶지 않았다. 그곳에서 혼자 있어야 한다는 것이 두려워졌다.

끼이익.
장원의 문이 열리더니 영호승이 나왔다.
"들어오십시오, 단주."
이무환이 차갑게 굳은 얼굴의 순우경을 향해 밝은 표정으로 말했다.
"갑시다, 순우 소저."
"예……."
유난히 싸늘한 목소리로 대답하는 순우경이다.
이무환은 짐짓 너스레를 떨며 걸음을 옮겼다.
"하, 하, 하. 이렇게 둘이 나란히 가니까, 남들이 보면 연인이라고 생각하겠는데요?"
연인?
겨우 추스른 순우경의 마음이 흔들렸다.
한데도 이무환은 아무렇지도 않다는 듯 팔자걸음으로 정문을 넘어섰다. 그리고 약간의 간격을 두고 열한 명이 장원으로 들어갔다.

삼층 전각에서 이어진 회랑은 길이만도 이십 장에 가까웠다.
영호승은 회랑 끝에 있는 평범한 건물로 이무환 일행을 안내했다.

그곳까지 가는 동안 본 사람이라고는 정문을 열어준 노인과 시녀로 보이는 중년 여인이 전부였다.

이무환이 의아한 표정을 지으며 영호승에게 물었다.

"오가는 사람이 왜 이렇게 없지?"

"잠시 동안만 사람의 왕래를 금해달라 했습니다."

"주인과 잘 알아?"

"예, 단주. 오래전, 아버님 밑에 계셨던 분입니다."

대답하는 영호승의 얼굴에 잔잔한 파장이 일었다.

그는 숨을 한번 몰아쉬고 마음을 가라앉히고는, 간단하게 사정을 설명했다.

"아버님께 큰 은혜를 입은 적이 있지요."

장원의 주인은 원자욱이라는 사람이었다. 그는 영호승의 선부인 영호수민 덕분에 가족의 목숨을 구한 적이 있었다.

한데 그는 오늘의 도움으로 더 이상 은혜에 연연하지 않겠다고 했다.

이해 못할 것도 없었다. 그나마 예전의 은혜를 생각해 도움을 준 것이 고맙기도 했다. 하지만 왠지 씁쓸했다. 그래도 한때 백부처럼 따랐던 사람이거늘.

'후우, 백부님도 그만큼 힘들었던 거겠지. 그동안 본가의 사람이었다는 것 때문에 핍박을 받았을 테니……'

그렇게 털어버린 영호승은 문을 열고 건물 안으로 들어갔다.

그곳은 본래 영호가의 사당이었던 곳인데, 지금은 창고처럼 쓰는 듯했다.

영호승은 착잡한 표정을 억지로 펴고서 위패를 올려놓는 단을 한쪽으로 밀었다.

그 뒤쪽은 단순한 벽처럼 보였다. 하지만 영호승이 힘주어 밀자, 먼지가 우수수 떨어지며 벽이 밀리더니 어두운 통로가 드러났다.

"출구가 있는 삼운장은 위지가의 소천장과 삼십 장 정도밖에 떨어져 있지 않습니다. 문제는 출구가 막히지 않았나 하는 것입니다."

삼운장은 본래 영호가의 부속 장원이었던 곳이다. 위급 시 장원을 빠져나갈 비밀 통로를 그곳과 연결시켜 놓은 것도 그 때문이다.

그러나 이미 사 년이 지났다. 그곳도 주인이 바뀌었다 했다. 출구가 막히지 않았다고 누가 장담할 수 있단 말인가.

이무환이 그 고민을 간단히 해결했다.

"막혔으면 부수고 나가지, 뭐."

통로의 입구에는 비상시 사용하기 위한 등이 하나 매달려 있었다.

영호승은 등의 기름을 확인해 보고는, 화섭자로 불을 붙였다. 모두가 고수들, 없어도 큰 지장은 없었지만, 만약의 경우를 생각하지 않을 수 없었다.

"가시죠."

통로의 길이는 백 장 정도 되었다.

막다른 곳에 도착한 영호승이 벽을 더듬어 고리 하나를 찾아냈다.

한데 힘을 주어 밀어도 꿈쩍을 하지 않았다.

"아무래도 뭔가 이상이 있는 것 같습니다."

영호승의 말에 이무환이 나섰다.

"멋쟁이, 비켜봐."

영호승이 옆으로 비켜선 순간, 이무환이 한 걸음 앞으로 나서더니, 냅다 벽을 향해 발을 내질렀다.

옆에서 누가 말릴 틈도 없었다. 말리려 했을 때는 이미 이무환이 발바닥이 석문을 후려 찬 후였다.

쾅!

석문이 굉음과 함께 부서지며 앞쪽으로 밀려 나갔다.

"열렸네, 뭐."

석문은 사람이 충분히 빠져나갈 정도로 열렸다. 그래도 누구 하나 이무환에게 잘했다고 하지 않았다.

와르르르…….

석문 바깥에서 천둥소리가 난다. 얼핏 사람 몸뚱이만 한 바위들이 굴러가는 게 보인다.

"저, 단주. 소리가 너무 커서 순찰 돌던 놈들이 몰려올지 모르겠는데요."

"제길, 아무래도 소리가 조금 컸지?"

그게 조금 큰 거냐? 천둥이 치는 것 같았는데?

뒤에 늘어선 사람들은 눈빛으로 이무환을 토막 낼 듯이 노려보았다.

하지만 이무환은 조금도 신경을 쓰지 않고 밖으로 나갔다.

"뭐 하는 거요? 놈들이 올지 모르니 빨리 나오쇼."

그게 누구 때문인데?!

사람들은 불만이 많았지만, 지금은 말싸움할 때가 아니었다.

멀리서 사람들의 목소리가 들렸다.

"뭐, 뭐야? 이게 무슨 소리지?"

"하늘도 맑은데 벼락이 떨어졌을 리도 없고……."

"적일지 모른다! 가서 확인해 봐라!"

장원 안에서만 들리는 소리가 아니었다. 위지가의 무사들이 소란의 원인을 확인하기 위해 오는 듯했다.

밖으로 나오자 어둠 속에 흩어져 있는 수십 개의 바위가 보였다. 정원석이었다. 아마도 장원을 가꾸기 위한 정원석을 출구 앞에 모아놓았던 듯했다.

이무환은 정원석 하나를 밟고 신형을 날렸다.

"자, 한바탕 미친 짓 하러 갑시다!"

순우경이 입가에 미미한 웃음을 매단 채 뒤를 따라갔다. 나머지 사람들도 속으로 한숨을 쉬며 삼운장을 빠져나갔다.

담장을 넘으니 악룡처럼 웅크리고 있는 야산이 보였다. 그 야산 아래에는 거대한 장원이 군데군데 불을 밝힌 채 들어서 있었다.

거리는 삼십여 장. 영호승이 말한 소천장인 듯했다.

이무환은 삼운장을 향해 달려오는 무사들을 상대하지 않고 그대로 날아 넘었다. 그러고는 무사들이 멈칫하는 사이, 곧바로 앞에 보이는 담장을 향해 신형을 날렸다.

그때 뒤따라가던 영호승이 소리쳤다.

"단주! 그 너머에는 제법 큰 연못이 있습니다! 조심하십시오!"

그의 기억대로라면, 깊이도 상당히 깊었다.

화들짝 놀란 이무환은 연못을 차고 오르며 방향을 틀었다.

그러고는 곧장 소천장으로 들어간 열세 명의 고수와 합류해 중앙으로 쳐들어갔다.

2

위지창화의 고개가 번쩍 들렸다.

"이게 무슨 소리지?"

방 안에 있던 여섯 사람도 눈살을 찌푸리며 의아한 표정을 지었다.

그때 방문 밖에서 다급한 목소리가 들렸다.

"가주! 적의 공격입니다!"

"뭐야?! 저 소란이 적의 공격 때문이라고?!"

위지창화가 벌떡 일어섰다. 방 안의 여섯 사람도 의자를 밀치고 일어났다.

그때 방문이 열리며 한 사람이 들어왔다. 순찰당의 당주인 위지공이라는 자였다.

위지창준이 굳은 표정으로 위지공에게 물었다.

"어찌 된 일이냐?"

"저희도 당황스럽습니다. 놈들이 십 리 밖에 있다는 말을 조금 전에 들었는데, 갑자기 이곳에 나타나다니……."

위지창화는 위지공을 노려보았다.

"순찰당의 잘못은 차후에 묻겠다. 침입한 자가 몇이나 되느냐?"

위지공이 머뭇거리며 답했다.

"십여 명… 정도입니다."

순간 위지창화의 얼굴에 어이없다는 표정이 떠올랐다.

"겨우 그들 때문에 이 난리란 말이냐?"

"그게… 보통 고수들이 아닙니다. 양명전의 무사 삼십 명이 순식간에 무너졌습니다, 가주."

"뭐라?!"

한쪽에 서 있던 오십대 초반의 흑염중년인이 급변한 얼굴로 반문했다. 그는 묵운방의 지원 무사를 이끌고 온 관귀선이란 자였다.

한데 양명전이라면 묵운방에서 지원 나온 무사들이 머물고 있는 곳이 아닌가 말이다.

일반 절정고수 십여 명이라면, 그들 삼십이면 충분하다. 한데 그들이 순식간에 무너졌다고 한다.

그제야 심각성을 느낀 위지창준이 다급히 말했다.

"형님, 빨리 가봐야 할 것 같습니다."

그러고는 위지청에게 빠르게 명을 내렸다.

"비상령을 발동하되, 외곽의 무사들은 함부로 움직이지 말라고 전해라! 놈들이 양면 공격을 할지 모르니까!"

"예, 단주!"

이무환과 열세 명의 고수는 방원 십 장의 원을 이룬 채 정말 미친 듯이 상대를 공격했다.

자신들을 제외한 모두가 적이 아니던가. 도검을 들고 덤비거나, 노려보며 인상 쓰는 놈은 무조건 때려잡으면 되니 공격하기도 편했다.

다만 그 와중에도 원형의 진세는 흐트러뜨리지 않았다.

쒜에에엑! 쉬쉬쉬쉭!

이무환의 무영뢰가 어둠을 갈랐다.

헌원숭의 활이 살도 없이 튕겨졌다.

어둠을 찢는 파공성이 일 때마다 적들이 허수아비처럼 쓰러졌다.

호연청의 백색 장영이 어둠 속에 백매화처럼 피어나고, 소천득의 수강이 칼날처럼 일 장 안을 난도질했다.

황보광의 권강이 만 근 바위처럼 상대를 짓누르고, 우내혁과 무설강과 공손척의 검강이 포효를 할 때마다 적들의 허리가 태풍을 만난 수수깡처럼 꺾어진다.

누구 하나 고수 아닌 자가 없다.

순우경의 천녀소수가 한겨울 한풍처럼 장내를 휩쓴다.

제갈신걸과 모용상명과 화무결과 사마강은 비슷한 나이. 그들은 서로에게 지지 않겠다는 듯 폭풍이 되어 적을 몰아붙인다.

심지어 영호승조차 혼신을 다해 동료들의 몫을 다하고 있다.

드넓은 대연무장의 중앙에서 태풍의 눈이 휘돈다.

강기의 우박의 쏟아지고, 절대의 기운이 회오리친다.

콰르르릉! 콰과광! 찌저적!

천둥벼락과 함께 광풍이 휘몰아쳤다.

비명과 악다구니가 사방에서 터져 나왔다.

사지가 꺾이며 튕겨진 자에게서 피가 튀었다.

어둠이 진저리치며, 뇌리를 송곳으로 찌르는 공포가 소천장에 질펀하게 흘렀다.

무영뢰를 거두어들인 이무환은 묵린도를 빼 들었다. 그러더니 말 그대로 광룡이 되어 좌충우돌하기 시작했다.

"다 덤벼!"

위지창준은 눈을 부릅뜨고 대연무장을 쳐다보았다.

'마, 맙소사!'

경충문과 위지호천, 백가위가 한결같이 한 말이 있었다.

적은 짐작과 추측만으로 상대할 수 있는 자들이 아니라 했다. 일반적인 판단만으로 상대하면 절대 안 된다고도 했다.

솔직히 그들의 말을 믿지 않았다. 항주의 싸움에서 패한 후 겁쟁이들이 되었다고 생각했다.

한데 결코 겁에 질린 자들의 헛소리가 아니었다.

믿을 수 없는 일이 눈앞에서 벌어지고 있다.

콰아아아아!

하늘의 수레바퀴가 대연무장의 중심에서 돌고 있다.

소천장에 있는 어느 누구도 접근을 못하고 있는 상태다. 저들이 나타난 지 반의반 각, 쓰러진 자가 벌써 백수십 명에 이른다. 바라보고 있는 사이에도 이십여 명이 피를 뿌리며 쓰러진다.

"과, 광룡입니다, 숙부!"

그의 뒤쪽에서 위지호전이 집에 질린 목소리로 소리쳤다.

경충문도 이를 악물고 명을 내리듯 말했다.

"위지 단주, 쳐다보고 있을 때가 아니네! 전력을 쏟아부어서 저놈들을 제거해야 하네! 저놈들을 제거하지 못하면 이길 수 없어!"

전이었다면 속으로 코웃음 쳤을 것이다. 기껏 십여 명을 상대로 수백 명의 정예무사들이 달려들어야 하다니!

하지만 지금은 그럴 수가 없었다.

그의 고개가 옆으로 돌아갔다. 그의 눈이 멈춘 곳에는 백가위와 관귀선이 이를 악문 채 서 있었다.

"백 장로님과 관 장로님께서 수하들과 함께 우측을 치십시오! 저희 적운단이 좌측을 치겠습니다!"

관귀선이 눈에서 살광을 뿜어내며 잇새로 대답했다.

"알겠네!"

관귀선의 대답이 떨어지자마자 위지창준이 적운단의 무사들을 향해 소리쳤다.

"적운단은 모두 나가 좌측을 친다! 가자!"

묵운방의 간부들은 물론이고, 최정예무사들이 모조리 투입되었다.

그 숫자는 무려 삼백.

그들은 세 겹, 네 겹으로 넓게 둘러싼 채 연환 공격을 펼쳤다.

한 사람당 서너 명은 보통이었다. 간혹 대여섯 명이 한꺼번에 달려들기도 했다.

한두 명이 피를 토하며 튕겨지는 사이 서너 명이 찰나간에 보인 틈을 비집고 달려든다.

모두가 일정 경지에 오른 고수들이다. 게다가 상당수는 절정의 고수들이다.

이무환 일행은 광기에 가까운 공격을 하며 그들을 몰아붙였다.

늦추면 고립된다. 고립되면 절대지경의 고수라는 그들조차 생사를 장담할 수 없게 될 터였다.

"가세!"

천태 도장의 일갈에 일백의 무사가 일제히 땅을 박찼다.

그들의 움직임을 보고 나머지 삼백 무사도 소천장을 향해 달렸다.

그들이 움직인 지 얼마 되지 않아, 급박한 호각 소리가 소주의 밤하늘에 울려 퍼졌다.

삐이익! 삐익!

단 열네 명에 의해 이백에 가까운 넘는 무사가 쓰러졌다.

그것도 정예무사들이, 단 일각 만에!

한쪽에서 그 광경을 바라보던 경충문의 턱이 잘게 떨렸다.

"말도 안 돼!"

위지창화도 믿어지지 않기는 마찬가지였다.

강하다는 밀을 듣긴 했지만, 실마 이 정도일 줄이야!

외곽에서 호각 소리가 울린 것은 바로 그때였다.

위지창화가 이를 악물고 소리쳤다.

"놈들이 온다! 비격당과 동천당은 외곽을 지워해 줘라!"

대연무장의 바깥쪽을 둘러싸고 있던 무사들이 몇 명의 지휘를 받으며 장원을 빠져나갔다.

"비격당의 무사들은 나를 따라와라!"

"놈들의 접근을 막아야 한다! 빨리 따라와!"

순식간에 삼백의 무사가 장원을 빠져나갔다.

장원 안에 남은 사람은 이백오십여 명. 대부분이 묵운방의 정예들이었다.

그들은 이러지도 못하고 저러지도 못한 채 이무환 일행을 상대했다.

그사이 장원 밖에서 나는 소리가 점점 크게 들렸다.

일차 저지선이 무너지고 있다는 소리였다.

환비가 나서며 위지창준을 향해 외쳤다.

"위지 대협! 저희가 이쪽을 맡을 테니 밖을 지원해 주십시오!"

환비의 강함에 대해 경충문과 위지호천에게 들었던 터다. 그러나 숫자가 적으니 바깥쪽의 적을 상대하는 것보다 안쪽을 맡는 게 나을 것이었다.

위지창준은 황보광과 격전을 벌이다 말고 뒤로 몸을 뺐다.

"그럼 부탁하겠네! 적운당의 무사들은 뒤로 빠져라!"

이무환은 환비가 잠풍련의 고수들과 함께 합세하자 속으로 무면검마를 욕했다.

'빌어먹을 인간! 책임진다고 했으면 확실히 해야 할 거 아냐?

은근히 화가 났다.

그의 묵린도가 그의 마음을 알고 도명을 터뜨렸다.

지이이잉!

이무환은 어둠보다 더 검은 빛이 번뜩이는 묵린도를 들고 전면을 향해 내려쳤다.

"환비! 아예 오늘 끝장을 내자!"

그러나 환비는 혼자서 광룡과 맞붙을 생각이 없었다.

"광룡을 공격해!"

기다렸다는 듯 잠풍십마 중 살아남은 넷이 달려들었다.

이무환은 그들 사이로 뛰어들며 우수로는 묵린유성도를, 좌수로는 천광수뢰공을 펼쳤다.

묵광이 휘돌며 다섯 사람을 휘감았다.

콰과과광!

굉음이 연이어 터지며 강기의 파편이 주위 오 장을 휩쓸었다.

절대경지의 고수인 환비와 초절정고수인 잠풍십마 넷의 합공이다.

제아무리 이무환이 강하다 해도 단숨에 그들을 어찌할 방법은 없었다. 더구나 공력도 성당히 소모된 상태였다.

'제길! 시간을 오래 끌어봐야 좋을 것이 없는데…….'

반면 환비 역시 잠풍십마 넷과 합공하면서 조금도 우세를 점하지 못하자 이가 갈렸다.

'무식할 정도로 강한 놈!'

무식한 것만이 아니다. 여우보다도 더 교활하다.

광룡을 죽이지 않고는 어떤 계획도 세울 수 없는 상황. 환비는 이가 갈리는 한편으로 두려움이 엄습했다.

그때 상황을 주시하던 위지창화가 마침내 검을 빼 들었다.

"놈들이 지쳤다! 쉴 새 없이 몰아붙여라!"

위지창화가 나서자, 그를 호위하던 아홉 명의 호법과 장로들도 전장으로 뛰어들었다.

이무환은 상황이 다급해지자 지체없이 천광지령을 끌어올렸다. 내력 소모가 심해지더라도 지금의 상황을 바꾸어야만 했다.

좌수에 주먹만 한 빛의 구슬이 맺혔다.

순간, 이무환은 환비를 향해 천광주를 내던지고 잠풍련의 고수들을 향해 묵린도를 휘둘렀다.

눈앞이 번쩍이는가 싶더니, 숨이 턱 막히게 하는 가공할 기운이 밀려든다. 환비는 대경하며 천풍장을 전력으로 내쳤다.

콰앙!

환비는 다섯 치 깊이의 고랑을 남긴 채 뒤로 주르륵 밀려났다.

"크으윽……."

짓눌린 신음이 그의 잇새를 비집고 흘러나왔다.

"사형!"

무설강과 격전을 벌이던 광유가 놀라 소리쳤다. 하지만 그는 무설강의 검세에 눌려 환비를 도울 수가 없었다.

오히려 수비에 급급하던 그가 환비에게 신경을 쓰는 사이, 무설강의 검세가 그의 검과 몸을 한꺼번에 휩쓸고 지나갔다.

떠덩! 퍼벅!

"허억! 컥!"

광유의 몸뚱이가 이 장 밖으로 나가떨어지고, 쩍 벌어진 그의 가슴에서 피분수가 솟구쳤다.

그사이 이무환은 잠풍련의 고수 중 하나의 허리를 반쯤 베어버렸다. 그러고는 급급히 물러서는 세 사람을 향해 달려들었다.

미친 악귀가 따로 없다.

마치 동귀어진이라도 하자는 듯 악을 쓰며 달려든다.

"어디 끝장을 보자! 이리 와!"

그 기세가 어찌나 살벌한지 세 사람은 멈칫하며 쉽게 달려들지 못했다.

그들이 멈칫한 순간, 이무환은 수류보를 극성으로 펼치며 묵린도를 휘둘렀다.

둘이 빠진 셋만으로는 반쯤 미친 이무환의 도세를 막지 못했다.

환비가 흔들린 내력을 가라앉히고 합세하려 했을 때는, 이미 두 사람이 더 이무환의 도세에 죽임을 당한 후였다.

이무환은 한 사람을 마저 죽이지 않고 환비를 향해 공격 방향을 돌렸다. 그러더니 불구대천의 원수라도 되는 것처럼 달려들었다.

그의 좌수 위에서 천광주가 영롱한 광채를 발하며 휘돌았다.

피하고 싶어도 피할 수 없는 상황. 환비는 입술을 깨물고 전 공력을 끌어올렸다.

콰광!

다시 한 번 두 사람의 기운이 격돌하며 환비의 몸뚱이가 일

장가량 튕겨졌다.

"크윽!"

환비는 참지 못하고 신음이 터뜨렸다.

신음이 터진 그의 입가에는 핏물이 묻어 있었다. 상당히 심각한 내상을 입었다는 말.

이무환은 당장 환비를 죽이고 싶었지만, 무면검마와의 약속을 저버릴 수 없어 다른 적을 찾아 움직였다.

그가 아니라도 상대할 적은 아직 이백여 명이나 되었다. 더구나 위지창화와 소천장의 노고수들마저 끼어든 터였다.

"빨리 좀 들어오지!"

이무환은 신경질적으로 소리치며 순우경과 영호승의 앞을 막아섰다.

"잠깐 안쪽으로 들어와서 숨이라도 골라!"

순우경은 하얀 얼굴이 더욱 하얗게 변한 상태였다. 적잖은 내상을 입은 듯했다.

영호승의 상태는 더욱 심했다. 그는 입가에 핏줄기마저 보였다. 게다가 몸도 여기저기 상처를 입어 남색 장포가 묵포처럼 보일 지경이었다. 그나마도 다른 사람들의 도움을 받지 않았다면 죽었을지도 몰랐다.

다른 사람들도 상황은 비슷했다.

황보광과 호연청을 비롯해 절대고수라는 사람들의 얼굴이 굳어 있다. 장포는 찢어지고 펼쳐 내는 무위가 전만 못하다.

하긴 적이 약하다 해도 일류 이상의 무사들이다. 개중에는 절정의 고수도 있고, 두어 사람은 절대고수다.

그런 무사 수백에 둘러싸여 일각 이상 싸우고, 그들 중 이백이 훨씬 넘는 적을 죽이지 않았는가.

그러니 그들도 내력이 소진되지 않을 수 없을 것이었다.

'제길, 일단 물러섰다가 다시 올까?'

물론 끝까지 싸운다면 지지는 않을 것이다. 하지만 열네 사람 중 태반을 잃을 것이 분명하다. 아직 묵운방 총단과의 전쟁이 남은 상황. 그래선 아무런 이익이 없다.

이무환이 내심 후퇴를 결심할 때였다.

멀리서 들리던 격전음이 점점 가까워졌다.

함성 소리도 들렸다. 정천무림맹의 무사들이 버릇처럼 외치는 소리다.

'왔군!'

이무환은 묵린도를 쥔 손에 힘을 주고 주위를 향해 소리쳤다.

"이제 얼마 안 남았수! 젖 먹던 힘까지 다 쏟아내쇼!"

이무환은 한 소리 내지르고 전면을 향해 묵린도를 휘둘렀다.

조금 전보다 더 살벌한 도강이 그물처럼 펼쳐졌다.

다른 사람들도 전력을 다한 공격을 퍼부었다.

수그러들던 광풍이 다시 기세를 되찾고 대연무장에 휘몰아쳤다.

당황한 위지청화는 일단 몸을 뺐다.

적들이 담을 넘고 있다. 밀려서 이곳까지 들어오면 끝장이었다.

"그대들은 즉시 바깥쪽의 적을 상대하시오!"

위지청화는 급한 대로 아홉 명의 호법과 장로를 바깥쪽으로 돌렸다. 그리고 공세의 가장자리에 있는 무사들을 향해 외쳤다.

"소천장의 무사들은 모두 밖을 막아라!"

이무환 일행을 둘러싸고 있던 이백오십의 무사 중 백여 명이 빠져나갔다.

그래도 남은 자가 백수십 명이다. 한데 앞이 환하게 트인 것만 같다. 전보다 심리적으로 훨씬 편해진 상태.

별동대는 보다 편한 마음으로 상대의 공격을 막아냈다.

한편, 환비는 숨을 쉬기조차 힘들자 뒤쪽으로 물러났다.

검운장에서 한 번 부딪쳐 봤다. 하기에 광룡이 강하다는 것을 모르지는 않았다.

그러나 설마하니 단 두 번의 충돌에 이토록 심각한 부상을 입을 줄이야.

'대체 그 무공이 어떤 것인데 천풍으로도 막을 수 없단 말인가!'

그는 상상도 하지 못했다.

광룡의 손에 형성된 빛의 구슬이 천광주고, 천광주가 바로 자신이 익힌 천풍과 극성이라는 것을. 사부인 천세도인을 죽음으로 몰아넣고, 사우천주를 죽인 것이 바로 천광주를 이용한 파천삼법이라는 것을.

한데 그가 이를 악문 채 천천히 호흡을 가다듬을 때다. 한 줄기 전음이 고막을 흔들었다.

"후원으로 와라, 운비."

환비는 호흡을 가다듬다 말고 안색이 창백하게 굳어졌다.

단순히 갑작스런 전음 때문이 아니었다. '운비'라는 이름 때문이었다.

누굴까? 전음의 주인이 누군데 사부밖에 모르는 자신의 본명을 알고 있단 말인가!

환비는 손가락이 손바닥을 파고들도록 주먹을 움켜쥐었다.

'좋아, 오라면 가지.'

어차피 내상이 심해 적과 싸우기도 힘든 상대였다. 여차히면 이곳을 빠져나가야 할지 몰랐다.

그는 슬며시 처마 밑 어둠 속으로 몸을 숨겼다. 그러고는 사람들이 대연무장의 싸움과 바깥에서 벌어지는 격전에 신경을 곤두세운 사이, 건물을 돌아 후원으로 갔다.

대연무장이 폭풍우 속에 집채만 한 파도가 일렁이는 바닷가라면, 후원은 천 장 깊이의 심해였다.

화톳불도 없어 달빛만이 쏟아지는 곳. 건물 두어 개 너머에서 벌어지는 일이 남의 일만 같다.

환비는 아무런 말이 없는데도 후원의 정원 구석에서 걸음을 멈추었다. 모든 사람이 전면으로 몰려가 있어 사람이 살지 않는 곳만 같았다.

"이제 나오시지."

그의 말이 떨어진 순간, 소리없이 검은 그림자 하나가 맞은편 지붕에서 날아들었다.

눈 아래로 쓴 검은 면사를 쓴 자, 무면검마였다.

무면검마는 환비의 이 장 앞에 내려선 후 말없이 환비를 응시했다. 만감이 교차했다.

'마침내 만났구나, 운비.'

뒤로 주춤거리며 세 걸음을 물러선 환비가 괴이한 표정을 지으며 무면검마를 바라보았다.

이마가 그물처럼 갈라져 있다. 처음 보는 얼굴이다.

그런데 눈빛은 어디선가 본 듯하다.

그때 문득, 자신을 스쳐 가던 누군가의 젖은 눈빛이 떠올랐다.

환비는 아연한 표정으로 무면검마를 쳐다보았다.

"당신은……?"

무면검마는 경악한 환비를 바라보며 음울한 목소리로 되물었다.

"너는 네가 누군지 알고 있느냐?"

환비는 경악을 가라앉히고 조소를 머금었다.

"당신이 살아 있었다니……. 어이가 없군. 그런데 당신이 왜 나에게 그걸 묻는 거지?"

“너에게 그 질문을 던질 수 있는 유일한 사람이니까.”

“흥, 웃기는군. 당신이 무슨 자격으로 그걸 묻는 거지? 아직도 잠풍십삼마의 수장이라고 생각하고 있나?”

무면검마의 눈빛이 더욱 깊어졌다. 그는 마음에 응어리진 것을 털어버리겠다는 듯 입을 열었다.

“무면검마라면 그럴 수 없겠지. 하지만… 내 이름이 주광천이라면 충분히 자격이 있다.”

“주… 광천?”

환비의 얼굴이 괴이하게 일그러졌다. 그는 난파선처럼 흔들리는 눈빛으로 무면검마 주광천을 직시했다.

“서, 설마… 당신이……?”

주광천이 계속 환비를 몰아쳤다.

“천세도인이 네 외조부라는 것은 알고 있었느냐?”

“무, 무슨 말이지? 사부님이 내 외조부님이라고?”

주광천은 착잡한 어조로 중얼거리듯 말했다.

“하긴, 네가 그걸 알았다면 그 양반에게 그런 짓을 하지 않았겠지.”

환비가 발악하듯 소리쳤다.

“무슨 말이냐니까?! 말해봐!”

주광천은 고개를 들어 서쪽으로 기울어진 달을 바라보고는, 숨을 깊게 들이쉬고 이야기를 시작했다.

악몽과 같았던 지난 이십오 년간의 이야기를.

“모든 것이 틀어지기 시작한 것은, 네가 태어나면서부터였지……."

　주광천이 환비와 이야기를 나누는 동안, 소주혈전은 막바지를 향해 치달렸다.

　비슷한 숫자라면 정천무림맹 측도 밀릴 것이 없었다.

　묵운방과 소천장의 최정예들 중 상당수가 별동대에게 죽고, 살아남은 자들도 그들에게 붙잡혀 있는 판이었다.

　반면 정천무림맹과 항주의 연합 세력에는 별동대를 제외하고도 초절정 이상의 고수가 적지 않았다.

　게다가 그들은 무작정 공격하는 것이 아니었다. 철저하게 남궁산산이 말한 전법에 따라 움직였다.

　덕분에 진행 속도는 조금 느렸지만, 피해를 최소화하며 방어막을 무너뜨릴 수 있었다.

　최소한의 피해. 그 효과는 장원의 담을 넘으며 확연히 나타나기 시작했다.

　"뚫렸다! 밀어붙여라!"

　"와아아아아!"

　"정천무림맹의 무사들이여! 마도의 무리를 쳐라!"

　"위지창화! 너도 우리가 당했던 기분을 느껴봐라!"

　소주의 밤하늘을 뒤흔드는 함성!

　소천장의 몰락을 알리는 외침이다!

　정천무림맹의 무사들과 항주의 무사들이 쏟아져 들어오자 상황이 급변했다.

중앙의 별동대를 공격하던 자들도 더 이상 별동대만을 상대할 수가 없는 상황이 되었다.

그들 중 반 이상이 뒤에서 밀려드는 자들을 향해 도검을 틀었다.

바라던 상황이 벌어지자, 이무환이 소리쳤다.

"좋았어! 영감님들, 조금만 더 힘내쇼!"

영감님들, 호연청을 비롯한 밀천회의 절대고수들과 우내혁은 송충이를 씹은 표정을 지은 채 상대를 공격했다. 마치 상대가 이무환이라도 되는 것처럼.

―빌어먹을 놈! 저놈의 주둥이는 지치지도 않나?!

속마음이야 그랬지만, 그럴 힘으로 상대를 향해 한 번 더 손을 썼다.

그사이 위지창화는 히얗게 질린 표정으로 고래고래 고함을 쳤다.

"뭐 하느냐?! 놈들을 막아라!"

하지만 전세는 이미 완전히 기울어진 상태였다.

밀려드는 해일 앞의 모래성 같은 상황이었다.

"아버님! 일단 식구들부터 피신시켜야 할 것 같습니다!"

위지호천이 악을 쓰듯이 외쳤다.

그의 눈은 공포에 사로잡혀 있었다.

천 년이 지나도 끄떡없을 것 같던 소천장이 무너진다. 절강을 거머쥐고 천하를 향해 웅비하려던 때가 엊그제 같거늘, 그 모든 것이 꿈처럼 느껴질 뿐이다.

"이백 년 살아온 터전을 버리고 어디로 도망친단 말이냐?!
나는 도망치지 않는다! 이곳에서 죽을 것이니라! 너도 이 아비
와 함께 죽을 각오를 해라!"

위지창화가 분노의 눈으로 위지호천을 노려보며 노성을 내
질렀다.

그러나 위지호천의 정신은 이미 공포에 삼켜져 버린 상태였
다.

한 팔을 쓸 수 없는 이상 살아날 길이 없다. 적의 검에 심장
이 뚫리고 목이 잘린 채 처참하게 죽어갈 게 분명하다.

그는 그렇게 죽고 싶지 않았다.

"어머니와 동생들은 어떻게 합니까?! 저는 이곳에서 죽을
수 없습니다!"

위지호천은 고개를 저으며 뒷걸음질을 쳤다.

그러더니 몸을 돌리고 정신없이 내달렸다.

"호천!"

위지창화는 노성을 내지르며 위지호천을 불렀다. 하지만 위
지호천은 조금도 멈칫거리지 않고 별원 쪽으로 사라졌다.

절정신룡이라 불리던 아들이 겁에 질려 도망친다.

위지가의 평생 숙원을 이루리라 생각했던 아들이 말이다!

노화가 머리끝까지 치민 그는 그 분노를 정천무림맹과 항주
의 연합 세력을 향해 터뜨렸다.

"크하하하! 오냐, 이놈들! 어디 끝장을 보자!"

위지창화가 검을 든 채 전장을 향해 뛰어들자, 소천장과 묵

운방의 무사들도 마지막 불길을 태웠다.

　순식간에 대연무장이 혼전 양상으로 변했다.

　이무환은 하얗게 웃으며 묵린도를 쥔 손에 힘을 주었다.

　별동대의 앞을 막던 자들 중 태반이 뒤에서 달려드는 사람들을 향해 몸을 돌린 상태다.

　남은 자는 삼십여 명. 이들로서는 자신들을 막을 수 없을 것이었다.

　"이제 끝내죠! 마음대로 움직이세요!"

　이무환이 말이 떨어진 순간, 호연청 등 밀천회의 고수들이 일제히 공세를 강화했다.

　조금이라도 빨리 광룡의 곁에서 멀어지겠다는 듯.

　콰과광! 쩌저저성!

　"크억!"

　"허어억!"

　십여 명이 비명과 신음을 흘리며 뒤로 튕겨지고, 구멍이 뻥 뚫렸다.

　호연청과 황보광과 소천득이 먼저 원진을 깨고 혼전이 벌어지는 곳으로 신형을 날렸다.

　뒤이어 우내혁과 헌원숭과 모용상명이 당황해 주춤거리는 상대를 쓰러뜨리고 뒤를 따라 움직였다.

　그나마 남았던 자들 반이 무너지자, 포위를 하고 있던 자들도 포위망을 풀고 별동대에게서 멀어졌다.

이무환은 그들을 쫓지 않았다. 남아 있는 별동대는 순우경과 사마강을 빼고 모두 광룡단 사람들이었다.

그들은 밀천회의 절대고수들보다 훨씬 내외상이 심했다.

특히 영호승은 쓰러지기 직전이었다.

"멋쟁이, 괜찮아?"

"괘, 괜찮습니다. 겨, 견딜 만합니다."

"괜찮기는……. 다 죽게 생겼고만……."

이무환은 영호승을 째려보더니, 품속에 손을 넣었다.

그리고 무지 아까운 표정으로 대나무 통을 꺼내 폭령잠마영단을 한 알 내밀었다.

"이거 먹고, 싸움에 끼어들지 마."

영호승은 재빨리 영단을 받아 챙겼다. 와중에도 감격에 겨운 표정을 짓는 것은 잊지 않았다.

"단주… 감사합니다."

이무환은 대나무 통을 품에 넣으려다 영단을 한 알 더 꺼냈다.

"이거 먹으쇼."

순우경은 이무환이 내민 손을 바라보고 멈칫했다.

무슨 약인지 알 수는 없었다. 다만 영호승이 감격하며 복용하는 걸 보니 제법 괜찮은 것처럼 느껴졌다.

한데 그녀가 막 이무환의 손에서 영단을 받아 들 때다.

"으음……."

"후우, 아무래도 혈맥이 몇 군데 막힌 거 같은데……."

“나도…….”

무설강과 제갈신결과 공손척이 인상을 쓰며 중얼거렸다.

사실이 그랬다. 내상을 입고 혈맥도 막힌 것 같았다. 문제는 그동안 꾹 참고 있던 사람들이 왜 갑자기 이구동성으로 자신들의 부상을 드러내느냐 하는 것이었다.

이무환이 그들의 뜻을 모를 리 없었다.

그는 가자미눈으로 세 사람을 흘겨보았다.

‘쳇, 무 형님까지 저러니…….’

대나무통에 몇 개나 들었을까 생각해 보았다. 대충 생각해도 스무 개는 더 남아 있을 것 같았다.

이무환은 대나무 통을 탈탈 흔들었다. 정확히 세 알이 굴러나왔다.

‘이것노 몇 번 해보니까 느는군.’

어차피 주기로 한 것. 이무환은 손을 내밀고 어깨를 쫙 폈다.

“하나씩 드쇼. 내 특별히 주는 거요.”

이무환이 영단을 나누어 주는 동안에도 근처로 다가오는 미친놈은 아무도 없었다.

그렇다고 싸움이 끝난 것은 아니었다.

이무환은 대나무 통을 품속에 넣고 사마강에게 말했다.

“끼어들지 말고, 멋쟁이하고 한쪽에서 몸부터 다스리쇼.”

영호승만큼은 아니어도, 사마강 역시 부상이 심한 상태였다. 어차피 끼어들어 봐야 큰 도움도 안 될 것이었다.

사마강은 쓴웃음을 지으며 고개를 끄덕였다.

"그렇게 하지."

솔직히 영호승을 제외하면 자신의 실력은 별동대의 누구보다도 약했다.

검운장에서 고혼이 된 형제, 동료들의 원한을 갚기 위해 혼신을 다했지만, 몸을 움직이기 힘들 정도로 힘든 상태였다.

이무환은 그런 사마강을 향해 씩 웃어주고는 몸을 돌렸다.

"자, 이제 마무리를 지어볼까요?"

무설강 등에게는 그 말이 꼭 약값 제대로 하라는 것처럼 들렸다.

비록 지쳤다 해도 절대고수들이다.

그들이 합세하자 상황이 급격하게 기울었다.

그렇게 일각이 지나기도 전이었다.

천태 도장을 막던 위지창준이 참담한 표정으로 소리쳤다.

"모두 이곳을 빠져나가라!"

기다렸다는 듯 묵운방과 소천장의 살아남은 무사들이 장원을 탈출하기 시작했다.

죽기를 각오하고 남은 자들은 모두가 위지가의 무사들이었다.

개중에는 가주인 위지창화도 있었다.

위지창준은 전력을 다해 천태 도장을 떨치고는 위지창화를 향해 다급히 소리쳤다.

"형님! 빠져나가야 합니다!"

그러나 위지창화는 처음부터 도망갈 생각이 없었다.

"네가 먼저 가라! 어서!"

"형님!"

"호천이 식구들을 데리고 빠져나갔을 것이다! 어서 가봐!"

위지창준은 그제야 위지창화의 마음을 알고 이를 악물었다.

남아 있으면 죽음뿐이다. 이대로 죽을 수는 없었다.

그는 이를 악문 채 신형을 뽑아 올렸다.

위지창화는 위지창준마저 떠나자 검을 세우고 적진 속으로 뛰어들었다.

하지만 완벽히 기울어진 대세를 뒤집기에는 남은 자들의 힘이 너무 미약했다.

결국 위지창화는 제갈도와 백혜 대사의 합공을 감당하지 못하고 백여 초 만에 무릎을 꿇었다.

"크으윽!"

위지창화는 무릎을 꿇은 채 검을 짚고 겨우 몸을 세웠다.

헐떡이는 숨소리가 천둥처럼 귀청을 울렸다. 결코 정상적인 고동 소리가 아니었다.

그럴 수밖에 없었다. 혈맥이 터지고, 가슴이 길게 갈라진 상태였다.

"그르르⋯⋯. 이, 이럴 수는⋯⋯."

입을 열자 핏물이 폭포수처럼 쏟아졌다.

동시에 눈앞이 뿌옇게 흐려졌다.

그는 검병을 잡은 손에 힘을 주었다.

천하를 잡을 것 같던 손에 겨우 피 묻은 검병만이 잡혀 있을 뿐이다. 한데 이제는 그것마저도 버겁기만 하다.

"뭐… 뭐가… 잘못된… 거지?"

그는 자문하듯 허공에 대고 물었다.

이무환이 그에게 다가가며 말했다.

"옛날부터 우리 아버지가 그랬지. 되지도 않는 욕심부리면 벼락 맞는다고. 근데 사실 욕심은 아버지가 나보다 더 부렸거든? 그래도 멀쩡해. 왜 그런지 아슈?"

위지창화의 고개가 힘들게 돌아갔다.

주위에 서 있던 사람들도 궁금하다는 듯 이무환을 바라보았다.

이무환이 씨익 웃으며 말했다.

"잘난 아들을 두어서요."

이무환을 가까이서 겪은 사람들은 슬그머니 고개를 돌렸다. 괜히 들었다는 듯.

위지창화도 눈을 파르르 떨며 고개를 숙였다.

이무환의 말이 그럴듯하게 들렸다.

위지호천은 그를 놔두고 도망쳤지 않은가.

그렇다고 해서 이무환이 정상으로 보인다는 말은 아니었다.

"미친… 놈."

그는 그 한마디를 마지막으로 남긴 채 앞으로 꼬꾸라졌다.

이무환이 피식 입꼬리를 비틀었다.

"그걸 이제 알았나?"

그러고는 돌아서며 소리쳤다.

"뭐 하쇼?! 이대로 날 샐 거요?! 빨리빨리 주위를 살펴봐요! 다친 사람이 어디 구석에서 도움을 기다릴지도 모르잖아요!"

사람들은 그제야 사방으로 흩어지며 부상당한 동료들을 찾아 나섰다.

한데 그때였다.

이무환의 눈에, 저만치 어둠 속에서 한 사람이 비틀거리며 건물을 돌아 나오는 게 보였다.

"어? 저 양반은……?"

얼굴에 걸쳐진 면사는 떨어졌는지 보이지 않았다. 하지만 그가 무면검마임을 알아보는 것은 어렵지 않았다. 본 얼굴을 한 번 본 적이 있었으니까.

"무 형님, 이 사람 좀 부탁할게요."

이무환은 옆에 있는 무설강에게 위지창화를 부탁했다. 중상을 입고 쓰러지긴 했지만, 아직 죽지는 않은 상태였다.

그에게 들을 말이 많았다. 해결할 일도 있었다. 아직 죽어서는 안 되있다.

이무환이 다급히 다가가자, 주광천은 가슴을 움켜쥔 채 벽에 등을 기대고 주저앉았다.

"어떻게 된 거요?"

이무환의 질문에 주광천은 웃기만 했다.

어느 때보다 씁쓸한 웃음이었다.

환비, 아니, 운비는 자신의 이야기를 다 듣고 나서 사시나무처럼 몸을 떨었다. 그러더니 먹먹한 목소리로 자신을 부르며 다가왔다.

"아버지……. 당신이 내 아버지란 말이죠? 그런데 왜 그동안 숨긴 거죠?"

"어쩔 수 없었다. 네 외조부가 원치 않았으니까."

"외조부가 원치 않았다고요? 그래서 아들인 저에게도 아무런 말을 하지 않았다고요?"

"미안하다, 운비야."

"왜, 왜! 미안할 짓을 한 겁니까?!"

자신은 아무런 말도 못하고서 운비가, 아들이 다가오는 것만 바라보았다.

코앞까지 다가온 운비가 떨리는 손을 뻗은 채 품으로 안겨들었다. 가만히 그의 어깨를 감싸주었다.

간난아이 때 이후 처음으로 안아보는 아들이 아닌가.

가슴이 복받쳤다.

한데 바로 그 순간, 가슴에 불꼬챙이가 꽂힌 듯 화끈한 충격이 전해졌다.

품 안에서 아들이 말했다.

"그럼 계속 숨기고 살지, 왜 나타났습니까? 나는 인정할 수 없습니다. 당신이 내 아버지라는 걸."

그러고는 품을 벗어나 뒤로 물러났다.

자신은 가슴에서 핏물이 솟구치는데도, 뒷걸음치며 멀어지는 아들의 얼굴만 바라보았다.

"운비야……."

"그 이름은… 영원히 잊힐 겁니다. 누구도 모를 테니까……."

아들은 그 말과 함께 어둠 속으로 사라졌다.

주광천은 눈을 한 번 감았다 뜨고 이무환의 질문에 대답했다.

"조금… 다쳤네."

"이게 조금이오?"

주광천의 피로 물든 가슴에선 말하는 중에도 핏물이 꾸역꾸역 흘러나오고 있었다.

주광천 같은 고수가 견디지 못하고 주저앉을 정도면 절대 단순한 부상일 리가 없었다. 아니, 단순한 부상이기는커녕 중상도 당장 죽을 정도의 중상일 것이었다.

하지만 주광천은 별것 아니라는 듯 말했다.

"당장 죽을 정도는 아니네."

"어디, 상처 좀 봅시다."

이무환이 당장 달려들 것처럼 손을 뻗자 주광천이 고개를 저었다.

"그보다… 부탁할 게 있네."

"부탁?"

"비아를 만나거든… 원망하지 않는다고 전해주게나."

이무환의 표정이 굳어졌다.

"환비를 만난 거요?"

"만났네. 다 말해주었지. 이제는 숨길 것도, 아쉬울 것도 없으니까……."

순간 갑자기 떠오른 생각 하나. 이무환이 이를 악물고 물어보았다. 목소리가 어금니에 갈려 어눌하게 흘러나왔다.

"혹시… 혹시 말이오. 당신 상처, 환비가 한 짓이오?"

주광천은 희미한 미소만 지었다.

굳이 더 물을 것도 없었다. 들을 것도 없었다.

환비, 그가 자신의 친부인 주광천을 공격해 중상을 입힌 게 분명했다.

이무환의 두 눈에서 삼색광이 번들거렸다.

"좋습니다. 당신 부탁대로 그 말을 전해주죠. 하지만 그것뿐입니다. 다른 부탁은 아예 할 생각 마쇼."

"그 아이의 잘못만은 아니네. 결국은 내 업보인 것을……."

"그만! 당신 문제는 당신이 알아서 하쇼. 나는 내 방식대로 할 테니까."

"이보게……."

"젠장! 내가 그냥 손을 썼어야 했는데!"

이무환은 스스로에게 화가 난 듯 버럭 소리치고 허공을 쳐다보았다.

그때 주광천의 몸이 스르르 옆으로 쓰러졌다.

그가 쓰러지며 입을 열었다.

"목숨만이라도……."

정원에서 울어대는 귀뚜라미 울음소리보다 작았다. 하지만 이무환이 못들을 정도는 아니었다.

"이 양반아! 화도 안 나?!"

이무환은 쓰러진 주광천의 어깨를 붙잡고 소리쳤다.

그러나 주광천은 희미한 미소만 지었다.

흉악하게 보일 정도로 그물처럼 갈라진 얼굴이다.

하지만 이무환의 눈에는, 그저 아들을 위하는 여느 아버지의 얼굴과 똑같게 보였다.

일순간, 주광천의 손이 가슴에서 떨어졌다.

동시에 빠져나갈 곳을 찾고 있던 핏물이 분수처럼 솟구쳤다.

"환비! 이 개자식!"

이무환은 버럭 욕을 퍼부으며 다급히 주광천의 혈도를 점했다.

심장 부위에 구멍이 뚫렸다.

죽을지도 모른다. 하지만 일단은 할 수 있는 데까지 해봐야 했다.

이무환은 손으로 구멍을 막고, 내력을 끌어올려 주광천의 실낱같은 기운을 이어놓았다.

"정신 차려! 당신 아들을 패륜아로 만들 거야?!"

순간 주광천의 감긴 눈꺼풀이 파르르 떨렸다.

이무환이 다시 소리쳤다.

"만일 당신이 죽으면! 진짜 죽여 버릴 거야!"

이무환은 주광천의 가슴에서 피가 멎은 다음에야 자리에서 일어났다.

마침 남궁산산이 들어오는 게 보인다.

이무환은 옆으로 다가온 제갈신결과 공손척에게 주광천을 부탁했다.

"이 사람 좀 방으로 옮겨주쇼. 조심해서 다루어야 할 거요."

남궁산산은 이무환이 화가 잔뜩 난 모습으로 다가오자, 힐끔 주광천 있는 곳을 바라보고 물었다.

"오빠, 그 사람이 누군데 그렇게 화가 났어요?"

"무면검마."

남궁산산의 두 눈이 휘둥그레졌다.

"그가 왜 여기에 나타난 거죠?"

이무환은 한숨부터 쉬고 입을 열었다.

"휴우……. 그게 말이다. 환비라는 놈이 바로……."

이무환의 이야기가 이어지는 동안, 남궁산산의 표정이 몇 번이나 변했다. 마치 구미호가 변신을 하는 것 같았다.

슬픔, 안타까움, 분노…….

그러더니 이무환이 섬뜩해할 정도로 싸늘하게 말했다.

"죽어도 싼 자예요."

"너도 그렇게 생각하지?"

"어떻게 할 거예요? 그 사람의 부탁을 들어줄 거예요?"

"나도 그게 고민이다. 목을 부러뜨려서 죽이고 싶은데, 목숨만은 붙여달라고 하니……. 에이……."

"그럼 살려줄 거예요?"

"무면검마가 어떻게 되느냐에 따라 놈의 생사를 결정할 생각이야. 물론 환비를 만났을 경우에. 그가 어디론가 멀리 도망갔다면, 쫓아가서 죽일 생각까지는 없어."

일단 급한 대로 손을 쓰긴 했지만, 생사를 확신할 수는 없는 상태였다. 하지만 자신이 한 말만큼은 반느시 시킬 생각이었다.

"살려주더라도 다시는 무공을 익힐 수 없게 만들어 버려요."

"그거야 당연하지."

이무환과 남궁산산의 무거운 얼굴이 그 말을 끝으로 펴졌다.

"들어가자. 앞으로 할 일이 하나둘이 아닌데, 네 생각을 들어봐야지."

"그래요, 오빠.

3

양주에 소천장 괴멸에 대한 보고가 올라간 것은, 위지창화가 무너진 지 네 시진 만이었다.

"소천장이 무너지고 위지창화가 쓰러졌다?"

반문하는 우문적태의 주름진 눈꺼풀이 잘게 떨렸다.

좌태상 사종위가 침중한 표정으로 대답했다.

"예, 방주."

"살아남은 사람은 얼마나 되느냐?"

"삼공자와 우태상과 적운단주가 살아남은 삼백 무사와 함께 위지가의 식솔들을 데리고 이곳으로 오고 있다 합니다."

우문적태의 입에서 한숨이 터져 나왔다.

"삼백이라……. 하아……. 그래, 천강문은?"

"놈들이 기세만 올리고 그냥 물러갔다 합니다!"

"으음, 정파 놈들이 그런 잔머리를 굴리다니……."

우문적태는 눈을 가늘게 뜬 채 옆을 바라보았다.

"놈들이 곧장 이곳으로 올 거라 보느냐?"

그의 옆에는 이십대 중후반으로 보이는 청년이 앉아 있었다. 굵은 눈썹에 꾹 다문 입술이 두터워 전체적인 인상이 무척 강인해 보였다.

그가 바로 우문적태의 손자인 우문조현이었다.

"아무래도 놈들 역시 피해가 많으니 당장 움직이기는 힘들 걸로 생각됩니다."

"그래도 조치는 취해야 할 것 같다만."

"장강만 막으면 놈들은 오고 싶어도 올 수가 없을 것입니다."

양주로 오기 위해선 장강을 건너야 한다.

장강을 건너지 못하는 한, 양주는 그림에 떡일 뿐이었다.

"흠, 그건 그렇지……. 좌태상, 그 일은 자네가 맡아주게."

사종위가 고개를 숙였다.

"알겠습니다, 방주."

"염상들을 철저히 이용하게. 공을 세우는 자에게는 충분한 보상을 해줄 테지만, 놈들을 도와주는 자는 멸족을 각오하라고 해."

"그들 중 누가 감히 본 방의 명을 거역하겠습니까."

양주의 염상은 결코 묵운방의 명을 기역할 수 없다. 거역하면 소금매매는 물론 가족이 씨몰살을 당할 테니까.

그들을 이용한다면, 강소 일대의 장강 사정은 손바닥 들여다보듯이 알 수 있을 터였다.

우문적태는 사종위에게 명을 내리고 손자를 바라보았다.

"네가 삼십육혈과 칠십이귀를 지휘해라. 다른 사람은 나에게 맡기고, 오로지 광룡을 죽이는 일에만 전념해라. 알겠느냐?"

우문조휘는 묵묵히 고개를 끄덕였다.

"알겠습니다, 조부님."

하지만 속에선 호승심이라는 악마의 불꽃이 점점 크기를 키

워가고 있었다.

　'광룡, 네놈이 얼마나 강하기에 조부님을 위축시키는지 몰라도, 결국은 내 손에 죽게 될 것이다.'

第六章
양주로 가는 길, 봄바람은
얼음꽃조차 녹이고…….

아침이 되어서야 사상자에 대한 정리가 끝났다.

죽은 사람만 오백이 넘는다.

소주를 떠날 거라면 몰라도, 뒷정리를 해야 했다.

단순한 시신을 처리하는 것만이 문제가 아니었다.

아무리 강호의 싸움에 관이 개입하지 않는다지만, 그러한 숫자가 죽어간 것은 단순하게 해결될 수가 없었다.

더구나 소천장은 관과 나름대로 밀접한 관계를 맺고 있던 터였다. 그나마 다행이라면, 소주의 관청 역시 항주의 일을 잘 알고 있을 거라는 것이었다.

그 일은 경험이 많은 사마성문이 백혜 대사와 함께 관을 찾아가 해결하기로 했다.

사마성문이 백혜 대사와 함께 소천장을 나설 즈음이었다.

소천장 사람들이 얼마나 남았는지 조사를 하던 제갈도가 이무환을 찾아왔다.

"대충 파악해 봤네."

"남아 있는 사람이 얼마나 되죠?"

"백 명 정도네. 대부분이 오갈 데 없는 하인들인데, 노인과 아이, 그리고 여자들이더군."

"위지창화의 가족은요?"

"방계 가족이 열 명 정도 되는 거 같네."

"흠, 그럼 하인들에게 이렇게 말하십시오. 오래 있지 않을 테니, 우리가 있는 동안 허튼 생각 말고 일을 하라고 하시죠. 그럼 떠날 때 충분한 보상을 해준다고요."

얼마나 머물지 몰라도, 머무는 동안 식사와 잡일을 해결할 사람이 필요했다. 당장만 해도 여인들 중 몇 명에게 간단히 먹을 아침을 준비하도록 지시하고 오지 않았던가.

제갈도가 고개를 끄덕였다.

"알겠네."

대충 급한 상황이 정리되자 이무환은 아침을 먹기 전, 각 단체의 간부들을 소집했다.

광룡단, 밀천회, 정천무림맹, 항주 연합 세력의 간부 이십여 명이 중천각에 모였다.

“위지창화의 가족이 열 명 정도 된다고 했죠?”

이무환의 질문에 제갈도가 대답했다.

“맞네.”

“위지가를 대표할 만한 사람이 있습니까?”

“위지창화의 직계가족은 없지만, 숙부 되는 위지문이라는 사람이 있네.”

“그럼 위지창화가 깨어날 때까지 이곳 문제는 그에게 맡기면 되겠군요. 그에게 말하세요. 순순히 협조하면 조용히 물러갈 거라고요.”

“그렇게 하지.”

무사들에게 소천장의 물건을 함부로 손대지 못하게 했다.

약탈을 위해 소천장을 친 것이 아니었으니까.

검운장과 정천무림맹의 피해에 대한 보상은 적절하게 받아내되, 무작정 위지가의 재물을 탐할 생각은 없었다. 그 일은 위지창화가 정신을 차린 후 처리하면 될 테니까.

문제는 그가 당장 말조차 할 수 없을 만큼 중상을 입었다는 것이다. 그를 대신해 소천장을 대표할 사람이 필요했다. 위지창화의 숙부라면 자격이 충분했다.

설령 원한을 가지고 있다 해도 다른 식구들을 생각하면 허튼짓은 하지 못할 것이었다.

‘흥! 피해 보상을 하려면 모든 것을 다 내놓아야 할 거다, 위지창화!’

이무환이 내심 코웃음을 칠 때다. 호연청이 물었다.

"그건 그렇고, 이제 어떻게 할 건가?"

"어떻게 하긴요, 부상자들이 나을 때까지 기다려야죠."

황보광이 이마를 찌푸리며 입을 열었다.

"중상을 입은 사람도 꽤 되는데, 기약없이 기다릴 수는 없는 일이 아닌가?"

남궁산산이 간단하게 답을 내놓았다.

"중상자들은 응급치료를 해서 운하를 통해 검운장으로 보내면 되요."

배를 통째로 전세 내면 중간에 서지 않고 곧장 항주까지 갈 수 있다. 흔들림도 적을 테니 중상자를 옮기는 데 그 이상의 방법이 없었다.

"그럼 경상자만 남는데, 열흘 정도면 팔구 할가량 부상을 회복할 수 있을 거예요. 그리고 그 시간이면 맹의 무사들도 도착할 수 있을 테고요. 그다음에 본격적으로 움직이도록 해요."

"놈들이 흔들렸을 때 조금이라도 빨리 몰아붙이는 것이 낫지 않겠나?"

우내혁이 자신감이 생긴 듯 단번에 묵운방을 박살 낼 것처럼 말했다.

하지만 지금까지의 상황만 봐도, 묵운방은 현재의 전력으로 칠 수 있을 만큼 만만한 곳이 아니었다.

남궁산산은 담담히 고개를 저었다.

"저들은 분명 우리의 움직임을 철저히 감시하고 있을 거예요. 조급하게 움직이면 오히려 저들의 그물에 갇힐지도 몰라요."

이무환이 고개를 끄덕이고 좌중을 향해 물었다.

"말 들으니까, 양주로 가려면 장강을 건너야 한다고 하던데
요?"

그걸 모르는 사람은 방 안의 사람 중 이무환뿐이었다.

"맞네."

호연청이 그것도 모르냐며 혀를 찰 것 같은 표정으로 이무
환을 쳐다보았다.

가보지 않았으니까, 처음으로 들었으니까 모르는 것뿐이다.
한데도 모른다고 뭐라고 한다면 그 사람이 나쁜 것이었다.

이무환은 속으로 '그러는 당신은 비룡도가 어디 있는 줄 알
아?' 그렇게 되물으며, 눈곱만큼도 신경 쓰지 않고 우내혁을
바라보았다.

"그럼 놈들이 장강을 막고 있을 게 분명한데, 건널 방법이라
도 있습니까?"

우내혁이 이마를 좁히고 생각하더니 말했다.

"돌아서 가는 방법도 있네."

이무환이 우내혁을 흘겨보았다.

"어디로 돌아가죠?"

"남경과 마안산 사이로 돌아서 가면 되지 않겠나? 그럼 정
천무림맹의 나머지 사람들과도 합류할 수 있고 말이야."

"부상자들을 데리고 말이죠?"

"그건……."

반은 부상을 당한 상태다. 그들을 데리고 남경 쪽으로 움직이다가는 자칫 역공을 당할 수도 있었다.

우내혁은 어물거리다 입을 닫았다.

그제야 이무환이 좌중을 둘러보며 자신의 생각을 말했다.

"일단 적의 움직임을 살피면서 부상자들이 나을 때까지 기다리죠. 열흘 정도면 되지 않을까 생각하는데……."

말을 길게 끈 이무환이 제갈도를 바라보았다.

"전숙으로 사람을 보내 우리와 발맞춰 천강문을 칠 준비를 하라고 하십시오."

"그거야 어려운 일이 아니네만, 놈들이 또 속겠나?"

이무환이 싸늘한 눈빛을 반짝이며 말했다.

"이번엔 진짜 공격하는 겁니다."

사람들이 움찔하며 이무환을 쳐다보았다.

이무환이 말을 이었다.

"물론 지금의 전력으로는 힘든 일이겠죠. 하지만 열흘의 시간이 있는 만큼 전력을 증강하면 못할 것도 없습니다. 정천무림맹 총단에 전서구로 연락하면, 지원을 받기에 충분한 시간일 거 같은데요."

그때 남궁산산이 보충하듯이 말했다.

"정천무림맹의 무사들이 본격적으로 움직이면 금천신문도 함부로 움직이지 못할 거예요. 그럼 본가에서도 무사들이 움직일 수 있어요, 오빠."

만족한 듯 이무환이 담환을 향해 고개를 돌렸다.

"흠, 황산검문은 어떻습니까? 지금 연락하면 제자들을 파견할 수 있을까요?"

담환이 힘차게 고개를 끄덕였다.

"물론이네. 그 일에 대해선 걱정 말게. 내 즉시 사람을 보내도록 하겠네."

"하, 하. 고맙습니다. 꼬맹아! 그럼 천목산장에도 사람을 보내라! 이 기회에 모을 수 있는 사람들 몽땅 모아서 놈들을 때려잡자!"

"예, 오빠."

좌중의 사람들은 꿀 먹은 벙어리처럼 이무환과 남궁산산을 번갈아 보았다.

장난처럼 오간 말 몇 마디에 수백 무사가 보충되었다. 물론 눈앞에 있는 것은 아니다. 그러나 아무리 생각해도 충분히 가능한 일이었다.

그때 이무환이 일어나며 말했다.

"사! 이제 아침 먹으러 갑시다!"

어느새 사시가 넘어 오시가 되어가고 있었다.

아침이 아니라 점심을 먹어야 할 판이었다.

사마성문이 백혜 대사와 돌아온 것은 오시가 지나 미시가 다 될 무렵이었다.

그는 간단하게 상황을 보고했다.

"은자 십만 냥을 주기로 하고 모든 일을 덮기로 했다."

은자 십만 냥.

엄청난 금액이었다. 금자로 따져도 오천 냥이나 된다.

하지만 이무환은 크게 걱정하지 않았다.

"위지창화가 깨어나면 그 돈부터 내놓으라고 해야겠군요."

한데 사마성문이 눈살을 찌푸리며 난감한 표정을 짓는다.

"음, 일단 얼마라도 줘야 할 것 같은데……."

그 말에 이무환의 머리가 빠르게 돌아갔다.

'일단 내가 주면 어떨까?'

그것도 괜찮을 것 같았다.

"급하면 제가 일단 내놓죠."

사마성문이 놀란 눈으로 이무환을 바라보았다.

"네가?"

"이래 봬도 알부자랍니다. 하, 하, 하! 물론 공짜로 줄 마음은 없습니다. 나중에 위지창화에게 받죠, 뭐."

이자까지 톡톡히!

'이자 받는 거야 당연한 거 아니겠어?'

2

위지창화가 깨어난 것은 그날 저녁이었다.

남궁산산과 놀고(?) 있던 이무환은 그 소식을 받자마자 자리에서 일어났다. 남궁산산과 알콩달콩 좀 더 놀고 싶었지만, 위지창화의 정신이 깨어났을 때 물어봐야 할 것이 한두 가지가 아니었다.

밖으로 나가자, 저만치 어둠 속에 서 있는 순우경의 뒷모습이 보였다.

깊은 생각에 잠긴 듯 달이 떠 있는 작은 연못을 바라보는 그녀는, 연못가에 세워놓은 석상처럼 움직임이 없었다.

“어? 얼음꽃이잖아?”

“뭐 해요, 언니?”

두 사람의 목소리가 들린 후에야 순우경이 천천히 몸을 돌렸다.

“아무것도 아니야. 그냥 바람이 시원해서…….”

달빛에 비친 그녀는 같은 여자인 남궁산산이 보기에도 아름다웠다.

남궁산산은 그래서 더 걱정이 되었나. 여자의 직감이 그녀의 마음 변화를 어렴풋이 눈치챈 것이다.

‘옥이 언니를 제외하고는 누구도 안 돼!’

남궁산산은 입술을 살짝 깨물고 순우경에게 다가갔다.

이무환은 잠시 망설이다 남궁산산의 등에 대고 물었다.

“꼬맹아, 나 먼저 갈까?”

“그래요, 오빠.”

남궁산산이 의외로 순순히 대답한다. 이무환은 고개를 갸웃거리며 위지창화가 누워 있는 방으로 향했다.

위지창화의 방에는 몇 사람이 먼저 와 있었다.

천태 도장, 무설강, 사마성문, 호연청, 황보광, 제갈도, 백혜대사.

"어떻습니까?"

이무환이 위지창화의 침상으로 다가가며 묻자, 천태 도장이 담담한 목소리로 입을 열었다.

"정신을 차리긴 했다만, 많은 이야기를 나눌 정도는 아니다."

이무환은 위지창화를 내려다봤다.

나직한 숨소리를 따라 가슴이 미약하게 오르내리는 게 보였다.

"정신이 들었으면 몇 가지만 대답해 주쇼."

위지창화의 눈꺼풀이 잘게 떨리며 반쯤 열렸다.

"놈……. 나는… 아무 말도… 하지 않을 것……."

들릴 듯 말 듯 나직한 목소리가 위지창화의 바짝 마른 입술을 비집고 흘러나왔다.

이무환의 입가로 조소가 떠올랐다.

"위지가의 존속보다 묵운방이 더 중요한가 보군요. 정말 대단한 충성심이구랴."

심장에 바늘이라도 꽂힌 듯 위지창화의 눈꺼풀이 더욱 심하게 떨렸다.

이무환은 그런 위지창화의 눈을 똑바로 바라보았다.

"나는 인내심이 별로 없수. 남들이 왜 나를 광룡이라 부르는지 아쇼?"

사람들이 이무환을 힐끔 쳐다보았다. 조금이라도 아는 사람은 아는 대로, 모르는 사람들은 모르는 대로 궁금했다.

"나는 말이오. 가끔 나 자신조차 이해하지 못할 행동을 할 때가 있수. 한마디로 말해서, 미치면 제대로 확실하게 미친다는 거유."

호연청은 그렇게 답답한 세월을 몇 달이나 보낸 사람이다. 절로 고개가 끄덕여졌다.

'그건 내가 장담하지. 저놈은 정말 완벽히 미친놈이야.'

그사이 이무환이 담담한 표정으로 속삭이듯 말을 이었다.

"말해주면 순순히 떠날 거요. 하지만! 말하지 않으면 위지가는 끝장입니다. 묵운방에 대한 충성심의 대가로 완벽히 몰락하는 거죠. 선택은 당신이 하쇼. 뭐, 말하기 싫으면 하지 않아도 되고. 나는 아픈 사람에게 억지 대답을 강요할 만큼 독한 사람이 아니거든요."

마지막 말에 사람들의 가슴이 서늘해졌다.

두렵게 느껴져서? 천만에! 뻥 뚫린 가슴에 헛바람이 든 것 같은 기분이 든 것이다.

말하지 않으면 위지가를 완벽히 몰락시키겠다고 한다.

저게 아픈 사람에게 강요하는 것이 아니면 뭐란 말인가?!

살 떨리게 독한 놈!

위지창화도 그런 마음인지 안간힘을 다해 눈꺼풀을 들어 올렸다. 입술이 파르르 떨렸다.

"너는… 대체……."

그가 입을 열 때다. 이무환이 손을 들어 그의 말문을 막았
다.

"아아, 쓸데없는 말 하느라 기력 낭비하지 마쇼. 말할 거면
고개를 끄덕이고, 하기 싫으면 고개를 저어요. 그럼 나도 그에
대한 조치를 취할 테니까. 아주 간단하죠?"

이무환은 그렇게 말하고, 뒤를 돌아다보았다.

사람들이 어이없다는 표정으로 바라보고 있었다.

이무환이 그들에게 담담한 어조로 말했다.

"고개를 저으면 협상이 끝난 것으로 알고, 위지가와 관계된
모든 것을 깨끗이 정리하세요. 혹시라도 막는 사람이 있으면
사정 봐줄 필요 없습니다. 어차피 수백 명이 죽었는데, 몇 사람
더 죽었다고 표가 나겠습니까?"

어떻게 저런 말을 저리도 담담하게 할 수 있을까?

그제야 사람들은 광룡이 왜 광룡인지 조금은 알 것 같았다.

그때 위지창화의 목소리가 그르륵거리는 소리와 함께 마른
목구멍에서 흘러나왔다.

"뭘 말하라는……."

"아하, 고개로 의사표시를 하라니까요?"

위지창화의 창백한 얼굴에 붉은 기가 돌았다.

"해, 했는데… 네놈이… 못 봐……."

3

사흘째 되던 날, 천목검제 장천립이 천목산장의 무사 일백과 함께 도착했다.

그리고 사흘 후, 황산검문의 제자 팔십이 명이 소주에 도착했다.

소천장에 집결한 무사들이 육백에 다다른 상황.

더 이상 묵운방의 역공을 걱정할 필요가 없게 되자, 이무환은 주요 간부 몇 명을 불러 자신의 생각을 말했다.

"저와 몇 사람이 몰래 양주로 가서 저들의 동향을 파악해 볼 생각입니다."

천태 도장이 염려스런 표정을 지었다.

"꼭 네가 갈 필요가 있느냐?"

"단순히 정보만 얻고 동향을 파악하는 거라면 다른 사람을 보내도 충분해요. 지금도 그렇게 하고 있고요. 하지만 그들만으로는 핵심이 되는 정보를 얻을 수 없어요."

묵운방의 실체에 대해 아는 사람이 아무도 없다. 기대했던 위지창화도 단편적인 것만 알고 있었을 뿐이다. 아니, 오히려 위지창화의 말을 듣고 묵운방의 실체가 더 모호해졌다.

적을 알지 못한 채 싸울 수는 없는 일.

구룡성과 천마교의 일을 겪은 이무환은 그것이 얼마나 위험한 일인지 잘 알고 있었다.

'묵운방주 우문적태, 그를 정확히 알지 않고는 아무것도 확실한 것이 없어.'

"그럼 고수 몇 사람을 보내서 알아보면 되지 않겠느냐?"

자신도 그러면 편했다.

하지만 문제는, 그의 모든 것을 알아낼 수 있는 능력을 지닌 사람이 자신밖에 없다는 것이었다.

"저도 그리고 싶은데, 자칫하면 쓸데없는 희생만 생길 뿐이에요. 너무 걱정 마세요, 도장님. 그들이 아무리 사납다 해도 제 한 몸 지킬 정도는 되니까요."

천하에서 광룡을 어찌할 사람이 없다는 걸 이곳에 있는 모두가 안다. 그러나 그것은 일대일일 경우의 이야기였다.

"으음, 네 생각이 정 그렇다면 어쩔 수 없다만……."

이무환은 가볍게 웃으며 천태 도장을 안심시켰다.

"하, 하. 너무 걱정 마세요. 혼자 가지는 않을 거니까요. 그리고 정 안 되겠으면 도망치죠, 뭐."

그때 우내혁이 이무환을 째려보며 물었다.

"놈들이 철저히 감시하고 있을 텐데, 가능하겠나?"

"소수라면 저들의 감시망을 피하는 것도 어렵지 않을 거요."

호연청 등 몇 사람은, 불문곡직하고 광룡과 멀리 떨어진다는 것만으로도 반가웠다. 말투에도 그 기분이 그대로 묻어 나왔다.

"그래, 몇 명이나 데려갈 생각인가?"

이무환은 호연청을 향해 씩 웃으며 대답했다.

"다섯 명 정도면 적당할 것 같은데요."

"누구를… 데려갈 생각이지?"

호연청이 약간 불안해하는 표정으로 물었다. 자신의 이름이 그 안에 들어가면 좋던 기분이 싹 달아나고 짜증만 탑처럼 쌓일지 몰랐다.

다행히(?) 이무환이 꼽은 다섯 사람의 이름에 그는 들어가지 않았다.

그가 꼽은 다섯 사람은 영호승, 제갈신걸, 모용상명, 순우경, 그리고 남궁산산이었다.

영호승은 지리를 잘 안다는 점 때문에, 제갈신걸과 모용상명은 호위로, 순우경은 좀 더 넓은 세상을 보여주고 싶어서, 남궁산산은 여우 같은 머리가 필요할지 몰라 뽑은 것이다.

물론 다른 이유도 있었지만, 그것은 말하지 않았다.

호연청은 내심 안도하면서도 모두가 젊은 사람인 것을 알고 지나가듯이 중얼거렸다.

"다 젊은 사람들이군."

이무환이 씨익 웃으며 대답했다.

"나이 든 사람이 섞인 것보다 보기가 좋잖수."

이무환에게 그동안 '영감'으로 불린 사람들은 속으로 콧방귀를 뀌고는, '흥, 너는 안 늙을 줄 아냐?' 그런 표정을 지은 채 이무환을 노려보았다.

그러면서도 악귀, 광룡과 잠시 헤어진다는 것으로 쓰린 속을 달랬다.

다음날 아침, 이무환은 다섯 사람과 함께 남쪽 문을 통해 소천장을 나왔다.

오랜만에 소천장을 떠나 밖으로 나오니 공기부터 다르게 느껴졌다.

"으아! 날 좋다! 자, 가자고!"

4

이무환 일행은 배를 타고 강남운하를 따라 북행해 무석(无錫)까지 갔다.

소주에서 무석까지 백 리 길. 육로로 가는 게 더 빠를 수도 있지만, 혹시 모를 감시자의 눈을 피하기에는 배를 이용하는 게 더 나았다.

미시 무렵, 무석에서 내린 일행은 뒤늦은 식사를 마친 후 곧바로 강음(江陰)으로 향했다.

강음까지도 운하가 만들어져 있었지만 이번에는 배를 이용하지 않았다. 배를 타면 시간이 너무 걸렸다. 여차하면 강음에서 발이 묶여 다음날 아침까지 기다려야 할지도 몰랐다.

게다가 사월의 날씨가 너무 좋아 배에만 있기에는 답답하고 아쉬웠다.

운하의 둑을 따라 강음으로 향한 지 두 시진.

황혼이 장강을 황금빛으로 물들이기 직전, 마침내 일행의 눈에 바다나 다름없는 거대한 물줄기가 보였다. 장강이었다.

일행은 드넓은 장강에 감탄하며, 도강하기 위해 강음으로 들어갔다.

장강이 워낙 넓다 보니 상시적으로 사람들을 실어 나르는 배가 성업했다. 강음처럼 큰 마을에는 당연히 더 많을 터였다. 문제는 시간이 늦었다는 것이었다.

물론 도강하는 배가 끊겼으면, 배를 세내어 건널 수도 있었다. 그러나 그것은 자칫 적의 감시망에 걸릴 확률이 높았다.

"일단 선착장으로 가보자고."

"예, 단주."

영호승이 서둘러 일행을 선착장으로 안내했다.

금빛으로 물든 선착장에는 수백 척의 크고 작은 어선이 정박해 있었다.

주위를 둘러보던 영호승이 손을 들이 한곳을 가리켰다.

"저기 있습니다."

상당히 많은 사람이 탄 배가 보였다. 모두 양민들인 걸로 봐서 도선(渡船)인 듯했다.

한데 일행이 배로 다가갈 때였다. 두 명의 장한이 예리한 눈빛을 빛내며 이무환 일행을 바라보았다.

뭔가 탐색하는 눈빛.

'묵운방의 정보원들인가?'

아무래도 그런 것 같다.

그렇게 생각한 이무환은 두 장한과 가까워지자 갑자기 버럭 소리쳤다. 인상까지 써가며.

“뭘 봐! 꼬맹아, 이리 와라! 저 늑대 같은 놈들이 너를 노리는갑다!”

“뭐, 뭐라고?”

두 장한은 뭐 저런 놈이 있나, 하는 눈빛으로 이무환을 바라보며 입을 반쯤 벌렸다.

“어디서 허튼수작을 부리려고? 확! 그냥! 본 공자가 오늘은 바빠서 그냥 간다만, 다음에 만나면 가만 안 둬!”

눈을 부릅뜬 이무환은 그들을 도둑놈 쳐다보듯 하며 스쳐 지나갔다. 남궁산산은 아예 이무환의 팔을 잡고 두려워하는 표정을 한 채 종종걸음을 옮겼다.

영호승이 재빨리 말을 맞췄다.

“공자, 저놈들, 아무래도 강도들 같은데, 목을 부러뜨려 버릴까요?”

“놔둬, 배 타야 되는데, 부정 타면 가라앉을지 모르잖아.”

제갈신결과 모용상명도 상황을 눈치채고, 천당객잔에서 봤던 건달처럼 눈을 위아래로 흘기며 뒤를 따라갔다.

두 장한은 똥 밟은 표정을 지은 채 슬그머니 자리를 떴다.

“퉤!”

“지미, 어째 일진이 안 좋더라니…….”

저런 미친놈이 정천무림맹의 무사일 리가 없었다. 더구나 전시나 다름없는 지금, 여자들을 데리고 놀러 다닌다는 것은 더욱 말도 안 되었다.

순우경은 그 모습을 보며 입꼬리를 살짝 말아 올렸다.

'좌우간 재미있는 사람이야.'

　그렇게 감시를 따돌린 일행이 강 건너편 정강에 도착할 즈음, 석양이 검게 타들어가며 어스름이 지기 시작했다.
　배에서 내린 이무환은 더 이상 감시의 눈길이 없다는 것을 확인하고 북쪽으로 방향을 잡았다.

第七章
복수를 원하는 자들

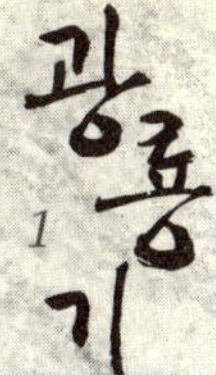

　이무환 일행이 양주를 코앞에 둔 강도(江都)에 도착한 것은 다음날 새벽 무렵이었다.

　그들은 그곳에서 작은 배 한 척을 세내었다.

　사공이 이상한 표정으로 쳐다봤지만, 이무환이 열 냥을 내밀자 두말 않고 강에 배를 띄웠다.

　물론 이무환이 착잡한 표정으로 중얼거린 헛소리도 그의 마음을 움직이는 데 크게 작용했다.

　"하아, 백부님이 돌아가시기 전에 도착해야 할 텐데……."

　그 때문인지 사공은 평소보다 훨씬 힘차게 노를 저어 강을 건넜다.

　양주와 강도 사이에는 삼각주가 있어 배를 두 번 타야 했는데, 의외로 두 번째 도강은 수월하게 이루어졌다.

이무환 일행이 배에서 내리자 사공이 말했다.

"가서 장가를 찾으시구려. 양하의 조 씨 성을 쓰는 형이 보냈다고 하면 흔쾌히 태워줄 것이오."

이무환은 양주가 맞바라다보이는 선착장에서 장가를 찾았다. 그를 찾는 것은 그리 어렵지 않았다. 새벽에 배를 띄우는 사람이라야 서너 명에 불과했으니까.

"장가 성을 지닌 분이 누구요?"

텁석부리장한이 고개를 돌렸다. 그러다 무사들인 것을 보고 바짝 긴장한 표정으로 물었다.

"내가 장가오만, 댁들은 뉘슈?"

영호승이 그에게 다가가 조씨 사공의 말을 전했다.

장가는 영호승의 말을 듣더니 눈을 부라렸다.

"조가가 그랬단 말이오? 그놈이 미쳤나? 형은 무슨! 내 동생하고 친구 먹는 놈이!"

그러자 옆에 있던 이무환이 넌지시 말했다.

"조가는 새벽부터 은자 열 냥이나 벌었다고 오늘 논다고 하던데……."

은자 열 냥의 위력은 컸다.

장가는 언제 화를 냈냐는 듯, 조가가 아버지라고 했어도 껄껄 웃을 것 같은 표정으로 배를 태워줬다.

"음하하! 뭐, 꼭 그놈의 부탁이 아니라도, 나는 사람을 잘 태워준다오! 더구나 백부가 위독하다는데야……. 타쇼!"

양주의 선창가는 강도와 비교가 안 되게 크고 복잡했다.

심지어 어떤 면에서는 항주보다도 더 복잡한 것 같았다. 새벽부터 쉴 새 없이 오가는 작은 배들 때문이었다.

이무환 일행은 일단 선창가의 객잔으로 들어갔다.

소금을 실어 나르는 배들 때문인지, 객잔은 아침 일찍부터 문을 연 채 손님을 맞이했다.

이무환은 일단 방부터 잡고 식사를 시켰다.

주문은 남궁산산이 했다. 이무환의 품에 돈이 많다는 것을 알기에 양껏 시켰다. 무려 다섯 가지나.

이무환도 인심 쓰듯이 점소이에게 반 냥이 조금 못 되는 은자를 건네주었다.

"감사합니다, 공자님."

아침부터 한 건 했다는 듯 점소이가 환한 표정으로 돌아서려 하자 이무환이 불렀다.

"이보게, 십오형제장에서 무사를 모집한다는 말을 들었는데, 어디로 가야 하지?"

대충 넘겨짚은 말이었다. 하지만 반은 사실이었다, 비록 일반 무사를 뽑는 게 아니라, 묵운방의 무사들이 모여드는 것이었지만.

그래선지 점소이도 별다른 의심 없이 대답했다.

"성안으로 들어가서서 서쪽으로 가시면, 나지막한 산 아래쪽에 장원이 모여 있는 게 보일 겁니다요. 거기가 십오형제장입지요."

아침부터 움직이면 이상하게 여기는 자가 있을지 몰랐다. 게다가 언제 무슨 일이 있을지 모르니, 미리 충분한 휴식을 취해두어야 했다.
이무환은 점심때까지 쉬게 했다. 그리고 미시가 되어서야 사람들을 불러 모았다.

양주성의 거리는 항주나 다름없이 수많은 사람들로 붐볐다.
대부분은 양민이었지만, 간혹 무사들도 보였다. 그러나 대부분이 떠돌이 무사들이거나, 별 볼일 없는 삼류무사들이었다.
이무환은 남궁산산과 순우경과 영호승과 함께 앞서서 걷고, 제갈신결과 모용상명은 약간 처진 채 뒤따라갔다.
한데 서문대로를 거의 다 지나갈 즈음이었다.
저만치 갈색 무복을 입은 십여 명의 무사가 한 사람을 밧줄로 꽁꽁 묶은 채 끌고 가는 게 보였다.
"멋쟁이, 저들이 누군지 알아?"
영호승이 갈색 무복의 무사들을 보고 골똘히 생각하더니 표정이 굳어졌다.
"아무래도… 양주의 염상을 다스린다는 백염방의 무사들

같습니다.”

“저들도 묵운방의 하수인이라고 봐야겠지?”

“그럴 겁니다.”

이무환의 눈이 반짝였다.

묵운방의 하수인이 누군가를 끌고 간다. 그렇다면 끌려가는 자와 묵운방은 사이가 좋지 않다는 말이었다.

이무환은 끌려가는 자를 자세히 살펴보았다. 나이는 삼십대 후반. 누구에게 얻어맞았는지 콧등이 주저앉아 있었는데, 꾹 다문 입술이 고집깨나 있게 보였다.

‘흠… 백염방과 사이가 나쁘다, 이 말이지?’

이무환은 묘한 눈빛으로 장한을 바라보며 주위의 말에 귀를 기울였다.

곧 그가 원하는 말이 들려왔다.

“쯔쯔쯔, 황두영도 결국 잡혔군.”

“허어, 양주를 떠나지 않았던가? 상단이 망한 뒤 떠난 줄 알았는데…….”

“쌓인 한이 얼마나 많은데 떠나겠나?”

이무환은 몇 사람의 말만으로도 대충 상황을 이해할 수 있었다.

장한의 이름은 황두영. 그는 백염방에 의해 망한 상단의 사람인데, 숨어서 대항하다 잡힌 듯했다.

이무환은 제갈신걸을 향해 전음으로 지시를 내렸다.

“저자가 어디로 끌려가는지, 어떻게 되는지 자세히 알아보

고, 저기 오른쪽에 있는 삼 층짜리 객잔 보이죠? 그곳으로 오
쇼."

제갈신걸은 살짝 고개를 끄덕이고 백염방 무사들의 뒤를 천
천히 따라갔다.

이무환은 제갈신걸이 인파 속으로 사라진 뒤에야 걸음을 옮
겼다.

"가자, 꼬맹아."

이무환이 말한 객잔은 십오형제장에서 오십여 장 정도 떨어
진 곳에 위치해 있었다. 거기서부터는 모용상명도 합류했다.

이층으로 올라가자 십오형제장이 대충 눈에 들어왔다.

이무환은 창가에 앉아 자연스럽게 창밖을 바라보았다.

"더럽게 넓군."

그냥 넓은 것 정도가 아니었다. 엄청나게 넓었다. 멀리서 보
는데도 전체를 다 관망할 수 없을 정도였다.

그때 점소이가 다가왔다.

"뭘 드시겠습니까?"

남궁산산이 활짝 웃었다.

"우리 맛있는 거 먹어요, 오빠."

"그, 그럴까?"

"경 언니 무이산으로 돌아가기 전에 지역의 특산 요리를 맛
보게 해줘야죠."

그것도 괜찮은 생각이었다.

물론 돈이 좀 들겠지만, 그 정도는 써도 표 하나 안 날 만큼
많은 돈이 그의 품속에 있었다.

"좋아!"

그는 호쾌하게 대답하고 점소이를 바라보았다.

"이 객잔에서 제일 맛있는 특산 요리가 뭐지?"

순우경은 최대한 무표정을 가장하려고 애썼다. 그러나 마음
이 그렇지 않으니 쉽지가 않았다.

'하아, 내가 왜 이러지?'

남궁산산의 말이 송곳처럼 가슴을 찌른다.

무이산으로 돌아가고 싶지 않다. 뚜렷한 목적이 있는 것은
아니다. 그냥, 그냥 가고 싶지 않다.

마음이 답답해진 그녀는 슬며시 고개를 돌려 창밖을 바라보
았다.

십오형제장의 정문이 열린 것은 바로 그때였다.

'응?'

장원 안에서 무사들이 나온다.

그런데 결코 단순한 무사들이 아니다. 상당한 거리인데도
자신의 몸이 경직될 정도의 엄정한 기세를 뿜어내는 자들이
다.

특히 무사들과 약간 떨어져 있는 한 사람은 그녀가 자신도
모르게 주먹을 쥐게 만들 정도다.

'저자는 누구지?'

그녀는 고개를 돌려 이무환에게 말했다.

“저길 봐요.”

남궁산산과 노닥거리고 있던 이무환이 고개를 돌렸다.

그는 순우경의 눈짓에 십오형제장 쪽을 바라보았다.

장원에서 나온 무사들은 모두 십여 명.

그들을 바라보는 이무환의 눈이 깊게 가라앉았다.

십여 명이 모두 고수들이다. 표정과 행동으로 봐서 극한의 수련을 받은 자들인 듯하다.

하지만 그들조차 물 흐르듯 걸음을 옮기는 한 사람에 비하면 아무것도 아니었다.

‘저건 누구지?’

그의 눈이 한 사람에게서 멈췄다. 순우경으로 하여금 긴장을 하게 만든 자였다.

고요하면서도 웅혼한 기세가 그의 몸 주위를 휘돈다. 지금까지 봤던 그 누구보다 강한 기운을 지닌 자다.

심지어 호연청이나 황보광보다 강한 듯하다.

이제 이십대 후반의 나이거늘, 대체 누구란 말인가?

“멋쟁이, 저기 혼자 걷는 자, 누군지 알아?”

영호승이 천천히 고개를 저었다.

“처음 보는 자입니다.”

그때 이무환의 머릿속에 위지창화가 말한 두 사람의 이름이 떠올랐다.

대공자 우문조현과 이공자 창무옥.

그중 우문조현은 묵운방주인 우문적태의 손자로, 무공이 이미 조부에 못지않다고 했다.

반면 창무옥은 학자에 가까운 인물로, 무공이 위지호천과 큰 차이가 없다 했다. 그 말대로라면, 저자가 우문조현일 가능성이 컸다.

만일 그도 아니라면 보통 문제가 아니었다. 그만큼 강한 자가 많다는 말이 아닌가 말이다.

'흠, 운이 좋았군. 저자를 못 봤으면 너무 쉽게 생각할 뻔했어.'

우문조현의 생김새를 알게 된 것도 중요한 정보였다. 그러나 그보다 더 중요한 것은, 적들 속에 저러한 고수가 있다는 걸 알게 되었다는 것이었다.

네 가지 요리 중 세 번째 요리가 나올 때 제갈신걸이 돌아왔다. 그는 차를 한 잔 마시며 입술을 축이고 나직이 입을 열었다.

"놈들은 그자를 백염방의 총단으로 끌고 갔소."

끌고 갈 정도면 당장 죽이지는 않았을 터였다. 어딘가에 갇혔다는 말이다.

"그자의 정체는?"

"삼 년 전, 양주의 오대상단 중 세 곳이 백염방에 의해 무너졌는데, 그때 무너진 상단 중 양해상단의 주인이 바로 황두영이오."

“흠, 그럼 원한이 깊겠군요.”

“당시 무너졌던 상단의 주인들이 숨어서 절치부심 힘을 키웠는데, 석 달 전 백염방에게 들켜서 수십 명이 죽었다고 하오. 심지어 그의 가족까지 말이오.”

그렇다면 원한에 대해선 더 말할 것도 없었다.

“총단이 어디 있죠?”

“양주성 남쪽 성문 근처요.”

남궁산산이 물었다.

“구할 거예요, 오빠?”

“어, 그자라면 우리가 모르는 것을 많이 알 것 같거든.”

천만 냥은 있어야 겨우 부자 소리 듣는다는 양주를 암중 지배하는 묵운방이다. 그러니 묵운방과 염상은 떼려야 뗄 수 없는 관계일 것이 분명했다.

한데 황두영은 오대상단 중 하나를 다스리던 자다.

양주에서의 상단은 염상을 반드시 끼고 있다는 게 통설인만큼, 그만 구할 수 있다면 많은 것을 알 수 있을 터. 시간이 촉박한 지금, 그는 꼭 필요한 자였다.

“어두워지면 가보자고.”

3

어둠이 양주성을 집어삼킬 무렵, 이무환은 제갈신걸, 모용상명과 함께 남문 쪽으로 갔다. 밤인데도 수많은 사람이 오가고 있었다.

"저곳이오."

제갈신걸이 나직이 말하며 눈짓으로 커다란 장원을 가리켰다.

이무환은 할 일 없는 삼류무사처럼 팔자걸음으로 장원의 담을 따라 걸었다.

그러다 어두컴컴한 골목길이 나오자, 어슬렁거리며 골목길 안으로 들어갔다.

다행히 골목길 안쪽으로는 사람이 거의 다니지 않았다.

이무환은 좌우를 둘러본 후 가볍게 땅을 박찼다. 순간 밤새처럼 날아간 그는 담에서 멀리 떨어지지 않은 건물의 지붕에 내려서서 바짝 몸을 낮추었다.

곧바로 제갈신걸과 모용상명도 신형을 날려 이무환 옆에 내려섰다. 이무환이 속삭이듯이 주의를 주었다.

"최대한 소란없이 그자를 빼내야 하니까, 과한 행동은 자제해 주쇼."

제갈신걸과 모용상명이 고개를 끄덕였다. '너나 조심해!' 그렇게 말하고 싶은 것을 꾹 참고서.

이무환은 사방을 둘러본 후, 슬쩍 고갯짓을 하며 몸을 움직였다.

"일단 그사가 어디 갇혀 있는지 알아봅시다."

백염방 총단에서 소란이 인 것은, 이무환을 비롯한 세 사람이 지붕에서 내려온 지 이각가량이 지나서였다.

콰당!

천둥소리가 울리는가 싶더니, 여기저기서 고함에 가까운 목소리가 터져 나왔다.

"침입자다! 잡아라!"

"황두영이 탈출했다!"

"양해상단의 잔당들이다! 놓치지 마!"

그 와중에 세 줄기 인영이 담을 넘어 쏜살같이 골목길을 달려갔다.

그중 한 사람의 어깨에는 축 늘어진 뭔가가 걸쳐져 있었다.

"왜 소란을 피운 거요?"

모용상명이 달리면서 짜증이 난 표정으로 물었다.

이무환이 짧게 대답했다.

"뇌옥의 벽이 그렇게 얇은 줄 누가 알았어야지?"

경비무사 하나를 잡아 황두영이 갇힌 곳을 알아냈다. 그 후 뇌옥으로 가 세 명의 간수를 모두 제거해 구석에 처박아놓고, 황두영이 갇혀 있는 옥문을 열었다.

문제가 생긴 것은 그때였다. 한 사람이 비틀거리며 뇌옥으로 들어오는 것이 아닌가.

그는 술이 잔뜩 취해 있었는데, 술기운 때문인지 쓰러진 자들은 보지도 않고 이무환을 향해 턱을 치켜들었다.

"너 뭐 하는 새끼냐? 똥구멍에 말뚝을 박아버리기 전에 제자리로 안 가?"

그때라도 간단히 제압하면 되었다. 한데 이무환은 그의 목을 잡아 냅다 벽에다 던져 버렸다.

문제는 벽이 얇은지, 아니면 던진 힘이 너무 강했는지 벽이 천둥소리를 내며 뚫려 버린 것이다.

세 사람은 다급히 뇌옥을 빠져나왔다. 직후 뇌옥 쪽에서 고함이 터져 나왔다.

하지만 이무환은 크게 신경 쓰지 않았다.

어차피 황두영의 탈출은 곧 알려질 일이었다. 소란이 일어남으로써 그것이 조금 앞당겨진 것뿐.

'짜식이 말이야, 뭐? 말뚝을 어디에 박아?'

4

황두영이 정신을 차린 것은 그날 자시 무렵이었다.

그는 자신이 침상에 누워 있다는 것을 알고 몸을 일으키려 했다. 그러나 온몸의 뼈마디가 부서지는 고통을 이기지 못하고 다시 드러누웠다.

"정신이 들었군."

이무환은 정신이 든 황두영에게 다가갔다.

"ㄴ, 누구……?"

"나, 이무환이라는 사람이오. 하, 하, 하."

이무환은 황두영의 마음을 편하게 해주려는 의도로 웃음을 흘렸다.

그러나 황두영의 마음은 조금도 편해지지 않았다.

'이놈이 누군데 저렇게 느끼한 웃음을 짓는 거지?

다행히 남궁산산이 나서며 황두영의 표정이 풀어졌다.

"오빠가 아저씨를 구해왔어요."

방긋 웃는 남궁산산의 얼굴은 천상의 선녀가 따로 없다.

황두영은 그녀의 말을 듣고 나서야 이무환을 쳐다보았다.

"자네가? 왜 나를 구한 건가? 아주 위험한 일을 했군."

"그만한 가치가 있으니까요.

그 말에 황주영의 표정이 굳어졌다.

"가치라……. 목적이 있다는 말 같군."

이무환이 고개를 쑥 내밀고 나직이 물었다.

"묵운방이라는 이름을 아십니까?"

황두영이 이를 악물고 잇새로 말을 흘렸다.

"아주 잘 알지……."

묵운방이라는 이름이 알려진 것은 최근의 일이었다. 한데 황두영의 표정으로 봐서 오래전부터 알고 있었던 듯하다.

그의 원한과 관계된 것일 터. 이무환이 눈을 빛내며 물었다.

"저는 이 땅에서 묵운방이라는 이름을 지우려고 합니다. 그래서 당신을 구한 것이지요."

황두영이 어이없다는 표정을 지었다.

"자네가? 허, 허. 오랜만에 듣는 농담치고는 썰렁하군."

"당신과 농담이나 하려고 소주에서 여기까지 온 게 아님니다.”

“소주?”

황두영은 문득 소주의 위지가문이 하루아침에 망했다는 소문이 떠올랐다. 묵운방이 그곳에 상당한 인원을 보냈는데도 패했다 하지 않던가.

황두영의 창백한 얼굴이 화기가 돌았다.

“그럼… 자네가 정천무림맹의 정보원이란 말인가?”

정보를 얻으러 왔으니 그 말도 틀린 말은 아니었다.

“일단은 그렇다고 해두죠. 어떻습니까? 어차피 이렇게 된 거, 좀 도와주시죠?”

묵운방을 상대하는 것이라면 마다할 황두용이 아니었다.

아니, 목숨을 다 내놓아도 좋았다.

자신에게서 가족을 앗아간 놈들에게 복수를 할 수 있다년야 무슨 짓을 못할까?

“뭘 도와주면 되겠는가? 뭐든 말하게.”

이른 새벽, 이무환 일행과 황두영은 몰래 객잔을 나와 번화가를 빠져나왔다.

황두영은 불편한 몸을 이끌고 이무환 일행을 한곳으로 안내했다.

아직 어스름조차 가시지 않은 시각. 오가는 사람이 거의 없었다. 더구나 남궁산산의 손을 거쳐 얼굴이 변한 터라 황두영을 의심하는 사람은 없었다.

황두영이 일행을 안내한 곳은 수로가 거미줄처럼 엉킨 빈민
가였다.

그곳에는 조잡하게 만들어진 판잣집과 거적으로 만든 집들
이 빽빽하게 들어차 있었다.

게다가 미로나 다름없는 길은 더럽고 지저분해서 사람이 사
는 곳이 맞나 의문이 들 정도였다.

하지만 이무환과 그 일행은 미처 알지 못했다. 그나마 새벽
이어서 사람이 없기에 망정이지, 만일 낮이었다면 그들을 향
해 사람들이 개미 떼처럼 달라붙었을 터였다.

이무환은 딱딱하게 굳은 얼굴로 황두영의 뒤를 따라갔다.

무창의 용강통도 가보고, 항주의 뒷길도 가본 그였다. 그러
나 그 어느 곳도 이곳보다는 나았다.

황두영이 그의 마음을 눈치챘는지 탄식하듯이 입을 열었다.

"본래 이곳도 이렇게까지 참담하지는 않았었네. 묵운방의
명을 받은 백염방이 염상들을 관리하기 전만 해도 적잖은 돈
이 이곳으로 흘러들었으니까."

돈이란 것은 물줄기와 같다. 제대로 흐르지 못하면 고여서
썩는다.

전에는 많은 염상들이 고루 퍼져서 돈이 골고루 흘렀다. 수
많은 사람이 그들의 일을 해주며 먹고산 것이다.

그러나 지금은 그렇지가 않았다.

백염방이 통제하는 바람에 보다 넓은 곳으로 흘러야 할 돈
이 한곳으로만 흘렀다.

그리고 그들의 통제 밖에 있는 사람들에게는 기껏해야 찌꺼기 같은 부스러기 돈만이 쥐어졌다.

그나마 그것이라도 쥘 수 있는 사람들은 나았다. 정작 문제는 그조차 얻을 수 없는 최하층의 빈민들이었다.

하루에 굶어 죽는 사람이 수십 명씩 나오는 판이니 무슨 말을 더 하랴.

황두영은 착잡한 표정으로 고개를 저으며 지저분한 길을 통과했다.

이무환 일행은 아무 말도 하지 않고 그의 뒤를 따라갔다.

일각가량을 걷자 빈민촌보다는 조금 깨끗한 길이 나왔다. 길가에 늘어선 집 역시 그럭저럭 집이라 부를 만큼 형체를 갖추고 있었다.

황두영은 그 집들 중 제법 큰 집 앞에서 길음을 멈추었다.

그는 둥근 고리를 잡고 검게 칠해진 문을 가볍게 두들겼다.

탕, 탕.

한참이 지나자 안쪽에서 누군가가 물었다.

"뉘슈?"

"나네, 황가."

안쪽에서 잠시 아무런 소리도 들리지 않았다.

이무환이 그제야 생각났다는 듯 황두영에게 말했다.

"이제 머리카락 올리고 얼굴 좀 닦으시죠."

황두영이 아차 한 표정으로 머리를 쓸어 올리고 얼굴을 소매로 닦았다.

그때 안에서 다시 목소리가 들렸다.

"잡혀갔다고 들었는데……. 정말 황 형이오?"

황두영이 씁쓸한 표정을 지으며 말했다.

"내 목소리를 잊지 않았다면, 내가 진짠지 가짠지 알 게 아닌가?"

끼이익.

문이 열렸다. 그리고 사십대 초반의 꾀죄죄한 중년인이 고개를 내밀었다.

"정말… 황 형이구만."

"일단 들어가세. 할 말이 많으니까."

집의 주인은 조약생이라는 자였다.

그는 본래 황두영과 고향 친구 사이로, 한때 양해상단에 밀염을 모아서 대주던 귀염당의 주인이었다. 그러나 그 역시 양해상단이 몰락하면서 백염방의 추적을 받아 신분을 숨긴 채 살아가고 있었다.

다행이라면 황두영이 그의 존재를 철저히 숨긴 덕에 큰 피해를 입지 않았다는 것이었다.

"대체 어떻게 된 건가? 백염방 놈들이 절대 풀어주지는 않았을 텐데 말이야?"

조약생의 질문에 황두영이 모든 사실을 말해주었다.

조약생의 눈이 커졌다.

그는 눈을 떨며 이무환 일행과 황두영을 번갈아 보았다.

"정말… 정말 놈들을 몰아낼 수 있단 말인가?"

"솔직히 나도 확신을 할 수는 없네. 저 사람들의 말만 들었으니까. 그러나 죽더라도 해볼 작정이네. 평생 놈들에게 쫓기다 죽을 수는 없는 일이 아닌가?"

조약생이 이를 악물었다.

"하긴… 그건 자네 말이 맞지……."

황두영이 조약생의 두 눈을 똑바로 바라본 채 물었다.

"자네가 하지 않겠다고 해도 원망하지 않겠네. 그러니 솔직하게 말해주게. 어떻게 할 건가? 하겠나?"

조약생의 눈이 풍이라도 걸린 사람처럼 파르르 떨렸다.

하지만 그도 잠시, 그는 입술을 깨물고 고개를 끄덕였다.

"빌어먹을 친구, 자네 덕분에 목숨을 두 번이나 건졌는데, 못한다고 하면 나만 나쁜 놈 될 거 아닌기? 좋아, 까짓서 못할 것도 없지!"

황두영이 조약생의 두 손을 움켜쥐었다.

"고맙네, 약생."

조약생은 어색한 표정을 지으며 마주 손을 잡았다.

"고맙기는……. 근데 문제가 하나 있네."

"말해보게나."

"옛날 조직을 움직이려면, 아무리 의리가 있는 놈이라도 공짜로는 힘들다네. 하다못해 푼돈이라도 조금 있어야 할 텐데, 보다시피 내가 이러다 보니 말이야. 일단은 돈을 좀 구해봐야 할 거 같네."

그때 이무환이 물었다.

"얼마나 있으면 되겠수?"

조약생이 고개를 들고 이무환을 바라보았다. 그러고는 별기대하지 않는 표정으로 말했다.

"적어도 천 냥은 있어야 하네."

천 냥이라면 이런 집 정도는 수십 채를 살 수 있는 돈이었다. 한데 그걸 푼돈이라고 한다. 그럼 제대로 하려면 얼마나 있어야 한단 말인가?

이무환 뒤쪽에 서 있던 사람들이 이무환을 쳐다보았다.

은자 열 냥에 발발 떠는 이무환이 과연 그 돈을 내놓을까?

백 냥도 아닌 천 냥을?

그때 이무환이 품속을 뒤적이더니, 빳빳한 종이 묶음을 하나 꺼내 황두영과 조약생 사이에 던졌다.

"그 정도면 되겠수?"

황두영과 조약생의 눈이 바닥에 떨어진 종이로 향했다.

순간, 그렇게 침착하던 황두영의 눈이 한껏 커지고, 조약생의 눈은 아예 튀어나올 것처럼 불거졌다.

"처, 천 냥짜리 전표? 그것도… 황금으로……?"

한때 수만 금을 만지며 산 사람들이다. 전표가 진짠지 가짠지 정도는 보기만 해도 알았다.

황두영이 전표 뭉치를 잡더니 장수를 세어보았다.

"열 장……. 만 냥이군."

"허어, 황금 만 냥이라니……."

이무환이 토끼눈을 한 두 사람을 향해 말했다.

"남는 것은 알아서 쓰쇼. 뭐… 저쪽에 사는 사람들을 위해 써도 좋고……"

갑자기 뒤쪽에서 급박한 심장박동이 느껴졌다.

이무환은 슬그머니 고개를 돌려 뒤를 바라보았다.

이상하게 사람들의 얼굴이 상기되어 있었다. 심지어 순우경의 얼음장처럼 보이는 얼굴조차 붉은 기가 돌았다.

이무환은 가슴을 펴고 턱을 치켜들었다.

"뭘 그렇게 보쇼? 나, 마음만 먹으면 팍팍 쓰는 사람이라니까? 왜? 더 써?"

조약생의 집을 나서는데 남궁산산이 팔을 붙잡고 찰싹 달라붙었다.

"오빠, 정말 멋졌어! 이래서 내가 오빠를 좋아한다니까?"

"아깝지는 않고?"

"아이, 남은 것도 평생 다 못 쓸 텐데, 뭐."

"그건 그렇지……"

그래도 이만 냥을 주고 나니 품속이 허전해졌다.

'쳇, 그냥 만 냥만 줄 걸 괜히 입방정을 떨어서……'

하지만 고개를 돌려 빈민가를 보니 조금 전의 허전함이 금방 뿌듯하게 채워졌다.

'그래, 나야 있어도 그만 없어도 그만이지만, 그 돈이면 저 사람들 수천 명이 한동안 먹을거리 걱정하지 않아도 될 거야.'

그 생각을 하자 기분도 한껏 좋아지고 가슴이 터질 것처럼 부풀었다.

'음하하하! 돈이란 이렇게 써야 되는 거라고!'

"가자, 꼬맹아, 아침 먹어야지?"

5

소금은 국가 전매품으로 그 관리가 어떤 물품보다 철저했다.

하지만 세금이 워낙 많이 붙다 보니 관을 거친 소금과 몰래 판매되는 소금의 가격 차이가 엄청났다. 당연히 밀염상이 생길 수밖에.

그중 대륙 최대의 소금 생산지인 양주의 밀염상 조직은 천하의 그 어떤 조직보다 움직임이 은밀하고 조직관리가 철저했다.

그들은 비밀을 지키기 위해 잔혹한 짓도 서슴지 않았지만, 대신 서로의 비밀을 철저히 지켜주었다. 그러지 않으면 자신도 살 수가 없으니까.

조약생은 바로 그런 양주의 밀염상 중 다섯 손가락 안에 들어가던 귀염당을 움직이던 자답게 은밀하고 발 빠르게 움직였다.

다른 곳이라면 황금 천 냥의 전표를 바꿀 경우 의심을 받는다. 그러나 이곳은 양주, 황금 천 냥의 돈은 큰돈이 아니었다.

그는 암상을 통해 일 할의 구전을 주고 돈을 은자로 바꾸었다. 그리고 곧바로 자신이 옛날에 거느렸던 사람들 중 믿을 만한 자들만 만나보았다.

그 결과가 나온 것은 그날 오후였다.

빈민가에서 조금만 벗어나면 일반 양민들이 사는 곳이었다. 빈민가보다는 나았지만, 그곳의 사정도 풍족하지는 않았다.

주루나 객잔이라고 해봐야 허름하고 볼품없는 곳이 대부분이었다.

이무환은 그중 황두영이 알려준 양화객잔이란 곳에 자리를 잡았다. 그곳의 주인은 황두영이 믿을 수 있는 몇 안 되는 사람 중 하나였다.

조약생과 변장한 황두영이 양화객잔으로 이무환을 찾아온 것은 신시 초였다.

"사람들을 시켜서 놈들을 살펴보라고 했네. 아마 오늘 저녁이면 놈들의 상황을 대충이나마 알 수 있을 것이네."

조약생이 움직인 자는 모두 일곱 명. 그 일곱 명이 각자 서너 명을 움직일 경우, 대충 이십여 명 정도가 양주 구석구석을 돌아다니는 셈이다.

심처 깊숙한 곳의 정보는 얻지 못해도, 최소한 묵운방의 배치와 시시각각 움직이는 상황 정도는 알 수 있을 터였다.

이무환은 만족한 표정을 지으며 황두영을 바라보았다.

"놈들이 알지 못하게 배를 구할 수 있겠습니까?"

황두영이 이마를 좁히며 대답했다.

"진강에서는 힘들 거네. 그곳은 완전히 놈들의 수중에 들어간 곳이니 말이야. 내 생각으로는, 정안 쪽에서 도강하면 어떨까 하는데. 그곳이라면 서너 척 정도는 구할 수 있을 것 같네만."

정안이라면 남경과 진강 사이에 있는 어촌이다. 진강에서 백 리 정도 떨어진 곳.

남경의 천강문은 정천무림맹의 공격에 움직이지 못할 테니, 충분히 가능한 일이다.

그러나 문제는 소주를 출발할 때부터 놈들의 눈이 따라붙을 게 분명하다는 것이다.

정안에서 도강하는 것을 적이 알게 되면 배에서 내리기 전부터 공격을 받을 터, 위험천만이다.

그렇다고 정안에서 양주까지 곧바로 내를 타고 내려오려면 상당한 시간이 걸리는데, 그 시간이면 놈들이 대처하기에 충분한 시간이다.

자칫하면 십오형제장에 들어서지도 못하고 피해만 커질지 모르는 일. 좀 더 확실한 계획이 필요했다.

이무환이 앓는 소리를 내며 이마를 찌푸렸다.

"끄응, 이러나저러나 강을 안전하게 건너는 게 문젠데……."

그때 남궁산산이 눈을 반짝이며 이무환을 응시했다.

"오빠, 이렇게 하면 어때요?"

第八章
혼수모어(混水摸魚)

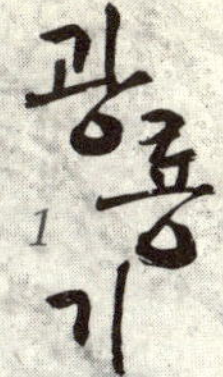

조약생 말대로 저녁부터 정부가 들어오기 시작했디.

묵운방 무사들의 배치에 대한 것부터, 장강에 대한 감시망, 거기다 장강 건너 진강에 대한 것까지 있었다.

의외로 방대하고 자세한 정보였다.

이무환은 새삼 놀라지 않을 수 없었다.

'대단하군. 일개 밀염 조직이 이 정도의 정보를 모을 수 있다니.'

더 놀라운 것은 신속함이었다.

아무리 빨라도 이틀을 생각했는데 하루도 걸리지 않은 것이다.

그렇게 밤이 지나 인시가 될 무렵, 이무환은 영호승을 불렀다.

영호승이 방으로 들어오자, 남궁산산의 허벅지를 베개 삼아 누워 있던 이무환이 일어났다.

영호승은 고개를 돌린 채 헛기침을 했다.

"흠흠, 부르셨습니까?"

이무환이 종이 뭉치를 내밀었다.

"조 당주가 장강을 건네줄 거야. 이걸 소주에 전해줘."

어색한 표정을 짓고 있던 영호승의 얼굴이 굳어졌다.

그동안 모은 정보일 것이다. 정보가 전해지면, 마침내 또 한 번의 전쟁이 벌어질 것이다.

영호승은 종이 뭉치를 받아 들며 이무환을 바라보았다.

"단주께선 안 가실 겁니까?"

"어차피 다시 올 텐데 뭐 하러 가?"

"그럼……?"

이무환은 고개를 내밀고는, 천하제일의 병법이라도 말하는 것처럼 은근하게 입을 열었다.

"우리가 이곳에서 도와주면 훨씬 일이 쉬워질 거야. 다시 말해서 양동작전인 거지. 우흐흐, 어때? 멋진 작전이지?"

사람이라고 해봐야 다섯이다. 하지만 그중 네 사람이 천하를 진동시키는 고수들이고, 더구나 광룡이 끼어 있다.

어디 그뿐인가? 남궁산산의 귀계와 기문진은 절대고수 못지 않은 위력을 발휘할 것이다.

그렇게 멋진 작전 같지는 않지만, 충분히 가능하게 느껴졌다.

그래도 영호승은 걱정이 되었다.

"조심하십시오, 단주."

"내 걱정 말고, 멋쟁이나 조심해서 가. 겨우 화 소저를 얻었는데 다치면 안 되잖아?"

"그, 그래야죠……."

2

"정천무림맹이 또 남경으로 접근하고 있습니다, 방주."

"훗, 또 약은 수를 쓰는군."

"저 역시 속임수일지 모른다는 생각입니다만, 만약의 경우 정말로 친다면 문제가 심각해집니다."

"천강문이 쉽게 당하진 않을 거야."

담담히 말하는 우문적태의 눈자위의 먹구름이 일렁였다.

설령 당한다 해도 상관없었다. 천강문 정도는 얼마든지 새로 이룰 수 있으니까. 문제는 소주에 있는 놈들이었다.

"장강은 철저히 봉쇄했겠지?"

사종위가 조소를 띤 채 대답했다.

"육백이 넘는 놈들이 강을 건너려면 서너 척의 배에 나누어 타야 하지요. 정안에서 강음까지 철저히 감시하고 있으니, 걱정 마십시오. 아마… 물질을 못하는 놈은 물귀신이 될 겁니다."

정안과 강음을 벗어난 곳에서 장강을 건널 수는 있다. 그러나 양주까지 오는 데 하루는 잡아야 할 터. 도중에 그들을 처리할 방법은 얼마든지 있었다.

우문적태는 만족한 표정으로 좌중을 훑어보았다.

"그래도 방심은 금물이야. 최선의 대비를 해야 최고의 결과가 나오는 법임을 잊지 마라."

"예, 방주!"

"명심하겠습니다!"

3

영호승이 숨을 헐떡이며 소주에 도착한 것은, 황금빛으로 물은 태양이 태호에 곤두박질 칠 무렵이었다.

그리고 밤이 깊은 시간, 두 척의 배가 태호의 물살을 가르며 서북쪽으로 올라갔다.

두 척의 배에 나눠 탄 사람은 모두 백여 명.

그들 중 노를 저을 수 있는 사람들은 선원을 도와 노를 저었다.

두 척의 배는 말 그대로 쏜살처럼 빠르게 물 위를 스치며 나아갔다.

술시 무렵, 이무환은 남궁산산과 순우경을 남겨놓고 객잔을 나섰다. 목적지는 십오형제장에서 얼마 떨어지지 않은 삼층 객잔이었다.

제갈신결과 모용상명은 그와 이 장가량 떨어져 걸었다.

밤이 되자 홍루와 청루가 불을 밝히고 손님을 유혹했다. 한데 이무환이 금방이라도 침을 흘릴 것 같은 표정을 지은 채 기녀들을 향해 환하게 웃으며 걷는 것이 아닌가.

거기다 간혹 손까지 흔들어주는 친절까지.

"쩝, 바쁘지만 않으면 들어가 보고 싶은데……."

오가는 사람들이 그런 이무환을 힐끔거리며 지나갔다. 혀를 차며.

함께 가면 같은 취급을 받을 것 같았다.

다행히(?) 이무환은 홍루와 청루를 들르지 않고 그냥 지나쳐 곧장 서문 쪽으로 갔다.

일각 후.

이무환은 어둠이 내려앉은 십오형제장을 바라보며 골똘히 생각에 잠겼다.

다른 곳의 상황은 그럭저럭 파악한 상태였다. 그러나 십오형제장만큼은 완전히 오리무중이었다.

'저 너구리 굴속에 뭐가 있는지 알아야 할 텐데…….'

묵운방의 모든 힘이 집결된 곳이다. 항주와 소주에서 타격을 입었다 해도 아직 칠팔 할의 힘이 남았을 게 분명하다.

십오형제장의 진정한 전력을 알아내지 못하면 엄청난 피해를 감수할 수밖에 없을 터였다.

이무환이 차만 홀짝이며 생각에 잠겨 있자 모용상명이 물었다.

"정말 들어가 볼 생각이오?"

"그럼, 다른 방법 있수?"

모용상명은 마땅한 답을 내놓지 못했다. 그라고 해서 방법이 그것뿐이란 걸 어찌 모를까. 하지만 세 사람만이 들어가기에는 너무 위험했다.

모용상명과 제갈신걸이 별말을 하지 못하자, 이무환이 두 사람을 흘겨보며 툭 쏘아붙였다. 겁나면 빠지라는 투로.

"들어가기 싫다면 나 혼자 들어갈 테니 당신들은 객잔으로 돌아가 있으쇼."

그 말을 듣고 물러날 두 사람이 아니었다. 이무환도 그걸 알기에 말한 것이었다.

모용상명이 이무환을 노려보며 물었다.

"언제 갈 거요?"

질문이 떨어지자마자, 이무환은 찻잔을 내려놓고 자리에서 일어났다.

모용상명과 제갈신걸은 속으로 한숨을 흘리며 따라 일어섰다.

'후우, 좌우간 성질은……'

'누가 광룡 아니라고 할까 봐……'

그때 이무환이 중얼거리며 돌아섰다.

"뒷간이 어디 있지? 오줌통이 터질 것 같은데."

한 시진 후.

달빛이 구름 속으로 사라진 순간, 십오형제장의 담장과 십 장 가량 떨어져 있던 건물 지붕에서 세 마리 야조가 날아올랐다.

순식간에 십오형제장 중 서향장에 날아내린 세 마리 야조는 나무 그림자에 몸을 숨기고 장원 내의 상황을 살펴보았다.

장원은 마치 죽은 자의 정원 같았다.

간간이 타오르는 화톳불을 제외하고는 질식할 듯한 고요함만이 흘렀다.

"뇌고자는 오른쪽으로 가쇼. 그리고 모용 형은 왼쪽으로 가시고. 상황이 이상하다 싶으면 곧장 빠져나와 객잔으로 가쇼."

두 사람이 고개를 끄덕였다.

'네가 소란을 피우면 바로 빠져나가지!' 그런 말을 하고 싶은 표정을 지은 채.

그리고 곧 어둠에 몸을 숨긴 채 안쪽으로 사라졌다.

이무환은 두 사람이 완전히 사라진 뒤에야 움직였다.

암영무류는 어둠 속에서 진가를 발휘했다. 장원을 가로지르는데도 그의 모습은 그저 안개처럼 보일 뿐이었다.

이무환은 어둠에 물든 안개처럼 장원의 건물 사이를 누볐다. 건물을 누비며 신경을 바짝 곤두세웠지만, 특이하다 할 것은 아무것도 발견할 수가 없었다.

꼭 자신이 집을 잘못 찾아온 것이 아닌가 하는 생각이 들 정도였다.

그렇게 삼십여 장을 전진한 후 또 하나의 담장을 앞에 두었
을 때였다.

이무환은 안쪽에서 전해지는 삼엄한 기운을 느끼고 보다 조
심스럽게 안쪽을 살펴보았다.

담장 너머 쪽은 지금까지 지나온 곳과 분위기가 완전히 달
랐다. 화톳불도 훨씬 많고, 경비 역시 삼엄했다.

'이곳이 본진인가?

이무환은 정원의 나무 그림자가 늘어진 곳을 이용해 담장을
넘었다. 그러고는 건물과 나무의 그림자에 몸을 숨긴 채 유령
처럼 움직여 앞에 있는 이층 건물의 지붕 위로 올라갔다.

지붕 위에 올라간 이무환은 청력을 최대한 키우고 바짝 엎
드렸다. 건물 안에서 누군가가 대화를 나누고 있었다.

자시가 얼마 남지 않은 시각. 이 시간까지 자지 않고 대화를
나누는 자들이 평범한 자들일 리 없었다.

"사부님께서 너무 지나친 반응을 보이는 것 아닌지 모르겠
습니다, 사형."

"유비무환이라는 말도 있잖느냐?"

"그걸 모르는 바는 아닙니다만, 솔직히 정천무림맹 전체와
붙어도 쉽게 지지 않을 힘을 갖췄는데 소주에 있는 놈들쯤이
야……."

"세상에는 간혹 예측할 수 없는 일이 일어나곤 하지. 광룡이
라는 미친놈만 해도 그렇지 않느냐. 세상에 그런 놈이 있을 줄

누가 알았겠느냐?”

　“그놈에 대한 정보는 아직 들어온 게 없습니까?”

　“단편적인 정보만 들어와 있다. 그놈이 검운장과 외사촌간
이고, 아비 되는 놈이 검운장에 있었는데, 어느 날 갑자기 어디
론가 사라졌다고 하더군. 그놈의 고향이 동해의 바닷가 쪽이
라는 말도 있고 말이야.”

　“아비 되는 놈도 미친놈이랍니까?”

　“그놈도 그런 면이 없잖아 있다고 들었다.”

　“하아, 부자간에 미친놈이라니, 정말 웃기는 것들이군요.”

　이무환은 지붕의 기왓장을 내려다보았다.

　속이 부글부글 끓었다.

　마음 같아서는 당장 지붕을 부수고 안으로 들어가 한바탕하
고 싶었다.

　하지만 지금은 소란을 떨 때가 아니었다.

　‘삼대를 빌어먹을 놈들! 똥통에 거꾸로 처박을 놈들!’

　한데 그때였다. 안에서 냉랭한 코웃음 소리가 터져 나왔다.

　“흥, 아예 그놈을 이곳으로 유인하면 어떻겠습니까? 그놈이
제아무리 강하다 해도 제가 만든 기관에 빠지면 상대하기가
훨씬 쉬워지지 않겠습니까? 제가 놈의 목을 베어서 성문 앞에
걸어놓겠습니다, 사형.”

　“놈은 내가 상대할 것이다, 사제. 너는 네 일에만 충실하도
록 해라.”

"하긴 사형이 나선다면야 놈은 죽은 목숨입니다만……."

이무환의 이마에 핏줄기가 돋았다.

'뭐? 내 목을 떼어서 어째? 이게 미쳤나?!'

불끈 쥔 주먹에 힘이 들어갔다. 그냥 그대로 내려쳐서 건물을 통째로 무너뜨리고 싶었다.

빠직.

그때 무릎 부위에 있던 기왓장 하나가 부서졌다.

그 소리는 아주 작았다. 바람결에 마른 나뭇가지가 부러지는 소리라 해도 믿을 정도였다.

한데 방 안에 있던 두 사람은 머리 위에 바위라도 떨어진 것처럼 행동했다.

"웬 놈이냐?!"

그들이 움직이자 가공할 기운이 구름처럼 흐른다.

'자식들, 눈치는 되게 빠르네!'

이무환은 방 안에서 나오는 자들의 반대편 처마 밑으로 몸을 숨기고는, 암영무류를 펼쳐 유령처럼 그 자리를 벗어났다.

거의 동시에 지붕 위에 올라선 우문조현의 눈이 빠르게 지붕 위를 훑었다.

쥐새끼도 지나가지 않은 지붕에 기왓장이 하나 부서져 있다. 결코 자연적으로 부서진 것이 아니다.

누군가가 십오형제장을 염탐하기 위해 침입한 것이 분명했다. 건물의 앞으로 올라온 자신의 눈에 띄지 않았다는 것은 뒤쪽으로 도주했다는 말.

옆에 내려선 창무옥도 같은 생각인 듯 장원의 뒤쪽을 응시하며 말했다.

"사형, 놈이 장원 뒤로 도주한 것 같습니다."

우문조현의 입에서 싸늘한 명령이 떨어졌다.

"무옥, 네가 사람들을 이끌고 장원을 샅샅이 뒤져라!"

"예, 사형. 뭐 하느냐? 모두 따라와라!"

창무옥이 지붕에서 몸을 날리고, 수십 명이 건물의 뒤쪽으로 달려갔다. 그사이 여기저기서 백여 명의 무사들이 쏟아져 나왔다.

그들은 조금도 당황하거나 의아해하지 않고 지붕 위에 서 있는 우문조현만 바라보았다.

"각 조별로 흩어져서 장원을 수색해라! 다른 장원도 모조리 뒤져 봐!"

앞쪽에 서 있던 중년무사가 고개를 숙이며 대답했다.

"예, 대공자!"

그즈음, 장원의 앞쪽 건물 그림자 속에서 옅은 안개가 흐르는가 싶더니 담장가에 있는 나무 위에 머물렀다.

'헹, 네깟 놈들에게 잡힐 줄 알고? 어디 밤새 뒤져 봐라.'

이무환은 자신을 잡으려는 자들을 속으로 비웃으며, 건물 지붕에 오연히 서 있는 우문조현을 바라보았다.

기억에 있는 자였다.

'역시 저놈이 우문적태의 손자라는 놈이었군.'

가까이서 보니 더욱 강하게 느껴졌다.

그가 서 있는 건물 전체가 그의 기운에 억눌려 있다. 어둠조차 그의 몸에서 멀어지려 발버둥 치는 것만 같다.

'흠, 운(雲)의 힘을 완벽하게 얻은 건가?'

이무환은 새삼스럽다는 눈으로 우문조현을 응시했다.

그때 모용상명이 간 남쪽에서 고함 소리가 터져 나왔다.

"침입자가 건물을 넘어갔다! 잡아라!"

"감히 여기가 어딘 줄 알고! 죽이지 말고 사로잡아라!"

순간 지붕 위에 있던 우문조현의 몸에서 은은한 기운이 뿜어지는가 싶더니, 일순간에 남쪽으로 사라졌다.

워낙 빨리 사라지는 바람에 그 기운의 정체를 파악할 수는 없었다. 한데 뭔가 자꾸 찝찝한 기분이 들었다.

이무환은 찰나간에 사라진 우문조현을 바라보며 기이한 눈빛을 반짝였다.

'뭐지? 운의 기운은 아닌 것 같은데……?'

하지만 머뭇거릴 여유가 없었다. 모용상명이 위험할지 몰랐다.

이무환은 나무 그림자에서 빠져나와 남쪽으로 향했다.

그는 단 서너 번의 도약만에 장원 하나를 통과한 후 제법 높은 나무 위로 올라가 남쪽을 살펴보았다.

추격자들의 흐름이 느껴졌다.

한 방향으로 향한 흐름이다. 더구나 싸우는 소리도 나지 않는다. 잡히지는 않았다는 말.

그때 자신이 있는 곳으로 외줄기 기운이 빠르게 흘러왔다.

이무환은 나무에서 내려오며 전음으로 소리쳤다.

"나요! 따라오쇼!"

그러고는 오히려 십오형제장의 안쪽으로 깊숙이 들어갔다.

이무환의 뒤를 따라가던 모용상명은 손에 들린 검으로 이무환의 등을 찌르고 싶은 충동을 가까스로 참아냈다.

'확! 찔러 버려?!'

장원 깊숙이 들어갔는데, 갑자기 침입자를 잡으라는 외침이 들렸다. 누가 광룡 아니랄까 봐 역시나 이무환이 간 쪽에서 나는 소리였다.

그때 사람들이 쏟아져 나오며 자신이 숨어 있는 곳을 뒤지기 시작했다.

그는 황급히 몸을 날리며 세 명을 베고 도주했다.

아마 조금만 늦었으면 저들에게 포위된 채 생사를 건 씨움을 벌여야 했을 것이었다.

정말 원수가 따로 없었다.

"이번에는 왜 소란이 일어난 거요?"

모용상명이 이 가는 목소리로 물었다.

이무환은 화난 목소리로 대답했다.

"똥통에 처박을 놈들이 아버지를 욕하잖수. 모용 형 같으면 참을 수 있겠수?"

좀 참으면 안 되나?

모용상명은 눈빛으로 이무환의 뒤통수를 두들겨 패며 바삐 걸음을 옮겼다.

모용상명은 이무환이 안쪽에 숨었다가 조용해지면 움직이려는 줄 알았다. 그러나 이무환은 모용상명의 예상을 깨끗이 뒤집고, 그대로 장원을 가로질러 북쪽으로 빠져나갔다.

조금도 망설임없는 선택. 그러면서도 상대의 허를 찌르는 행동이다.

적진의 중앙에서 누가 이렇듯 행동할 수 있을 것인가!

'정말 저 머릿속에 뭐가 들었는지⋯⋯.'

모용상명은 설레설레 고개를 저으며 십오형제장을 벗어났다.

4

소주에서 배를 타고 출발한 일백의 고수가 태호 북단 의흥에 도착한 것은 새벽이 되기도 전이었다.

그들은 배에서 내린 후, 곧장 북쪽으로 치달렸다.

의흥에서 탕산까지는 삼백 리 길. 그들은 쉬지 않고 달려 세 시진 만에 탕산의 산중으로 들어갔다.

이제 산 하나만 넘으면 장강 가의 정안이었다.

그들은 그곳에서 때가 되기를 기다리며, 정천무림맹의 무사들이 있는 곳으로 송정자를 보냈다.

그날 미시 무렵.

송정자는 전숙에서 강포까지 내려와 있던 정천무림맹의 무사들을 만나 원화 도장을 찾았다.

원화 도장은 숨을 헐떡이는 송정자를 보며 서신을 펼쳤다.

서신을 다 읽은 그가 송정자에게 물었다.

"정말 이대로 행하길 원한단 말이더냐?"

"예, 사숙. 이미 소주의 무사들이 모두 계획대로 움직이고 있습니다!"

원화 도장은 눈살을 찌푸리더니, 서신을 옆으로 넘겼다.

"읽어보시게."

화산의 장로인 명종자와 남궁양이 서신을 함께 읽어보았다.

"꼭 이렇게까지 할 필요가 있겠소? 천강문을 치고 양주는 천천히 도모해도 될 것 같소만."

명종자의 말에 또 다른 간부가 말했다.

"더구나 등 뒤에 천강문을 놔두고 놈들을 친다는 것은 너무 위험한 일입니다."

"천강문이 무너지면 놈들도 별 힘을 못 쓸 텐데. 너무 일을 복잡하게 꾸미는 것 같습니다, 부맹주."

"저 역시 놈들의 팔다리를 먼저 자르는 게 먼저라고 봅니다. 양주에 웅크리고 있는 놈들이 강하면 얼마나 강하겠습니까?"

"언제부터 우리가 적의 뒤통수를 치는 비겁한 작전을 펼쳤습니까? 깊게 생각하실 것 없습니다. 하나하나 정면으로 깹시다."

간부들이 이구동성으로 불필요한 작전이라는 주장을 펼

쳤다.

원화 도장은 잠시 생각하다 고개를 끄덕였다.

"내 생각도 그렇소. 한데 소주의 사람들은 그리 생각하지 않는 것 같구려."

명종자가 간부들을 대표해 원화 도장을 압박했다.

"그럼 일단 우리는 우리 계획대로 움직인다고 합시다. 어차피 시간 차이도 거의 없잖소, 부맹주?"

모든 간부들이 고개를 끄덕인다.

원화 도장은 송정자를 바라보았다.

"가서 들은 대로 전해라. 아마 시간 차이는 거의 없을 것이야."

"하오나 사숙, 이공자가 꼭 그대로 해야 한다고……."

송정자가 머뭇거리며 이무환을 들먹이자, 명종자가 굳은 표정으로 송정자를 직시했다.

"송정, 우리가 왜 그의 말대로 움직여야 한단 말인가? 우리가 그의 명을 받아야 할 이유라도 있다고 생각하는가?"

송정자는 고개를 숙이며 명종자의 눈길을 피했다.

"그게 아니오라… 정천령주님과 밀천회의 어르신들께서도 계획대로 움직이고 계신 터여서……."

아무리 명종자가 화산의 장로라 해도 그들까지 무시할 수는 없었다.

"걱정 말고 가서 전하게. 천강문을 최대한 빨리 무너뜨리고 합류하겠다고. 전체 계획에는 큰 영향을 미치지 않을 것이야."

원화 도장도 깊어진 눈으로 남쪽을 쳐다보며 말했다.

"서두르면 내일 아침이 되기 전에 천강문을 제압할 수 있을 것이다. 그러니 그쪽은 그쪽 계획대로 움직이라고 전하여라."

송정자가 다시 탕산으로 돌아왔을 때는 이미 어둠이 내려앉고 있었다.

송정자가 거칠어진 숨을 가라앉힌 후 원화 도장과 명종자의 말을 전하자, 호연청의 미간에 골이 파였다.

"그래서, 천강문을 친다고?"

"예, 령주."

호연청은 둘러앉은 사람들을 바라보았다.

눈이 마주치자 황보광이 묵묵히 고개를 끄덕였다.

"그것도 나쁘지 않은 생각 같네. 지원 무사들까지 모두 육백이 넘는데, 천강문 정도는 어렵지 않게 처리할 수 있지 않겠나?"

"내가 염려하는 것은 그것이 아니네. 광룡이 그걸 몰라 저들을 곧바로 양주로 보내도록 했겠나?"

분명 그만한 이유가 있기 때문일 터였다. 비록 얄밉기는 하지만, 그가 아는 광룡은 그런 사람이었다.

게다가 그의 옆에는 빙심소혜라 불리는 남궁산산이 있다. 쓸모없는 계획이었다면, 그녀가 먼저 제동을 걸었을 터였다.

'도무지 그놈의 생각을 알 수가 없으니⋯⋯.'

그때 백혜 대사가 입을 열었다.

"아미타불, 어차피 시간 차이도 나지 않을 텐데, 너무 걱정 마시구려."

서두른다면 장강을 오가는 정도의 차이만 날 것이었다. 그 정도는 양주를 향한 발걸음만 조금 빨리한다면 좁혀질 수 있는 시간이었다.

호연청도 그걸 모르지는 않았다. 한데도 왠지 찝찝한 마음을 털어낼 수가 없었다.

'조금만 잘못돼도 그 자식이 길길이 날뛸 텐데……'

하지만 이제 와서 사람을 보내봐야 소용이 없는 일이었다. 지금쯤 장강을 건너고 있을 테니까.

그렇다면 그가 취할 수 있는 방법은 하나밖에 없었다.

"할 수 없지. 그들을 믿고 우리는 우리 계획대로 움직이는 수밖에."

5

남경 남서쪽 외곽 강녕(江寧) 부근의 야산 자락을 통째로 차지한 채 거대하게 지어진 장원이 있었다.

강소의 사대세력 중 하나이며, 소주의 소천장과 함께 묵운방의 수족인 천강문(天强門)이 바로 그곳이었다.

남경 일대 수백 리 내에선 그들이 곧 천자나 다름없었다.

관조차 마음대로 건드릴 수 없을 정도였다.

한데, 그런 천강문에서 언제부턴가 비명과 병장기 부딪치는 소리가 들려왔다.

세상이 어둠에 잠긴 축시부터 들리던 소리는 어스름이 밀려 올 즈음에야 조금씩 가라앉기 시작했다.

그러더니 여명이 동쪽 하늘을 금빛으로 물들일 무렵이 되자 언제 그랬냐는 듯 조용해졌다.

그리고 곧 장원 안에서 사백여 명이 쏟아져 나왔다.

"시간을 너무 지체했소이다. 빨리 갑시다."

"젠장! 놈들이 예상보다 강한 바람에 피해가 너무 많이 나서 제때에 도착할지 모르겠소, 부맹주."

"이제 와 어떻게 하겠소? 일단 배에서 몸을 추스르도록 합시다, 명종 도우."

*　　　*　　　*

아침 해가 떠올랐다.

어느 때보다 불길이 활활 타오르는 태양이었다.

이무환은 창문을 열고, 양주성을 모두 태워 버릴 것 같은 붉은 태양을 바라보았다.

"지금쯤 장강을 건너고 있겠지?"

"그럴 거예요. 어쩌면 이미 다 건넜을지도 몰라요."

태양빛에 붉게 물든 이무환의 얼굴에 싸늘한 웃음이 번졌다.

"그럼 이쪽도 준비를 해야겠군."

*　　　*　　　*

　일백 고수가 탄 배는 장강을 빠르게 가로질렀다.

　태호에서 노질에 익숙해진 사람들이 노 젓는 사람들 중간중간에 앉아 노를 저은 때문이었다.

　태양이 장강을 황금빛으로 물들이던 진시 초, 그들이 탄 배는 정안 반대편에 강가에 도착했다.

　갈대로 뒤덮인 그곳은 배를 댈 곳이 마땅치 않았다. 하지만 일백 고수는 조금도 개의치 않았다. 그들은 육지와의 거리가 십 장 이내로 좁혀지자, 망설이지 않고 신형을 날려 놀란 참새 떼처럼 갈대숲으로 날아내렸다.

　그 시각.

　천태 도장이 이끄는 오백의 무사가 진중에 접근했다.

6

　진중 쪽에서 날아드는 전서구가 십오형제장에 속속 도착했다. 사종위는 몇 개의 서신을 보고 즉시 우문적태를 만났다.

　"놈들이 진중으로 오고 있다 합니다."

　"몇이나 된다던가?"

　"오백이 넘는다 합니다."

　오백이 넘는다면, 소천장에 있는 자들 대부분이 진중으로 온다는 말이다.

"흠, 결국 정면으로 치겠다는 건가?"

"소천장을 무너뜨리며 자신감을 얻은 놈들입니다. 아마 이곳도 단숨에 칠 수 있을 거라 생각했을 게 분명합니다."

사종위의 자신감 넘치는 말에 경충문이 눈살을 찌푸렸다.

"그래도 만전을 기해 상황을 주시해야 할 것이야."

사종위의 눈가로 조소가 스쳤다.

"염려 말게. 놈들은 곧 장강의 사나움을 알게 될 것이네."

우문적태는 조용히 그들의 말을 듣고 나직이 입을 열었다.

"철저히 부숴야 한다. 그래야 두 번 다시 공격할 엄두가 안 날 테니까 말이야."

사종위가 살소를 입에 물고 대답했다.

"이미 모든 준비가 끝난 상태입니다. 방주님의 뜻대로 될 것입니다."

경충문은 눈을 내리깔고 묵묵히 그 말을 들었다.

'사종위, 너는 너무 그들을 모르는구나.'

그때 방문 밖에서 다급한 목소리가 들려왔다.

"방주님, 천강문에서 긴급전서구가 날아왔다고 하옵니다!"

7

이무환은 황두영에게서 묵운방의 급박한 움직임을 보고받고 고개를 갸웃거렸다.

"너무 빠른 반응인데?"

남궁산산은 자그마한 손을 움켜쥐고 턱을 받쳤다.

진강으로 움직이는 전력에 대한 조치뿐이었다면 그러려니 했을 일이었다. 그 정도는 짐작했으니까.

한데 묵운방의 움직임은 그렇게 단순하지가 않았다. 그들은 장강만 지키는 것이 아니라 서쪽까지 경비망을 강화하고 있었다. 그것도 상당히 강력한 무력을 파견해서.

"아무래도 어디선가 계획이 틀어진 거 같아요."

남궁산산의 말에 이무환도 고개를 끄덕였다.

"빌어먹을, 그 정도 손발도 못 맞춰서 어떻게 하겠다는 거야?"

모용상명이 곤혹한 표정으로 물었다.

"정 안 되겠으면 작전을 취소시키면 될 거 아니오?"

"나도 그러고 싶은데, 이미 물은 엎질러졌수."

"그럼 어떻게 할 생각이오?"

이무환이 모용상명을 째려보았다.

"어떻게 하긴? 막고 푸는 수밖에 없지."

"어떤 식으로 말이오?"

이무환이 사뭇 진지하게 말했다.

"서쪽의 경비망에 혼란을 주는 거요. 갑자기 안쪽에서 공격을 하면 저들도 정신이 없을 테고, 그사이에 정안에서 건넌 사람들이 양주로 들어오면 되오."

"안쪽에서 공격은 누가……?"

“공격할 사람이 우리밖에 더 있수?”

모용상명이 아연한 표정을 지었다.

“설마… 우리 다섯이서 저들을 치잔 말이오?”

말도 안 되는 소리!

제갈신걸도, 순우경도, 심지어 남궁산산도 그런 생각을 하며 이무환을 바라보았다.

한데… 이무환이 웃는다.

“오, 오빠, 참아요…….”

오죽하면 남궁산산이 말렸다.

그러나 이무환이 누군가?! 광룡이 아닌가?!

“다섯이 아니라 넷이지. 꼬맹이는 여기에 있어야 하니까. 우리 화끈하게 움직여 보자고.”

“오빠…….”

“움하하하, 걱정 마라. 무리한 싸움을 하지는 않을 테니까. 내가 누구냐? 아주 은밀하게 움직여서 놈들을 혼란의 지옥 속으로 빠뜨릴 거다.”

은밀하게?

그 말에 모용상명과 제갈신걸이 고개를 들어 천장을 쳐다보았다.

‘은밀 좋아하네.’

‘제기랄, 따라오지 않았어야 했거늘.’

그때 황두영이 이무환에게 말했다.

“조가가 일을 제대로 처리했다면 도강에 대해선 걱정하지

않아도 될 거네. 그리고 얼마나 도움이 될지는 모르겠네만 나
도 돕겠네. 직접적인 싸움에는 나서지 못해도, 놈들의 시선을
분산시키는 정도는 할 수 있을 거네.”
　이무환의 표정이 더 밝아졌다.

第九章
장강을 건너서…….

정안에서 장강을 건너 일백 고수는 빠르게 양주를 향해 움직였다.

양주까지는 백 리 정도. 길도 평탄했고, 간혹 나오는 수로도 경공을 펼쳐서 날아 넘을 수 있을 만큼 좁았다.

반 시진 만에 육십 리를 달린 그들은 속도를 줄이며 숨을 골랐다.

이제 사십 리만 더 가면 양주였다. 일척건곤의 싸움을 벌이기 위해선 몸을 아껴야 했다.

그즈음, 진강에서 열두 척의 배가 출발했다.

세 척만 되어도 오백여 명에 달하는 무사를 모두 실을 수 있었다. 한데도 열두 척의 배를 빌린 것은 이무환이 보낸 서신 때문이었다.

최대한 많은 배를 띄워서 사람들을 분산시켜라! 돈 걱정 말고!

돈 걱정하는 사람은 아무도 없었다.
그럼에도 이무환의 말대로 한 것은, 그 방법이 최악의 경우 희생을 최소한도로 줄일 수 있기 때문이었다.

2

"놈들이 출발했습니다!"
앞에서 누군가가 소리쳤다.
사종위는 한광을 번뜩이며 장강 건너편을 바라보았다. 적들이 탄 배는 예상보다 훨씬 많았다.
"후후후, 네놈들이 잔머리를 쓴다만, 결과는 달라지지 않을 것이다."
그는 냉소를 흘리며 좌우를 향해 명을 내렸다.
"놈들을 지옥으로 보내주어라."
"예, 태상!"
두 명의 중년인이 절도있게 고개를 숙이고 선창가에 정박한 배에 올랐다.
"배를 출발시켜라!"

여덟 척의 배가 먼저 선창을 출발했다.

한 척당 오십 명의 무사가 탄 배였다. 그들은 사오십 장의 거리를 두고 불화살을 쏴 적선을 태울 것이었다.

그 후 강궁을 날려 물에 빠져 허우적거리는 자들을 처리하면 되었다.

물론 등평도수를 펼칠 수 있는 고수는 처리할 수 없을지도 몰랐다. 하지만 배에는 그들을 상대할 고수들도 타고 있었다.

이러나저러나 적들 중 대부분은 물고기 밥이 될 수밖에 없는 것이다.

"물에서의 싸움은 결코 무공만으로 해결 나지 않는다. 그걸 모르는 한 네놈들이 갈 곳은 지옥뿐이지. 그것도 불지옥으로 말이야. 후후후후."

그가 냉소를 흘릴 즈음, 여덟 척의 배가 멀어졌다. 그즈음 진강 쪽에서 오는 열두 척의 배는 오 리 넓이의 장강 한가운데에 들어서고 있었다.

한데 옆으로 늘어선 배가 오십여 장 정도 나아갈 때였다.

사종위의 눈살이 찌푸려졌다.

서너 척의 배가 왠지 모르게 약간 기운 듯이 보이는 것이 아닌가.

처음에는 물살 때문에 그러려니 했다. 그러나 그러한 이유 때문에 배가 기울어진 게 아니었다.

"배에 물이 샌다!"

"구멍을 막아!"

난데없는 소란이 배에서 일었다.

사종위는 눈살을 찌푸린 채 배를 향해 소리쳤다.

"무슨 일이냐?!"

"배에 구멍이 뚫렸습니다, 태상!"

한두 척이 아니었다. 네 척이 모두 같은 상황인 듯 앞으로 나아가지도 못한 채 물살에 휘말려 아래로 흘렀다.

"무사들은 즉시 다른 배로 갈아타라!"

사종위가 소리쳤다. 뒤쪽에 있던 배들이 앞에 있는 배를 향해 빠르게 접근했다.

하지만 곧 그들조차 한쪽으로 기울기 시작했다.

"헉! 우리 배도 구멍이 뚫렸다!"

"물이 차오른다! 빨리 밖으로 나가!"

조약생은 멀리서 그 광경을 바라보며 두 손을 불끈 쥐었다.

반쯤 기울어진 묵운방의 배를 향해 열두 척의 배가 다가가는 게 보였다.

"흐흐흐흐……. 제대로 처리했군."

물에 익숙한 사람들을 시켜 밤새도록 묵운방의 염선 바닥을 깎아냈다. 마지막 얇은 피막만 남겨놓은 채.

한데 가만히 있을 때는 괜찮던 피막이 장강의 물살에 저항하며 움직이자 압력을 받아 터져 나간 것이다.

물론 물에 빠졌다고 죽을 자들이 아니었다. 그러나 적어도 도강하는 배를 공격할 수는 없을 터였다.

"크크크, 일인당 백 냥씩 모두 팔백 냥이 들었는데, 여덟 척의 배를 가라앉혔으니 괜찮은 장사군."

그곳에 탄 사백의 무사 중 얼마나 죽을지는 모르지만, 그에 대한 계산은 따로 해야 했다.

지난 몇 년, 힘이 없어 묵운방의 하수인들에게 죽은 사람이 천 명이 넘었다. 오늘 죽는 자들은 그들의 몫이었다.

"개자식들, 설마 이런 날이 올 줄은 몰랐을걸?"

3

그 시각.

이무환은 제갈신걸, 모용상명, 순우경과 함께 서쪽의 갈대 숲에 숨어서 전방을 바라보았다.

저 앞에 길게 늘어선 무사들이 보였다. 얼핏 봐도 이백 명은 될 듯했다.

일대를 짓누르는 싸늘한 기운. 지나가던 물새들이 피해갈 정도의 가공할 기운이 그들에게서 피어난다.

하나같이 정예무사들이라는 말.

문제는 저들이 전부가 아니라는 것이다. 보이지 않는 거리에 있는 자들까지 합할 경우 적어도 배는 된다고 봐야 했다.

'제기랄! 저들은 우리 넷이서 상대해야 한단 말이지?'

모용상명은 이를 악물고 검을 잡은 손에 힘을 주었다.

이제 물러설 수도 없는 상황이다. 죽을힘을 다해 싸우는 수밖에.

그런데 광룡은 왜 저리 태연하단 말인가?

설마 저들을 물리칠 수 있다고 생각하는 건 아니겠지?

이무환은 옆에 있는 사람들이 무슨 생각을 하든 앞만 바라보았다.

그는 묵운방의 무사들을 보고 있는 것이 아니었다. 그의 시선은 묵운방 무사들 너머 쪽, 나지막한 구릉을 향해 있었다.

'올 때가 다 되었는데……'

그때였다. 북쪽으로 치우친 곳에서 소란스런 소리가 들렸다.

비록 아스라이 들렸지만, 그것은 분명 격전이 벌어지는 소리였다.

"왔군! 갑시다!"

이무환은 짧게 소리치고는, 갈대숲을 가르며 앞으로 나아갔다.

그즈음 묵운방의 무사들도 북쪽으로 움직이기 시작했다.

쏴아아아아…….

갈대숲 사이로 밀려가는 그들의 모습이 해안을 휩쓰는 해일처럼 느껴진다.

한데도 이무환은 그들의 중간을 향해 빠르게 나아갔다.

순식간에 백 장의 거리가 삼십 장으로 줄어들었다.

스릉!

이무환의 우수가 묵린도를 잡아 뺐다.

그사이 거리는 이십 장으로 줄어들고, 이무환의 좌수에 무영뢰가 들렸다.

쒜에에엑!

시퍼런 창공을 찢어발기는 귀곡성과 함께 무영뢰가 날았다.

북쪽을 향해 달리던 자들 중 몇이 고개를 돌렸다.

세 발의 무영뢰는 한낮의 벼락이 되어 그들을 휩쓸었다.

"컥!"

"허억!"

"뭐, 뭐야? 켁!"

찰나간에 일곱 명이 쓰러졌다. 그 옆에 있던 자들은 당황하지 않고 이무환 일행을 향해 방향을 틀었다.

이무환은 무영뢰를 회수하며 십여 명이 몰려 있는 한가운데로 신형을 날렸다.

쩌저저정!

핏물과 갈대와 부서진 도검의 파편이 사방으로 튀었다.

뒤따라가던 모용상명과 제갈신걸과 순우경도 이를 악문 채 적을 향해 뛰어들었다.

묵운방의 무사들이 아무리 정예라 해도 이무환 일행은 그들과 비교가 되지 않는 고수들이었다.

묵빛 도광이 번쩍이고, 검광이 사방을 휩쓸었다. 거기에 간간이 하얀 소수가 적의 심장을 부수었다.

숨을 두어 번 쉴 짧은 시간. 이십여 명이 고혼이 되어 쓰러졌다.

“습격이다! 놈들을 막아!”

묵운방 무리의 중간에서 고함이 터져 나왔다.

수십 명이 북쪽으로 달리다 말고 네 사람을 에워쌌다.

그러나 이무환 일행은 상대가 철천지원수라도 되는 것처럼 공격을 퍼부었다.

비명이 바람 소리와 섞여 갈대숲을 흔들었다.

잘라진 갈대들이 흩날리며 눈처럼 내렸다.

십여 명이 더 쓰러지며 갈대숲에 붉은 물이 흘렀다.

그사이 더 많은 자들이 몰려들었다. 힐끗 본 것만으로도 백 명은 될 듯했다. 개중에는 절정의 기운을 지닌 자들도 상당수 끼어 있었다.

“나를 따라오쇼!”

이무환이 빽 소리치고는 뒤쪽으로 달려갔다.

이무환이 갑자기 몸을 빼자, 세 사람은 잠자다 물벼락이라도 맞은 사람처럼 황급히 뒤로 물러나 이무환을 따라갔다.

“놈들을 쫓아라!”

“놓치지 마!”

백수십 명의 무사가 이무환 일행을 쫓았다.

이무환은 삼십여 장을 달리다 말고 뒤돌아섰다.

“자, 이제부터는 흩어져서 놈들을 공격하는 거요! 갈대숲을 철저히 이용하고! 갑시다!”

완전히 북 치고 나발 불고 혼자 다했다.

그러나 그의 말이 옳다는 걸 알기에 세 사람은 좌우로 흩어졌다.

싸움이 벌어진 지 이각.
이무환의 목소리가 바람을 타고 갈대를 흔들었다.
"이제 그만 빠져나오쇼!"
그는 일갈을 내지르고 갈대숲을 빠져나왔다.
수십 명이 그의 손에 쓰러졌다. 이제는 적들이 그의 곁으로
다가오려 하지 않았다. 일일이 쫓아다닐 수도 없는 상황. 이제
이곳을 벗어나서 진강에서 오는 자들을 도와야 할 때였다.
한데 우거진 갈대숲을 다 빠져나왔을 때였다. 저만치 순우
경이 보였는데, 하얀 백의가 벌겋게 물들어 있었다. 거기다 다
리 쪽은 옷까지 찢어져 핏물이 배어 나왔다.
"괜찮아요?!"
순우경은 힘겹게 고개를 끄덕였다.
"견딜 만해요."
작은 상처를 몇 군데 입긴 했지만, 크게 다친 곳은 없었다.
그저 조금 지쳤을 뿐.
이무환이 그녀에게 다가가며 물었다.
"다른 사람은……?"
그때 뒤쪽에서 제갈신걸의 목소리가 들렸다.
"단주, 뭐 하는 거요? 안 갈 거요?"
자신의 말을 기다렸다는 듯 빠져나간 것 같았다.
"되게 빠르네. 갑시다."

순간 이무환이 순우경의 손을 잡아챘다.

순우경이 반사적으로 손을 빼려 하자, 이무환은 그녀의 손을 잡은 손에 내력을 불어넣었다.

"지금은 촌각을 다투는 때요. 그냥 내 기운을 받아들여요."

순우경은 아무 말도 하지 않았다. 저항도 하지 않았다.

그저 입술을 씹으며 고개만 끄덕였다.

4

사종위는 급히 배를 보내 사람들을 끌어 올렸다.

그리했는데도 여덟 척의 배에 타고 있던 사람들 중 구해낸 자는 이백여 명에 불과했다. 나머지 이백여 명은 강에 떠내려가거나, 열두 척의 배에서 쏜 화살에 맞아 죽어갔다.

개중 이십여 명은 정천무림맹의 무사들이 탄 배 위로 올라갔다. 그러나 그들이 상대하기에는 배에 탄 사람들이 너무 많고, 강했다.

곧 배 위로 올라간 자들이 피를 뿌리며 배에서 다시 떨어졌다.

사종위는 그 모습을 보며 이를 갈며 눈을 부릅떴다.

남은 사람은 삼백오십 정도. 적은 오백이 넘는데다가, 그중에는 절대고수가 대여섯 명이나 된다고 했다. 도저히 상대가 되지 않는 전력이었다.

그렇다고 이제 배를 구해서 타고 나가 싸울 수도 없는 일.

그의 입에서 욕이 절로 튀어나왔다.

"빌어먹을! 대체 어떤 놈들이……!"

배만 침몰하지 않았어도 자신들의 승리가 분명했다.

하지만 시간을 돌릴 수 없는 이상, 후회해 봐야 소용없었다.

적들을 실은 배가 백 장 앞까지 다가온 상황.

그는 이를 악물고 후퇴 명령을 내렸다.

"모두 장으로 돌아간다!"

*　　　　*　　　　*

"그래서, 삼백이 넘는 무사들을 수장시키고 물러났단 말이지?"

우문적태는 고개를 푹 숙인 사종위를 보며 나직이 물었다.

사종위는 참담한 표정으로 겨우 입을 열었다.

"어느 놈이 배에 구멍을 내놓는 바람에……. 면목이 없습니다, 방주."

우문적태의 목소리가 더욱 낮아졌다.

"내가 그토록 신중하게 상대하라 했거늘."

하늘에서 먹구름이 내려와 온몸을 짓누르는 듯하다.

사종위는 겨우 고개를 들고 으드득, 이를 갈았다.

"선봉에서 놈들을 막아 실수를 만회하겠습니다."

"당연히 그래야지. 만일 또 같은 실수를 한다면… 그대라 해도 용서치 않을 게야."

사종위의 몸이 부르르 떨렸다.

태상의 지위에 오른 지 팔 년, 그동안 우문적태가 얼마나 무
서운 인물인지 잊었다. 자신의 아들이라 해도 실수를 하면 용
서치 않는 사람이 우문적태라는 것을.

그는 무릎을 꿇으며 허리를 숙였다.

"용서해 주셔서… 감사합니다, 방주."

우문적태는 고개를 들어 하늘을 올려다보았다.

조짐이 좋지 않았다. 하지만 그렇다고 해서 뒤로 물러날 생
각은 조금도 없었다. 많은 피해를 봤다지만, 아직 밀리지 않는
전력이었다. 게다가 그에게는 마지막 수단이 있었다.

"종위와 충문이 함께 가서 놈들을 막아라. 막지 못하면, 그
냥 거기서 죽어라."

"예, 방주."

경충문도 무릎을 꿇고 고개를 숙였다.

"그리하겠습니다, 방주."

사종위와 경충문이 수하들을 이끌고 장원을 나선다. 환비가
그 뒤를 따라간다.

우문적태는 그 모습을 보며, 우문조현을 향해 무심한 어조
로 물었다.

"막을 수 있을 거라 보느냐?"

"힘들 것입니다."

"그런데도 내가 왜 보냈는지 아느냐?"

"저 때문에 정리를 하고 싶은 거 아니셨습니까?"

우문조현이 담담한 목소리로 반문했다.

우문적태는 그 말에 조용히 웃었다. 북풍한설처럼 느껴지는 차가운 웃음이었다.

"새 술은 새 부대에 담아야 한다. 주인 위에 올라서려는 놈들은 필요가 없지. 조금 힘들어도 나중을 위해선 그게 나은 법이니라."

손자를 위해 제자도 제거한 그다. 주인에겐 하인이 필요할 뿐, 숙부는 필요없다 생각했으니까.

대신 그는 새롭게 어린 제자를 받아들였다. 손자의 하인으로 삼기 위해서.

하거늘, 태상이 대수랴.

그 일에 대해선 우문조현도 잘 알고 있었다. 그리고 그 역시 조부와 마찬가지 생각이었다.

"저 역시 제 위에 올라서려는 자들은 좋아하지 않습니다."

우문적태는 보일 듯 말 듯 고개를 끄덕이고는, 뜬금없이 환비에 대한 것을 물었다.

"환비라는 놈, 어떻게 보았느냐?"

뜬금없는 질문인데도 우문조현은 담담하게 대답했다.

"쓸 만하기는 한데, 수하로 부리려면 애 좀 먹을 것 같습니다."

우문적태의 주름진 입술이 씰룩였다.

"애먹이는 수하는 없는 게 낫다. 아무리 능력이 뛰어나도 말이다."

“명심하겠습니다.”

우문적태는 눈을 가늘게 뜨고 고개를 천천히 저었다.

“흐음, 어쨌든 시작부터 피해를 너무 많이 봤어.”

“어차피 결정은 이곳에서 보실 생각이었잖습니까?”

“그건 그렇지. 그래도 놈들의 수를 줄였으면 훨씬 수월했을 것이거늘…….”

5

이무환이 제갈신걸 등과 장강가에 도착했을 때는, 이미 묵운방의 무리들이 모두 후퇴한 후였다.

뜻밖의 상황.

이무환은 어리둥절한 표정을 지으며 천태 도장에게 물었다.

“어떻게 된 겁니까?”

“적들의 배가 갑자기 모두 침몰해 버렸다.”

“그래요?”

이무환은 성공 가능성이 반반이었던 조약생의 계획이 완벽하게 성공했다는 것을 알고 대만족했다.

‘캬아, 정말 멋지게 처리했군.’

이무환이 뭔가 아는 듯하자 천태 도장이 물었다.

“어찌 된 일인지 아느냐?”

이무환은 간단하게 조약생과 황두영의 일을 이야기해 주었다.

"호오, 정말 좋은 사람들을 만났구나."

하지만 서쪽에서 벌어진 일을 말하자 이마를 줍혔다.

"정천무림맹의 무사들이 도착하지 않았단 말이냐?"

"예, 왜 그런지 몰라도 조금 늦는 것 같습니다."

"으음, 그럼 다른 사람들은 어디 있느냐?"

"일단 적의 허리를 끊어놓고 이곳으로 달려와서 자세한 상황을 알지는 못합니다. 하지만 황두영이란 양반이 사람들을 부려서 연락을 취했을 테니, 곧 만날 수 있을 것입니다."

그의 말이 떨어지기 무섭게 허름한 옷을 입은 장한이 다가왔다.

정천무림맹의 무사가 그의 앞을 가로막았다. 그러자 장한이 소리쳤다.

"황 단주님께서 이무환이라는 분을 만나라 하셨습니디!"

이무환이 손을 들고 그를 들어오게 했다.

"이리 오쇼!"

장한은 다급히 달려와서 이무환에게 몇 마디를 전했다.

"황 난주님께서, 박석(朴席)에 가시면 찾는 분들을 만나실 수 있을 거라 했습니다요."

"흠, 안내해 줄 수 있겠소?"

"물론입죠. 따라오십시오."

박석까지는 이십 리 정도 되었다.

호연청과 황보광을 비롯한 일백 고수는 그곳의 갈대숲에서 상처를 치료하고 있었다.

한데 피해가 적지 않았다. 일백고수 중 일곱이 죽고, 스물두 명이 제법 큰 부상을 입은 상황이었다.

물론 적을 이백여 명이나 죽였으니 손해라 할 것은 없었다.

그래도 자신의 손가락 다친 것이 남의 손 끊어진 것보다 아픈 법. 사람들은 침중한 표정으로 갈대밭 한가운데에 마주 앉았다.

자리에 앉자마자 이무환이 불만이 가득한 표정을 지은 채 투덜거렸다.

"대체 어떻게 된 겁니까? 왜 정천무림맹에선 아직도 소식이 없는 거죠?"

호연청은 슬그머니 고개를 돌렸다. 사실대로 말하면 광룡이 미친 짓을 할지 몰랐다.

한데 눈치도 없는 소천득이 불쑥 말했다.

"천강문을 치고 바로 합류한다고 했네만……."

이무환의 눈썹이 위로 솟았다.

"뭐요?! 천강문을 쳤다고요?"

"그럴 거라고 했네."

"어쩐지 놈들이 미리 알고 대비하더라 했더니! 이 양반들이 지금 장난하자는 거야, 뭐야?!"

황보광이 눈살을 찌푸리며 넌지시 입을 열었다.

"말이 너무 심한 거 아닌가?"

이무환의 고개가 홱 돌아갔다.

"말이 심하다고요? 여기서 사람들이 왜 죽었는지 알아요? 만일 내가 미리 손을 써서 저들의 움직임을 몰랐다면 어떻게 되었을지 알기나 해요? 아마 반은 죽었을걸요? 그래도 심하단 말인가요?!"

황보광은 꿀 먹은 벙어리처럼 아무 말도 못했다.

호연청은 입을 열지 않은 걸 다행으로 알고 계속 입을 다물었다.

이무환이 침을 튀기며 말을 이었다.

"천강문을 치면 놈들이 분명 전서구로 연락을 할 테고, 그럼 놈들 중 우리의 계획을 눈치챌 놈이 있을 거라 생각해서 절대 천강문을 치지 말라고 했단 말입니다! 전력도 그대로 보존할 겸 말이죠. 그래야 놈들을 상대하는 게 조금이라도 나을 것 같았으니까요. 그런데, 그곳을 쳐서 일을 이 지경으로 만들어요?! 내가 아니었다면, 어떻게 될 뻔했어요?!"

자신 덕분에 당신들이 살았다! 그 말을 계속 강조하는 이무환이다.

그럼에도 호연청을 비롯한 밀천회 사람들은 입도 뻥긋 못했다.

그때 이무환이 콧소리를 내며 딱딱 끊어 말했다.

"쿵! 좌우간! 앞으로 계획대로 하지 않을 거면! 지금 이곳을 떠나쇼!"

이제 와서 나 몰라라 떠나면 사람들에게 무슨 욕을 얻어먹으라고?

‘끄응, 빌어먹을 놈, 기회를 놓치지 않는군.’

호연청은 아니꼽고 얄미웠지만, 초인적인 인내심을 발휘해서 꾹 참았다.

“험, 일단 계획이 있으면 말해보게.”

“약속부터 하시죠. 제 계획대로 할 거죠?”

“그거야… 여기까지 왔는데 당연한 일 아닌가? 험!”

이무환의 눈이 황보광을 향했다.

황보광도 묵직한 목소리로 대답했다.

“나는 계속 그래 왔네.”

6

원화 도장과 명종자가 이끄는 정천무림맹의 사백 무사가 박석에 도착했다. 계획보다 한 시진이나 늦게.

그나마도 황두영의 정보원들이 제때 그들을 발견하지 못했다면, 곧장 양주로 들어갈 뻔했다.

그들이 오자 호연청을 비롯한 밀천회의 고수들과 소주에서 온 정천무림맹의 간부들이 마중했다.

예상보다 적은 숫자다. 게다가 지친 표정에 무사들 중 반은 옷이 피로 물들어 있었다.

‘제길, 시키지 않은 짓을 하더니, 전력만 확 줄었군.’

이무환은 그들에게 다가가지 않고, 불만이 가득한 눈으로 밀천회의 사람들만 쳐다보았다.

　원화 도장과 명종자를 비롯한 정천무림맹의 간부들과 인사를 나누던 호연청은 뒤통수가 가려워 왈칵 짜증이 솟구쳤다.

　그러다 보니 원화 도장에게 묻는 목소리조차 날이 섰다.

　"그건 그렇고, 대체 어찌 된 일입니까?"

　원화 도장은 씁쓸한 표정으로 입을 열었다.

　"천강문이 예상보다 강해서 그만 때를 맞추지 못했네. 피해도 예상보다 많았고 말이야."

　"그러게 왜 천강문을 치신 겁니까? 놈들이 천강문의 연락을 받고 저희들의 앞을 막는 바람에 많은 사람이 죽고 다쳤잖습니까."

　"미처 일이 그렇게 될 줄 몰랐네."

　"더구나 전력에 차질마저 생겼으니……. 하아, 그러게 천강문을 놔두고 그냥 서진하라 하지 않았습니까?"

　호연청이 계속 다그치자, 명종자가 눈살을 찌푸리며 나섰다.

　"그래도 천강문을 무너뜨렸으니 뒤는 걱정하지 않아도 될 것이 아닌가. 그 정도면 우리도 최선을 다한 걸세."

　그 말에 이무환이 중얼거렸다.

　"총단만 무너뜨리면 저절로 무너질 곳에서 제자들을 몽땅 죽이고도 뭘 잘못했는지 모르나 보군."

　획, 고개를 돌린 명종자가 이무환을 노려보았다.

　"말을 함부로 하는구나! 어느 문파의 제자인데 그리 경우가 없는 것이더냐?"

이무환도 마주 째려보았다.

"알아서 뭐 하게요?"

"뭐야?!"

명종자가 발끈해서 소리쳤다. 전숙에서 온 정천무림맹의 간부들 대부분도 분노가 담긴 눈으로 이무환을 쳐다보았다.

하지만 호연청과 황보광 등 밀천회의 간부들은 이무환의 정체를 알려주지 않았다.

한번 당해보라는 듯. 자신들의 심정을 느껴보라는 듯.

백혜 대사와 제갈도가 끼어들 사이도 없이, 명종자가 이무환에게 다가가며 눈을 부릅뜨고 물었다.

"네놈의 사부가 누구더냐?!"

"천광노요."

명종자의 이마에 주름이 겹겹으로 그어졌다.

당연히 처음 들어보는 이름이었다.

"그가 누군지 몰라도, 제자 하나는 잘못 가르쳤군."

"미친 노인네가 그렇죠, 뭐."

명종자의 이마에 주름이 몇 개 더 늘었다. 눈빛도 더욱 싸늘해졌다. 그도 제자를 둔 사람이기에 분노가 일었다.

"사부를 미친 노인네라 부르다니, 진정 혼이 나도 싼 놈이로구나!"

성질 급한 명종자가 우수를 들더니 이무환을 향해 흔들었다.

그가 곧바로 손을 쓸 줄은 몰랐던 터라 누가 말릴 사이도 없었다.

다섯 개의 수영이 매화처럼 피어나는가 싶더니, 곧장 이무
환을 향해 밀려갔다.

이무환은 명종자의 매화장력이 코앞에 닥치자, 매화 문양의
손 그림자 중앙을 향해 냅다 주먹을 뻗었다.

쿵!

둔중한 굉음이 일며 두 사람 사이에 회오리바람이 일었다.

"으음……."

명종자가 악문 이 사이로 신음을 흘리며 세 걸음을 물러섰
다. 그는 눈꺼풀을 파르르 떨며 이무환을 쳐다보았다.

"네놈이……."

"욕은 하지 마쇼. 듣는 놈 기분 나쁘니까."

"뭐, 뭐야?"

이무환은 명종자가 발작할 틈도 주지 않고, 냉랭한 목소리
로 몰아붙였다.

"내가 뭐 잘못 말한 거 있습니까? 나와 몇 사람은 직접 이곳
까지 와서 목숨을 걸고 정보를 얻었습니다. 그리고 그 정보를
토대로 계획을 짰습니다. '무조건'이라는 단서를 달고 계획대
로 시행하라고 한 이유에 대해 깊이 생각해 보셨습니까? 안 해
보셨죠? 그냥 광룡이라는 놈의 말을 왜 우리가 들어야 하냐,
하셨죠?"

"그건……."

명종자는 아무 말도 하지 못했다.

원화 도장은 물론, 그와 함께 온 정천무림맹의 무사들도 노기 띤 표정이 경악과 당황으로 바뀌었다. 이무환의 말을 듣고 나서야, 명종자를 일 장에 물리친 청년이 광룡이란 것을 어렴풋이 눈치챈 것이다.

이무환은 그들의 표정 변화야 어떻든 계속 명종자를 몰아붙였다.

"묵운방의 총단만 무너지면 천강문은 콧방귀만 뀌어도 벌벌 떨 수밖에 없는 상황이었는데, 당신들이 쓸데없이 고집을 피우는 바람에 수많은 제자들이 그곳에서 죽었단 말입니다. 게다가 이곳에서도 꼭 필요한 사람들이 죽었고 말이죠. 이제 뭘 잘못했는지 아시겠습니까?"

명종자는 이를 악물었다.

그가 잇새로 씹힌 목소리가 흘러나왔다.

"처음부터 그 이유를 말했으면……."

하지만 이무환은 그의 말을 싹둑 자르고 단호하게 말했다.

"분명히 말하지만, 몇 푼 나가지도 않는 자존심어 동료들의 목숨보다 중요하다고 생각한다면, 그냥 떠나십시오."

웅성거리며 상황을 지켜보던 자들이 일제히 입을 닫았다. 설마 이무환이 그렇게까지 말할 줄 몰랐다는 표정이었다.

분위기가 너무 가라앉자 천태 도장이 나섰다.

"모두가 한마음으로 묵운방을 치기 위해 온 상황이다. 진정하고 대화로 해결하도록 해라."

"저도 그러고 싶다고요. 하지만 또 엉뚱한 행동을 하는 것보다는 없는 게 낫단 말입니다."

"이제 저 사람들도 네 뜻을 이해했을 게다. 그러니 마음을 가라앉히고 이야기를 나눠보도록 하자."

이무환은 할 수 없다는 듯 길게 숨을 내쉬며 고개를 숙였다.

"후우우……. 알겠습니다."

고개 숙인 이무환의 입가로 가느다란 웃음이 떠올랐다 사라졌다.

'이 정도면 앞으로 딴소리 못하겠지. 크크크.'

그는 내심 음흉한(?) 웃음을 짓고는, 고개를 들고 호연청과 황보광을 바라보았다. 눈빛을 싸늘하게 가라앉힌 채.

호연청은 고집 센 명종자의 굴욕을 즐겁게 지켜보다 말고, 재빨리 원화 도장을 향해 고개를 돌렸다.

"부맹주, 저쪽으로 가십시다."

7

소문이 양주를 뒤흔들었다.

—정천무림맹의 무사들이 장강을 건넜다!
—장강에서 여덟 척의 배가 침몰하며 수백 명이 죽었다!

누군가는 삼십여 리 떨어진 갈대숲에 이백여 구의 시신이 나뒹굴고 있다는 말도 했다.

곧 강호인들 간에 전쟁이 일어날 거라는 소문이 돌며 긴장감이 양주를 짓눌렀다.

상황이 그러한데도 양주성주와 도지휘사는 군병들을 움직이지 않고, 그저 강호 세력의 전쟁을 차가운 눈으로 지켜보기만 했다.

자신들과 양민들에게 큰 피해만 없다면, 누가 이겨도 상관없었다. 비록 십오형제장에게 얻어먹은 것이 많지만, 그들은 염상 조직을 끼고 있는 강호 세력일 뿐이었다.

반면 상대는 황궁과 밀접한 관계를 유지하고 있는 정천무림맹. 공연히 관여해서 화를 자초할 필요는 없었다.

더구나 소주에서 넌지시 들린 소문으로는, 소천장의 일을 무마하는 대가로 엄청난 돈이 오갔다고 했다.

잘하면 거금이 품에 들어올지도 모르는데, 멍청하게 왜 끼어든단 말인가.

*　　*　　*

박석에서 십오형제장까지는 삼십 리.

일천의 군웅들은 부챗살처럼 펼쳐진 진형을 유지한 채 십오형제장으로 접근했다.

평탄한 지형이어서 암습을 걱정할 것도 없었다.

한데 십오 리쯤 전진해 양주성 외곽에 도착했을 때였다. 나지막한 언덕 위에 수백의 무사가 모습을 드러냈다. 대충 봐도 육칠백은 될 듯했다.

"적이다!"

"놈들을 뚫고 곧장 십오형제장까지 가자! 쳐라!"

일천군웅은 나아가던 상황에서 무기를 뽑아 들었다.

순간 언덕 위에 서 있던 자들이 일제히 땅을 박찼다.

백여 장의 거리가 순식간에 좁혀졌다.

선두를 달리던 자들은 이를 악물고 상대의 진영을 향해 뛰어들었다.

이제 양쪽 다 물러날 곳이 없는 상황.

이기는 자만이 살아남는 벼랑 끝의 전쟁이 시작되었다.

약간 뒤쪽에 처져 있던 사종위와 경충문은 눈을 부릅뜬 채 정황을 지켜보았다.

적의 숫자가 예상보다 많았다. 분명 육백 정도라 했거늘, 일천이 넘어 보이는 것이 아닌가.

사종위가 당황한 표정으로 소리쳤다.

"제길! 정보가 잘못되었어! 너무 많아!"

외장(籬莊)의 고수 팔백을 모조리 이끌고 나왔다. 세 명의 장로와 육십이 명의 묵운백령도 데려왔다.

이 정도면 적어도 숫자에서는 적을 앞설 거라 생각했다. 총전력에서도 크게 밀리지 않을 거라 여겼다. 잘하면 이길 수 있다는 생각도 했다.

그런데 현실은 그의 생각과 달랐다. 숫자에서도 밀리고 전체적인 전력도 뒤진다.

이제 방법은 하나뿐이었다. 놈들에게 큰 타격을 줘서 발걸음을 돌리게 하는 것.

아마 반만 무너져도 양주를 칠 수 없을 것이었다.

그가 악을 쓰듯이 외쳤다.

"죽을 때 죽더라도 상대를 철저히 물고 늘어져!"

하지만 경충문은 사종위와 생각이 달랐다. 그는 숫자보다 한 사람이 더 걱정되었다.

광룡을 막지 못하면 숫자가 많아도 소용없다는 것을 아는 것이다.

"내가 장로들과 함께 광룡을 상대하겠네! 사 형은 묵운백령을 데리고 밀천회 놈들을 맡으시게! 환비! 자넨 나를 도와주게!"

고개를 끄덕인 사종위는 이를 빠드득 갈고 묵운백령을 향해 소리쳤다.

"모두 나를 따라와!"

싸움은 시간이 갈수록 격렬해졌다.

그것은 싸움이 아니라 광란이었다.

누구라 할 것도 없었다. 모두가 아비지옥 속에서 날뛰는 수라귀가 되어 상대의 심장에 검을 꽂았다.

그 광경이 어찌나 살벌한지 대지가 진저리를 치며 울음을 터뜨렸다.

그 와중에 이무환은 경충문과 묵운방 장로들의 합공을 상대했다.

절대고수가 포함된 네 명의 합공이다. 게다가 환비가 호시탐탐 기회를 노리고 있는 상황이다. 이무환이 제아무리 강하다 해도 바로 벗어날 수는 없었다.

그렇게 십여 초가 지나자 이무환의 이마에 핏줄이 돋았다.

'이것들이 정말!'

화가 난 이무환은 십성의 공력을 끌어올린 채 한 발의 무영뢰를 발출했다.

고오오오!

무영뢰가 소리없이 날며 한 사람을 쓰러뜨리고, 묵린도가 번쩍이며 또 하나의 목을 갈랐다.

쩌저적!

"커억!"

두 사람이 쓰러지자 상황이 급변했다.

이무환은 선회한 무영뢰를 회수하고는, 주춤거리며 물러서는 백가위를 그대로 덮쳤다.

공포에 질린 백가위는 자신의 모든 힘을 쏟아내 이무환의 공격을 막았다.

그러나 이무환의 구성이 실린 도세를 막기에는 역부족이었다.

쾅! 쩌정!

백가위의 검이 산산이 부서지며 사방으로 튀고, 그의 입에서 핏줄기가 뿜어졌다.

이무환이 그를 향해 도를 그었다.

묵빛 광채가 번뜩인 순간, 백가위의 허리가 반으로 접혔다.

이무환은 백가위를 처리하자마자 곧장 경충문을 향해 달려들었다. 동시에 파천묵린광이 펼쳐지며 묵린도의 도첨에서 묵빛 비늘이 번쩍였다.

경충문은 전력을 쏟아 검을 휘둘렀다. 청광이 번뜩이며 석 자 길이의 검강이 뻗어나갔다.

환비도 합세해 이무환의 옆구리를 쳤다.

"광룡, 죽어라!"

이무환은 극성의 수류보로 환비의 공세를 피하고는, 경충문을 향한 공격을 늦추지 않았다.

묵빛 비늘이 천지를 가르며 쏟아졌다.

심신이 무너진 경충문이 막기에는 파천묵린광의 도세가 너무 강했다.

퍼억!

묵빛 비늘이 심장을 관통한 순간, 입을 쩍 벌린 경충문의 몸이 천천히 무너져 내렸다.

그마저 쓰러지자, 환비가 다급히 뒤로 몸을 뺐다.

"환비! 어딜 가려고!"

이무환이 소리치며 환비를 향해 신형을 날렸다. 네 명의 고수를 무너뜨리기 위해 상당한 공력을 쏟아부은 그였다.

하지만 환비만큼은 놓치고 싶지 않았다.

그때 세 명의 잠풍련 고수가 이무환의 앞을 막았다.

"광룡! 주군을 쫓으려면 우리를 죽여야 할 것이다!"

"흥! 죽여달라면 죽여주마!"

이무환은 그들이 원하는 대로 오 초 만에 그들을 거꾸러뜨렸다. 그러고는 능공비를 펼쳐 허공으로 날아오른 후 환비를 찾았다.

하지만 환비의 모습은 어디에서도 보이지 않았다.

'잘도 빠져나가는군.'

아직 싸움이 끝나지 않은 상황. 이무환은 하는 수 없이 환비를 포기하고, 항주 연합 세력 무사들을 지원했다.

그사이 호연청은 사종위와 접전을 벌이고, 황보광을 비롯한 밀천회의 고수들은 묵운백령을 하나하나 제거했다.

第十章
따라가고, 남고, 떠나가고…….

싸움은 시작한 지 반 시진 만에 끝이 났다.

싸움이 멎은 전장은 눈을 뜨고 보기 힘들 정도로 참혹했다.

승리를 했다지만, 정천무림맹과 연합 세력의 무사들도 이백여 명이 죽은 상황이었다. 거기다 부상자들은 더 많았다.

적아의 시신에서 흘러나온 핏물이 내가 되어 흐른다. 피비린내와 역겨운 악취가 코를 찌른다. 후각이 마비될 지경이다.

정천무림맹과 연합 세력의 무사들은 창백하게 질린 채, 입을 꾹 닫고서 동료들의 부상을 돌보았다.

하지만 언제까지 이곳에서 부상자만 돌보고 있을 수는 없는 일. 이무환은 반 시진이 지나자, 호연청과 원화 도장을 재촉했다.

"쉴 만큼 쉬었으면 그만 출발하지요."

명종자가 눈을 부라리며 물었다.

"그럼 부상자들은 어떻게 하란 말인가?"

그때였다. 명종자의 질문에 답하듯, 언덕 너머에서 황두영이 조약생과 함께 칠팔십 명의 장한을 데리고 나타났다.

외곽을 감시하던 무사가 그들을 막으려 하자 영호승이 소리쳤다.

"우리를 도우러 온 사람들입니다! 안으로 들여보내 주시오!"

황두영은 곧장 이무환에게 다가왔다. 주위를 둘러보는 그의 얼굴이 하얗게 질려 있었다.

"사람들을 최대한 모으느라 조금 늦었네. 그런데… 생각보다 많은 사람들이 죽었군."

이무환의 눈이 명종자를 향했다.

"이분들이 뒤처리를 해줄 거요. 부상자도 돌봐주고, 죽은 사람들의 시신도 정리하고 말이죠."

몸이 성한 사람은 모두 육백 정도 되었다. 경상자 백여 명까지 합쳐 모두 칠백여 명.

그들만으로 십오형제장을 칠 수 있을 것인지는 미지수였다.

계산대로라면 십오형제장에 남아 있는 자들의 숫자는 오륙백 정도. 숫자에선 밀리지 않았다.

문제는 그들이야말로 묵운방의 진정한 전력이라는 것이었다.

이백의 잠풍련 고수에게 구룡성이 무너질 뻔했다. 만일 천세도인을 자신이 막지 못했다면 분명 그리되었을 것이었다.

묵운방의 진정한 전력이 그들보다 약하란 법은 없었다. 조금 전에 상대한 자들만 해도 절대고수들이 아니었던가.

이무환은 물론이고, 밀천회의 절대고수들도 표정이 굳어졌다.

그래도 소주에서 한 번 싸워본 사람들은 나았다. 전숙에서 온 정천무림맹의 무사들은 심장이 조여드는 기분이었다.

장강만 건너면 어렵지 않을 거라 생각한 묵운방 공략이 자신들의 생각처럼 쉽지 않다는 것을 깨달은 것이다.

어쩌면… 목숨을 걸어야 할지도 몰랐다.

잘못하면 패할지도…….

걸음을 옮기는 모두 이의 마음이 무거워졌다.

2

우문조현은 십오형제장을 향해 밀려오는 무사들을 보며 무심한 목소리로 입을 열었다.

"놈들이 옵니다."

"준비는?"

"모두 끝나 있습니다, 조부님."

"놈들은 곧 본 방의 무서움을 절절히 느끼게 될 겁니다, 사부님."

우문적태는 우문조현과 창무옥의 대답을 들으며 주름진 입술을 비틀었다.

이무환은 십오형제장을 보며 짧게 소리쳤다.
"갑시다!"
그의 말이 떨어진 순간, 약속이라도 한 듯 서른세 명의 고수가 먼저 앞으로 튀어나갔다.
선두에 선 이무환은 빠르게 십오형제장으로 접근하며 우수를 들어 올렸다.
뇌정갑을 낀 손에 영롱한 광채가 맺히는가 싶더니 벼락이 번쩍였다.
쩌저적, 쾅!
십 장의 거리를 둔 채 외장 중 청심장의 정문이 터져 나갔다.
동시에 이무환의 목소리가 십오형제장을 뒤흔들었다.
"우문 늙은이! 나와!"
우문적태는 장원을 뒤흔드는 외침에 주름진 눈꺼풀을 한껏 들어 올렸다. 누구의 목소리인지 확인할 것도 없었다.
들은 대로라면, 저렇게 소리칠 놈은 하나뿐이었다.
"놈이군……"
이무환은 정문을 통해 장원으로 들어가며 사위를 쓸어보았다.
서른세 명이 넓게 퍼져서 안으로 들어가는데도 아무런 움직임이 없다.

'흠, 그럼 안쪽에 있다는 건가?

곧 칠백에 가까운 무사들이 십오형제장의 담장을 향해 새카 맣게 달려들었다.

콰과과광!

천둥소리가 사방에서 울리며 외장의 담장 수백 장이 무너져 내렸다.

그들이 자의적으로 무너뜨린 것이 아니었다. 이무환의 지시에 의한 행동이었다.

담장에 기관이 설치되어 있다면 함께 부서질 것이 아닌가.

좁은 곳도 확 트이고 말이다.

외벽을 무너뜨린 사람들은 급하지 않은 걸음으로 안쪽을 향해 움직였다.

급할 것 없었다. 천천히 걸어도 반 각이면 중심 부분에 도착할 터였다. 마음이 조급해지는 것은 안에서 기다리는 사람들이지, 자신들이 아니었다.

사람들은 은근히 상황을 즐기며 아무도 없는 외장을 통과했다. 그러다 두 번째 담장이 나오자 공력을 한껏 끌어올려 담장을 향해 쏟아냈다.

콰르르르룽!

두 번째 벽이 무너지며 먼지가 구름처럼 피어올랐다.

우문적태는 보고를 받고 어이없다는 표정을 지었다.

설마 담장을 무너뜨리며 밀고 들어올 줄은 생각지도 못했다.

강호에서 내로라하는 고수들이 그런 행동을 할 줄 누가 알았겠는가.

"미친놈이라더니……. 허어……."

이무환은 서른두 명의 고수와 함께 세 번째 담장을 날아 넘었다.

순간 우박이 하늘로 솟구치듯 수천 발의 화살이 허공에 떠 있는 그들을 향해 쏘아졌다.

하지만 초절정 이상의 경지에 오른 서른세 명의 고수는 호신강기로 화살을 튕겨내며 드넓은 정원에 내려섰다.

그와 동시, 이백여 명의 흑의인이 그들을 향해 구름처럼 밀려들었다.

이무환은 추호의 망설임도 없이 그들 사이로 뛰어들었다.

뒤질세라 나머지 서른두 명의 고수도 이무환을 따라 검은 구름을 향해 짓쳐들었다.

쩌저저적! 콰르릉!

따다당! 쾅!

온갖 굉음이 울리며, 흑의인들이 태풍에 휘말린 가랑잎처럼 무너졌다.

순식간에 오십여 명이 무너지자, 흑의인들이 주춤거리며 물러섰다.

콰르릉!

그때 세 번째 담장이 무너지며 수백의 무사가 안으로 들어섰다.

동시에 우문조현의 목소리가 울렸다.

"놈들에게 묵운의 힘을 보여줘라!

그의 목소리가 울리자, 사방에서 이백여 명의 흑의인이 더 쏟아져 나왔다.

그들은 곧장 정천무림맹의 무사들 사이로 뛰어들었다.

비록 이무환을 비롯한 서른세 명의 고수에게는 밀리긴 했지만, 그들의 무위는 결코 약하지 않았다.

정천무림맹의 중견 무인들조차 그들과 일대일의 접전을 벌이며 우세를 잡지 못했다.

이무환은 서른두 명의 고수를 이끌고 흑의인들을 그대로 가로질러 간 뒤 더 안쪽을 향해 전진했다.

조금 전의 목소리는 멀지 않은 곳에서 들렸다.

그곳에 우문적태와 그의 손자인 우문조현이 있을 것이었다.

한데 생각대로였다.

건물 하나를 돌아 이십여 장을 나아가자, 눈앞이 확 트이더니 넓은 마당이 나왔다. 강호문파의 대연무장과 비교해도 손색이 없을 만큼 넓은 곳이었다.

바로 그곳에 삼십여 명의 혈포인과 칠십여 명의 갈의인이 서 있었다. 네 사람을 호위한 채.

두 사람 중 한 사람은 주름이 자글자글한 노인이었고, 두 사람은 우문조현과 위지호천이었다. 그리고 한 사람은 처음 본 자였는데, 이무환은 그가 창무옥이란 것을 바로 알아보았다.

그때 우문조현의 명이 떨어졌다.

"칠십이귀는 놈들을 쳐라!"

그의 명령이 떨어지자, 네 사람을 호위하고 있던 자들 중 갈의인들이 움직이기 시작했다.

이무환은 그들을 보고 이마를 찌푸렸다.

"빌어먹을! 여기에도 정신 나간 놈들이 많군."

평범한 무사들이 아니다. 반쯤 혼이 나간 자들이다.

우문적태가 삼악 중 하나라 불린 것은 그의 사이한 무공 때문이 아니던가. 아마도 그가 자신의 사이한 무공을 이용해 수하들을 조련한 듯했다.

"방심하지 마쇼! 죽일 땐 확실하게 죽이고!"

이무환이 소리치며 묵린도를 든 손에 힘을 준 순간!

쩌저정!

갈의인들이 일제히 도검을 빼 들더니, 유령처럼 움직이며 서른세 명의 고수를 향해 밀려들었다.

묵운칠십이귀는 묵운백령보다 훨씬 강했다. 그러나 그들이 무서운 것은 강한 것 때문이 아니었다.

고통을 모르는 자들.

그들은 팔다리가 뭉개져도 멈칫거리지 않았다.

심장이 부서지고, 목이 잘리고, 머리가 터지기 전에는 손을 멈추지 않고 달려들었다.

멋모르고 안심하던 명종자가 한 팔이 잘렸다.

제갈도도 상대의 가슴에 검을 꽂고 멈칫하다 옆구리에 상처를 입고 비틀거리며 물러섰다.

그러나 폭령잠마단을 복용한 자들과 싸워본 사람들은 조금도 방심하지 않았다. 그들은 칠십이귀의 목을 자르고, 머리를 갈라 완벽하게 죽였다.

드넓은 마당이 순식간에 피로 물들었다.

이무환은 여섯 명을 죽이고 우문적태가 서 있는 곳으로 신형을 날렸다.

반 각이 지나며 칠십이귀 중 반가량이 무너진 상황. 우문조현이 또 한 번 명을 내렸다.

"삼십육혈에게 허락한다! 저들의 피로 목을 축여라!"

그때까지도 석상처럼 서 있던 서른여섯의 혈포인이 붉은 눈을 번들거리며 몸을 날렸다.

한눈에 봐도 앞선 갈의인들보다 강해 보이는 자들이다.

하지만 이무환은 그들을 상대하지 않고, 머리 위로 솟구쳐 곧장 우문적태를 향해 떨어져 내렸다.

혈포인들이 아무리 강하다 해도 밀천회의 절대고수들과 광룡단과 정천무림맹에서 선별된 고수들이라면 충분히 막을 수 있다고 생각한 것이다.

설령 그들이 막지 못해도 어쩔 수 없었다. 어차피 이 싸움은 우문적태와 우문조현을 잡아야만 끝나는 싸움이다. 혈포인들을 상대하며 공력을 소진하면, 둘을 잡기가 그만큼 힘들어질 것이었다.

“흥! 네놈은 내가 상대해 주마!”

우문조현이 코웃음 치며 앞으로 한 걸음 나섰다. 그러나 그보다 먼저 우문적태가 이무환을 향해 신형을 날렸다.

일순간 그의 쌍장에서 검은 구름이 일렁였다.

“클클, 어디, 얼마나 강한지 보자꾸나!”

광룡에 대해선 말만 들었을 뿐이다. 자신과 싸우는 것을 보면, 손자가 광룡에 대한 것을 조금이나마 알 수 있을 것이었다.

이무환이야 누가 먼저 덤벼들던 상관없었다.

그는 묵린도를 회수하고는 천광지령의 기운을 구성까지 끌어올렸다.

상대는 삼악 중 하나, 묵운방의 방주다.

어설픈 공격은 통하지 않을 절대고수인 것이다.

게다가 그의 뒤에는 우문적태보다 강한 우문조현이 있지 않은가. 여유를 부릴 상황이 아니었다. 최선을 다해 한 사람이라도 빨리 무너뜨려야 했다.

콰르릉!

천광무벽이 떨어지며 우문적태를 짓눌렀다.

묵운이 출렁이며 방원 삼 장 넓이로 퍼져 나가고, 우문적태는 다섯 걸음을 물러선 채 눈을 부릅떴다.

청석에 여섯 치 깊이로 찍힌 다섯 개의 발자국.

늘어진 볼의 주름이 파르르 떨렸다.

바로 그때, 삼 장 허공으로 튕겨진 이무환의 양손에서 빛의 광채가 구를 형성했다.

우문적태의 눈이 화등잔만 하게 커졌다.

"처, 천광……?!"

우문조현이 심상치 않음을 알고 신형을 날렸다.

"조부님! 뒤로 물러나십시오!"

순간이었다.

번쩍!

이무환의 양손 사이에 형성된 천광주가 우문적태를 향해 쏘아졌다.

우문적태는 쌍장을 휘둘러 묵운의 벽을 겹겹이 둘러쳤다.

찰나!

콰과광!

묵운의 벽에 천광주가 부딪치며 산산이 터져 나갔다.

천광폭멸주!

파천삼법 중 두 번째 능력이 펼쳐진 것이다.

천광주가 폭발하자 묵운의 벽이 거짓말처럼 소멸되고, 우문적태의 두 발이 기다란 고랑을 파며 죽 밀렸다.

동시에 이무환의 좌수에서 발출된 무영뢰가 우문적태를 향해 날아갔다.

고오오오…….

그것은 소리없는 뇌전!

천광폭멸의 충격에 심장이 터질 것처럼 부푼 우문적태다. 그는 피할 생각도 못한 채, 묵운천라수로 무영뢰에 맞섰다.

쾅!

일장 충격에 진로가 틀어진 무영뢰 하나가 우문적태의 어깨를 뚫어버렸다.

"크으……."

우문적태가 신음을 흘리며 비틀거린 순간!

퍼벅!

두 번째, 세 번째 무영뢰가 우문적태의 가슴에 틀어박혔다.

"조부님!"

우문조현이 악쓰듯이 외치며 우문적태의 머리 위를 넘어갔다.

"이놈!"

이무환은 무영뢰를 회수하지도 못한 채, 천광수뢰공을 연이어 펼치며 우문조현의 공세를 차단했다.

콰과과광!

순식간에 오 초의 공방이 이루어졌다.

두 사람의 공방으로 인한 강기의 회오리가 방원 오 장을 휩쓸었다.

그러던 어느 순간이었다.

먹구름처럼 일렁이던 우문조현의 양손에서 번갯불이 번쩍였다.

쩌저적!

묵운의 기운과는 완전히 다른 성질의 공격이다.

"헛! 뭐야?!"

이무환은 생각지도 못한 상황에 훌쩍 뒤로 몸을 뺐다.

우문조현은 자신의 공격이 주효했다 생각했는지, 지체하지 않고 이무환을 향해 연속 공격을 퍼부었다.

이무환은 우문조현의 공세를 막으며 머리를 굴렸다.

'그랬어! 어쩐지 뇌의 무공이 나타나지 않는다 했더니, 우문적태가 두 가지를 얻었던 거야!'

그렇다면 우문조현이 강한 것도 이해가 갔다. 한 가지를 익히기도 힘들 텐데 두 가지를 익혔다. 그리고 자유자재로 사용한다.

우문적태가 얼마나 심하게 수련을 시켰을지 짐작이 간다. 아마 우문조현도 자신만큼이나 지옥을 넘나드는 수련을 쌓았을 것이다.

'좋아! 그렇다면 그만한 대우를 해주지!'

이무환은 우문조현을 바라보며 천광지령을 극한까지 끌어올렸다. 대우라고 해봐야 별것없었다. 최선을 다해 상대해 주면 될 일!

이무환은 천광주가 형성된 두 손을 내밀었다.

연이은 격전으로 속이 울렁거리고 심장이 벌떡거렸다. 하지만 그는 이를 악물고 천광주를 휘돌렸다.

풍운뇌우의 극성인 천광주가 빛을 발하자 우문조현의 얼굴이 와락 일그러졌다.

순간, 천광회회탄이 펼쳐지며 빛의 회오리가 일었다.

양손에서 시작된 빛의 회오리는 찰나간에 우문조현까지 집어삼켰다.

우문조현은 공력을 극성까지 끌어올린 채, 우수로는 묵운천 라수를, 좌수로는 뇌령장을 펼쳤다.

하지만 빛의 회오리는 그의 두 가지 기운을 모조리 끌어들 여 소멸시켜 버렸다.

우문조현은 그제야 우문적태가 왜 그렇게 힘없이 당했는지 깨달았다.

그때 빛의 회오리 중심에서 커다란 구슬이 하나 튀어나왔 다.

쾨아아아!

우문조현은 이를 악물고 쌍장을 털어냈다.

쾨아앙!

천광폭멸주가 우문조현의 기운과 부딪치며 터져 나갔다.

우문조현의 얼굴이 흙빛으로 물들었다.

금방이라도 피를 쏟아낼 것 같은 표정이다.

"이놈! 죽어라!"

전신이 피로 물든 우문적태가 노성을 내지르며 이무환에게 달려들었다.

동귀어진이라도 하겠다는 듯 단호한 눈빛!

우문조현도 일갈을 터뜨리며 함께 몸을 날렸다.

"죽여 버리겠다!"

한데 바로 그때였다. 건물 지붕에서 한 사람이 떨어져 내렸 다.

떨어져 내리는 자의 손이 휘둘러지자 대기를 비틀리며 강기의 회오리가 일었다.

천풍장! 환비였다!

우문적태와 우문조현이 모든 것을 던져 공격한다. 광룡도 충격을 받은 듯 입가에 핏줄기가 보인다.

기회! 그야말로 절호의 기회였다!

"크하하하! 죽어라! 광룡!"

이무환은 하늘과 땅에서 펼쳐지는 절대고수들의 공격에 이를 갈았다. 우문적태와 우문조현만이라면 어떻게든 몸을 빼고 반격을 가할 수가 있었다.

그러나 환비마저 달려든 이상 상황이 달라졌다.

삼재진에 갇힌 형국!

부딪치지 않고 빠져나갈 곳이 없다.

'빌어먹을! 저 족제비 같은 놈을 진즉 죽였어야 하는데!'

천광회회탄과 천광폭멸주를 연이어 펼친 바람에 공력이 썰물처럼 밀려 나간 터다.

세 사람의 공격을 정면으로 받아내기에는 상황이 좋지 않다.

문제는 빠져나갈 수가 없다는 것이다.

'좋아! 이판사판! 누가 이기나 해보자고!'

이무환은 달려드는 천천히 두 손을 들어 올리고는, 마음을 비우고 오직 하나만을 떠올렸다.

그 순간만큼은 달려드는 적조차 잊었다. 자신이 무얼 하고자 하는지조차 잊었다. 그러고는 오직 하늘과 하나가 되기만을 원했다.

그사이 묵운과 뇌정의 기운이 코앞까지 다가오고, 바위조차
으스러뜨릴 천풍의 회오리가 이무환의 등줄기를 덮쳤다.

찰나였다!

화아아악!

이무환의 전신에서 빛무리가 터져 나왔다.

극한의 상황에서 천광무무동천(天光無無動天)이 펼쳐진 것
이다.

눈부신 빛무리는 소리없이 방원 십 장을 뒤덮었다.

빛무리에 뒤덮인 사람들은 입을 쩍 벌린 채 뒤로 튕겨졌다.

가장 근접했던 우문적태는 온몸에서 피분수가 솟구치며 오
장을 날아가고, 우문조현은 삼 장가량 튕겨진 후 바닥에 나뒹
굴었다. 그리고 환비는 건물의 벽에 처박힌 채 선홍빛 피를 게
워냈다.

빛무리는 나타날 때만큼이나 빨리 사라졌다.

이무환은 천천히 고개를 내리고는, 청석 깊숙이 파고든 발
을 빼내며 오연한 표정으로 주위를 둘러보았다.

심장 부위가 텅 빈 느낌. 온몸이 해초처럼 흐물거리는 기분
이었다. 하지만 그는 턱까지 치켜들고 눈에 힘을 주었다.

우문적태는 즉사한 듯 생기가 보이지 않았다. 우문조현이
꿈틀거리긴 하는데, 그 역시 살았다고 말하기가 힘들 정도였
다. 천광지령의 기운이 그의 공력을 완전히 소멸시키고, 혈맥
을 가닥가닥 끊어버린 것이다.

그나마 환비의 상태가 두 사람보다 나아 보였다. 뒤늦게 달려든 덕분에 목숨만은 구한 듯했다. 하지만 선천진기가 깨어진 듯 한줌의 내력도 느껴지지 않았다.

'죽지는 않았으니 약속은 지킨 셈인가?'

이무환은 세맥 곳곳에 퍼진 기운을 모으면서, 접전이 벌어지고 있는 곳을 바라보았다.

자신이 우문적태와 우문조현을 처리하는 사이, 묵운방의 괴물 같은 자들도 대부분 제거된 상태였다.

와중에 정천무림맹과 항주 연합 세력의 고수들도 상당수가 죽임을 당했다.

명종자를 비롯한 간부급 고수들 십여 명에, 심지어 우내혁과 소천득도 심각한 부상을 당한 듯 피로 뒤덮여 있고, 호연청이나 황보광마저 안색이 창백하게 굳어 있었다.

삼십육 명의 혈포인을 상대하다 입은 부상이었다.

하지만 남은 혈포인은 십여 명. 상황은 끝났다고 봐도 과언이 아니었다.

'후우, 이제 마무리를 지어야겠지?'

잠깐 사이 이성 정도의 내력이 돌아온 상황. 자신이 직접 싸우지만 않는다면 움직이는 데 지장이 없을 듯했다.

이무환은 주먹 쥔 손에 힘을 주고 무설강을 불렀다.

"형님, 광룡단 사람들 좀 데리고 이리 와보시죠."

한데 바로 그때였다. 제갈신결과 접전을 벌이던 창무옥이 허둥지둥 건물 쪽으로 도주한다. 사마강과 싸우던 위지호천이 그의 뒤를 따라 달려간다.

"어? 저놈들이……!"

창무옥은 기관을 움직이는 자. 이무환이 다급히 소리쳤다.

"저놈들을 잡아!"

순간 근처에 있던 헌원숭이 활을 튕겼다.

퉁!

"컥!"

위지호천이 허리를 활처럼 휘더니 그 자리에 무너졌다. 그 사이 무설강과 제갈신결과 사마강이 창무옥이 도주한 곳을 향해 날아갔다.

이무환은 입 안에 가득 고인 핏물을 꿀꺽 삼켰다.

약세를 보이면 누가 달려들지 몰랐다.

그가 걱정하는 것은 묵운방의 적뿐만이 아니었다. 밀천회의 고수들도, 정천무림맹의 사람들도 믿을 수가 없었다.

절대사천을 두려워하며 삼백 년을 살아온 자들이다. 그 시절이 다시 오는 것을 원치 않을 것이 분명했다.

'제길, 하여간 무 형님은 눈치도 없다니까.'

그렇다고 이제 와서 무설강을 다시 부를 수도 없는 일. 이무환은 속으로만 투덜거리며, 남모르게 운기를 했다.

그때 반가운 목소리가 들렸다.

"오빠!"

이무환은 눈을 휘둥그렇게 뜨고 뒤를 바라보았다.

남궁산산이 순우경과 엽상과 종리난경, 신기영의 호위를 받으며 다가오는 게 보였다.

그는 눈을 가늘게 뜬 채 주위를 살펴보았다.

'저 자식이, 아직도 위험한 곳인데……'

하지만 속마음은 반갑기만 했다.

특히 몸이 최악인 상황에서의 만남이라 더 반가웠다.

이무환은 남궁산산이 다가오자 슬쩍 눈짓을 하고는 입을 살짝 벌렸다 닫았다.

다가오던 남궁산산이 눈을 반짝였다.

붉은 입안이 보였다. 핏물이 이 사이에 끼어 있다. 그것을 보였을 때는 그만한 이유가 있을 터.

그녀는 곧 상황을 눈치채고, 품속에서 깃발을 꺼내 이무환 주위에 모조리 꽂았다. 그리고 몇 마디 톡톡 쏘며 이무환에게 바짝 다가갔다.

"혹시 사악한 자들이 또 나타날지 모르니까 운기부터 해요, 오빠."

남궁산산이 눈앞을 가린 사이, 이무환은 손을 품속에 넣어 대나무 통의 뚜껑을 열었다. 그러고는 두 개의 단약을 꺼내, 입술을 닦는 척하며 입 안에 집어넣었다.

호연청과 황보광이 고개를 돌리더니 이마를 좁혔다.

두 사람의 눈에서 의심의 눈빛이 떠오르자, 이무환은 단약을 대충 씹어 삼키고 남궁산산을 향해 피식 웃었다.

"걱정 마, 임마. 이 정도로는 끄떡없으니까. 내가 누구냐? 광룡 아니냐, 광룡! 거, 뭐 하쇼?! 내 걱정 말고 뒷정리나 좀 깔

끔하게 하쇼!"

짐짓 큰소리치는 이무환의 태도에 호연청과 황보광이 슬그머니 고개를 돌렸다.

이무환은 심장이 찢어지는 통증에도 빙그레 웃음을 보였다.

'어디서 허튼수작을……. 지미, 그래도 되게 아프네…….'

그렇게 반의반 각가량이 지날 즈음, 마지막 혈포인의 머리가 호연청의 손에 터지며 싸움이 끝났다.

이무환은 내력을 반쯤 되찾고 우문조현에게 다가갔다.

우문조현이 다가오는 이무환을 보며 툴툴거렸다.

"크, 크, 크……. 대체… 그게 무슨……."

이미 죽음에 대한 두려움 같은 것은 보이지 않았다.

그는 죽더라도 궁금증만은 풀어야겠다는 듯 힘겹게 입을 열고 이무환을 바라보았다.

"천광이 풍운뇌우의 극성이라는 걸 몰랐나? 우문적태가 말해주지 않던가?"

"그, 그런……?"

"몰랐으면 지금이라도 알아둬. 풍운뇌우는 말이야, 천광문의 문지기들이 익히던 무공이라서 주인의 힘 앞에서 힘을 못 쓰거든."

이무환의 전음이 귀청으로 파고들자, 우문조현의 얼굴근육이 푸들푸들 떨렸다.

문지기의 무공? 자신이 천하제일의 무공이라 생각했던 것이 천광문 문지기의 무공이라고?

"마, 말도… 안 돼……. 꺼억……."

우문조현은 눈을 까뒤집으며 마지막 숨을 몰아쉬었다.

이무환의 말에 부아가 치밀어 간신이 이어져 있던 혈맥마저 모조리 터져 버린 것이다.

이무환은 두어 번 몸을 떨다 숨이 멈춘 우문조현을 바라보며 고개를 갸웃했다.

"너무했나? 사대수호령이나 문지기나 비슷한 말 아닌가?"

바로 그때였다.

우르르릉.

제갈신걸과 사마강이 들어간 삼층 건물이 천둥소리와 함께 흔들렸다.

이무환은 홱 고개를 놀리고 건물을 바라보았다. 흔들리는 건물에서 나오는 무설강이 보였다. 먼지가 머리 위에 수북이 쌓여 머리 위에 눈이 내린 것만 같았다.

공력이 오 할 정도는 회복이 된 상태. 이무환은 남궁산산에게 슬쩍 눈짓을 보내 진세를 풀게 하고는 무설강에게 물었다.

"어떻게 된 겁니까, 형님?"

"지하로 들어가는 것 보고 따라 들어갔는데, 얼마 지나지 않이 헤어졌네. 다행히 내가 그놈을 잡긴 했네만, 그놈이 함께 죽자고 기관을 움직이지 뭔가. 나야 놈의 행동을 눈치채고 재빨리 빠져나오긴 했는데……. 신걸과 사마강은 안 나왔나?"

3

석실을 둘러보던 제갈신결과 사마강은 사방이 흔들리자 대경하며 석실을 빠져나가려 했다. 하지만 그들이 나가기도 전에 갑자기 바닥이 푹 꺼졌다.

대경한 두 사람은 꺼지는 바닥을 차며 몸을 날렸다.

그러나 바닥만 꺼진 것이 아니었다.

쩌저적! 우르르릉…….

벽이 무너지고, 천장이 내려앉았다.

두께를 알 수 없는 암벽이 무너진다. 벽과 천장에서 쪼개진 돌덩이들이 우수수 떨어진다.

"이런, 제길!"

두 사람은 위로 올라가지도 못하고, 다시 아래로 떨어져 내렸다.

콰광! 텅!

위쪽이 완전히 막힌데다 벽에 걸려 있던 등불마저 꺼져 버렸다.

갑자기 빛 한 점 없는 어둠이 두 사람을 맹인으로 만들었다.

위로 올라가려다 멈칫한 상황, 떨어지는 돌덩이들이 두 사람의 몸을 때렸다.

두 사람은 호신진기를 끌어올려 몸을 보호하고, 검막을 펼쳐 돌덩이를 쳐냈다. 하지만 떨어지는 돌덩이 중에는 사람 몸통만 한 것조차 있었다.

검으로 돌덩이를 쳐낸다 해도 그 충격은 작지 않았다..

"크윽!"

"헛!"

작지 않은 충격이 두 사람의 내기를 뒤흔들었다.

게다가 반동으로 인해 떨어지는 속도가 그만큼 빨라졌다.

문제는 아래쪽이 얼마나 깊은지, 뭐가 있는지를 모르는 상황이라는 것이었다.

순식간에 십 장을 떨어져 내린 두 사람은 몸의 중심을 잡고 벽을 향해 장력을 후려쳤다.

쿠궁!

벽이 울리며, 그 반동으로 몸이 비스듬히 날아갔다.

다행히 돌덩이들은 더 이상 떨어지지 않았다. 간혹 부스러기들만이 몸을 감싼 호신진기를 두드릴 뿐이었다.

"장력으로 벽을 확인하고 검으로 찍으시오!"

제갈신걸은 다급히 소리치고는, 자신이 외친 대로 벽을 확인한 후 검으로 찍었다.

검강이 서린 검이 벽으로 파고들었다. 하지만 세로로 꽂았는데도 떨어져 내리는 무게를 이기지 못하고 중동이 부러졌다.

그나마 다행이라면, 떨어지는 속도가 현저히 줄었다는 것이었다.

제갈신걸은 이를 악물고 황급히 중심을 잡았다.

그때 두 다리에 심한 충격이 가해졌다. 바닥을 알 수 없어

제대로 대처하지 못한 때문이었다.

털썩!

'크윽!'

제갈신걸은 신음을 삼키며 황급히 손을 뻗었다.

순간이었다.

철컥!

귀에 거슬리는 소리가 들렸다.

제갈신걸은 주위에 널린 돌덩이 사이로 바짝 엎드렸다.

순간 수백발의 화살이 벽에서 쏘아지며 그의 몸 위로 날아갔다.

쉬쉬쉬쉬쉭!

'크윽……'

제갈신걸은 이를 악물었다. 몇 발의 소전(小箭)이 그의 등을 훑고 지나갔다. 그나마 대부분의 화살이 주위에 쌓여 있는 돌덩이에 부딪치며 튕겨져서 몸이 뚫리지 않은 게 천만 다행이었다.

그는 그 상태로 잠시 기다렸다. 그러다 더 이상 화살이 날아들지 않자 위에 대고 소리쳐 물었다.

"괜찮소?!"

사마강은 검이 부러지지 않아 벽에 매달려 있는 상태였다.

"나는 괜찮소. 제갈 형은 어떠시오?"

"화살 몇 발이 등을 쓰다듬고 지나갔소만, 견딜 만하오. 크크크……"

한 사람은 바닥에 엎드린 채, 한 사람은 벽에 매달린 채 한참 동안 기다려 봤다.

기관은 더 이상 발동하지 않았다.

그들은 알지 못했지만, 창무옥이 무설강의 손에 죽지 않았다면, 아홉 번의 공격이 더 있었을 것이었다. 그리고 두 사람도 죽었을 것이 분명했다.

한참 동안 기관이 움직이지 않자, 사마강이 아래쪽으로 내려왔다.

두 사람은 초절정의 경지에 달한 고수다. 비록 빛 한 점 없었지만, 안력을 집중하자 시간이 지나면서 앞이 희미하게 보였다.

"몸은 어떻소?"

"다리뼈가 어긋난 것 같은데, 다행히 부러진 것 같지는 않소. 등도 그냥 여자의 손톱에 할퀸 것 정도고……."

제갈신걸이 농담조로 말하며 벽에 몸을 기댔다.

말은 그렇게 했지만, 상태가 썩 좋지 않았다. 돌덩이를 막아낼 때의 충격과 바닥에 떨어질 때의 충격으로 인해 밖에서 광인들과 싸울 때 입은 내상이 도진 것이다.

사마강 역시 그리 좋은 상태는 아니었다.

그도 한쪽 벽에 등을 기대고 주위를 살펴보았다.

날카롭게 부서진 돌덩이들이 사방에 널려 있었다. 큰 것은 자신의 몸보다도 컸다.

보는 것만으로도 소름이 돋았다.

“후우⋯⋯.”

사마강은 한숨을 내쉬며 위를 올려다보았다. 사오 장 위쪽
으로는 아무것도 보이지 않았다. 대충 높이를 짐작해 보았다.

“이십 장은 된다고 봐야겠군요.”

더 되면 더 되었지 못 되지는 않을 깊이였다.

제갈신결은 짜증내듯이 한마디 내뱉고 신음을 흘렸다.

“제길, 단주가 우리를 찾을 수 있을지 모르겠소. 으음⋯⋯.”

문제는 그것이었다. 놈을 찾아 지하 미로를 헤매었다. 이곳
이 어딘지, 자신들마저 모르는 판이었다.

“일단 몸부터 추스릅시다, 제갈 형.”

두 사람은 운기를 하며 몸을 추슬렀다.

한데 한 시진이 지나도록 아무 소리가 없다.

제갈신결과 사마강은 능히 오신룡의 빈자리를 메울 수 있는
고수들이다. 한데도 어둠 속 함정은 그들의 가슴마저 무겁게
만들었다.

만일 혼자였다면 어땠을까?

제갈신결은 쓴웃음을 지으며 사마강을 바라보았다.

많은 시간을 본 것은 아니지만, 묵직한 행동이 마음에 들었
다.

문득 엉뚱한 생각이 들었다.

“사마 형, 우리 친구하지 않겠소?”

갑작스런 제안인데도 사마강은 조용히 웃음을 지었다.

"그거 좋지요. 듣자니까 나이도 같은 것 같은데, 우리 친구 합시다."

"어둠과 함정이 맺어준 친구라……. 하하하, 이거 여기서 죽어도 외롭지 않아 다행이오."

"죽다니요? 하하하, 내 동생이 구해줄 거요. 걱정 마시오, 제갈 형."

절대적인 믿음의 표정.

제갈신결은 그런 사마강이 부러웠다.

자신은 누구에게 그런 믿음을 준 적이 있던가?

없었다. 어쩌면 지금 이곳에 있는 것도 그 때문일지 몰랐다.

그는 쓴웃음을 지으며 사마강에게 물었다.

"사마 형, 사랑을 해봤소?"

뜬금없는 질문이다. 한데 이번의 반응은 물어본 제갈신결이 무안할 정도로 달랐다.

사마강은 갑자기 멍한 표정을 지은 채 허공을 바라보았다. 그동안 뭔가를 잇은 게 어이없다는 듯.

그러다 불쑥 대답했다.

"해봤지요. 아니, 지금 하고 있습니다. 후우, 그러고 보니 지금 상황을 그 사람이 알면 걱정이 태산 같을 텐데……."

천 리 떨어진 사람이 알 리가 없다. 한데도 갑자기 멍청해진 사람처럼 쓸데없는 고민을 한다.

제갈신결이 피식 웃으며 말했다.

"항주까지 천 리 길인데 알 리가 없지 않겠소."

"천 리가 아니라, 천오백 리요. 남쪽 상산에 있으니까 말이오."

그럼 더 걱정할 것도 없었다.

제갈신결은 사마강의 엉뚱한 말에 마음이 편해졌다.

그때 사마강이 허공을 노려보며 말을 이었다.

"제갈 형, 나는 얼마 전에야 명예보다 더 중요한 삶이 있다는 것을 깨달았다오. 한 여인을 만나면서 말이오. 그녀 때문이라도 나는 반드시 여기서 살아나갈 거요. 나가서 그녀를 행복하게 해줄 거요!"

열기가 가득한 목소리.

광룡에 대한 믿음만이 아니다. 또 다른 절실한 마음이 사마강을 지탱하고 있다.

그런데 자신은 어떤가?

어쩌면 그래서였을 것이다. 제갈신결은 자신의 마음 깊숙한 곳에 있던 이야기 하나를 꺼냈다.

"나는 말이오… 아주 나쁜 놈이었소. 어쩌면 그래서 이런 벌을 받는 것일지도 모르오. 아버지 때문이라는 핑계를 대고 사랑하는 여인을 외면했으니……. 하긴 나는 그녀를 사랑할 자격도 없는 놈이오. 하지만… 만나서 미안하다는 말이라도 하고 싶었소. 죽더라도 그 말만은 해주고 나서 죽고 싶었는데……."

제갈신결은 자신의 마음을 다 털어놓자, 갑자기 눈물이 솟구쳤다.

사마강은 아무 말 없이 그런 제갈신걸을 바라보았다.

그러다 한참이 지나고, 제갈신걸의 눈빛이 고요해진 다음에야 입을 열었다.

"아마 그녀도 제갈 형의 그 마음을 지금쯤 알고 있을 거요."

"정말 그럴까요?"

"분명 그럴 거요. 련 매도 어떤 아픔이 있는 것 같던데, 꾹 참고 모든 것을 털어내더구려."

련 매? 아마 사마강이 사랑한다는 여인인 듯하다.

그런데 자신이 아는 여인과 이름자가 같다.

제갈신걸은 자조하는 표정으로 말했다.

"그런 마음을 지녔다면, 보지 않아도 알겠소. 아마 세상 어디에 내놔도 빠지지 않는 아름다운 여인일 거요."

사마강이 팔불출처럼 빙그레 웃었다.

"맞소. 정말 아름다운 여인이오. 특히 마음이 말이오. 어린 아들을 데리고 상산에서 주루를 하는데……."

세갈신길이 참지 못하고 사미강의 입을 막았다.

"가만, 혹시… 성… 하루?"

"어? 제갈 형이 어떻게 아시오?"

"단주가 입에 달고 살았소. 아마 구룡성의 간부들 중 모르는 사람이 없을 것이오."

"하하하, 환 아우도 참……."

두 사람은 어둠의 공포를 밀어내기 위해 쉬지 않고 이야기를 나누었다.

한데 시간이 지날수록 제갈신걸의 얼굴이 어두워진다.

그러더니 어느 순간부터 가늘게 떨렸다.

"왜 그러시오, 제갈 형? 몸이 안 좋소?"

제갈신걸은 이를 악물고는, 잇새로 신음처럼 몇 마디 내뱉었다.

"으음……. 아무래도 내상이 도진 것 같소."

"이런! 어디 내가 좀 봅시다."

"아니… 일단 운기를 더 해봐야겠소."

"그러시구려. 이거 내가 너무 말을 많이 해서 제갈 형만 힘들어진 것 같소."

제갈신걸은 천천히 고개를 젓고 눈을 감았다. 눈꺼풀이 잘게 떨렸다. 감긴 눈 사이로 물기가 보였지만, 사마강은 어둠으로 인해 미처 그 모습은 보지 못했다.

그때였다.

우르릉…….

위쪽에서 나직한 소음이 들렸다. 마치 구름 속에서 나직한 천둥이 치는 듯했다.

사마강이 고개를 번쩍 들고 소리쳤다.

"아우가 왔나 보오, 제갈 형!"

4

제갈신걸과 사마강이 구출된 것은 두 시진 만이었다.

두 사람은 업힌 채 지하에서 나왔다. 그리고 이무환이 어떻게 자신들을 구출했는지 알고 입을 반쯤 벌렸다.

삼 층 건물이 완전히 사라진 자리가 화산이라도 폭발한 듯 움푹 파여 있었다.

지하 통로가 무너지자, 이무환이 무식하게도 건물을 통째로 부수어 들어낸 것이었다.

이무환은 제갈신걸과 사마강을 장원의 빈 방으로 옮겼다.

그러고는 제갈신걸의 어긋난 발목을 비틀어 맞추었다. 아버지가 하던 대로, 사정없이!

'끄윽!'

제갈신걸은 비명이 절로 나왔지만, 이를 악물고 참았다.

"됐군. 하하하, 역시 애처럼 굴지 않고 잘 참는군요. 조금만 있으면 부기가 가라앉을 거요. 그럼 조금 있다 봅시다."

'역시 비명을 지르지 않길 잘했군.'

제갈신걸은 이무환의 등을 흘겨보고는 눈을 감았다.

혼자 남자 머릿속이 텅 빈 기분이 들었다.

밖으로 나간 이무환은 환비를 만나보았다.

환비는 회칠을 한 것처럼 창백한 얼굴로 이무환을 응시했다.

"죽여라, 광룡. 왜 나를 살려둔 것이냐?"

이무환이 냉랭히 대답했다.

"나도 죽이고 싶어. 그런데 어떤 멍청한 양반이 제발 좀 살려달라고 해서 살려놓은 것뿐이야. 그러니 죽고 싶으면 네 손으로 직접 죽어.”

환비는 이무환이 말한 ‘멍청한 양반’ 이 누군지 알고 입술을 질근질근 씹었다.

이무환은 아무런 감정도 없는 눈빛으로 환비를 바라보았다.

“행여나 무공을 다시 익힐 생각이면 버려. 천광지령에 당해서 내력이 조금만 쌓여도 혈맥이 터져서 죽을 테니까.”

“이, 이…….”

이무환은 더 이상 환비를 상대하지 않고 몸을 돌렸다. 그러고는 방을 나가며 마지막으로 한마디 했다.

“네 아버지도 무공을 잃었어. 너에게 당한 것 때문에. 그러니 싸우지 말고 잘 지내.”

순간 환비의 눈이 파르르 떨렸다.

“그, 그럼… 살아 계신단… 말……?”

“살리느라 힘 좀 썼지. 대신 네 품속에 있는 천풍서를 가져가니까, 조금도 서운하게 생각하지 마, 주운비.”

탕.

방문이 닫힐 때까지 환비는 움직이지 못했다.

모든 것을 잃었다. 더 이상 희망이 없다 생각했다. 해서 죽으려 했다.

그런데… 자신의 손에 죽은 줄 알았던 아버지가 살아 계시다니…….

“꺼어어…….”

억눌린 울음이 그 자신도 모르게 터져 나왔다.

5

이무환은 운(雲)과 뇌(雷)의 무공이 적힌 무공서를 찾아 만인이 보는 앞에서 태워 없앴다. 물론 주요 내용은 미리 외워놓고.

그러고는 십오형제장에 대한 뒤처리를 정천무림맹과 항주 연합 세력의 사람들에게 넘겼다.

물론 적절한 보상에 대해 운을 떼는 것도 잊지 않았다.

굳이 많은 말은 하지 않았다. 액수도 말하지 않았다. 아마 광룡이 정천무림맹의 총단에 찾아가는 걸 원치 않는다면, 알아서 내놓을 것이었다.

그것만으로도 밀천회의 고수들과 정천무림맹의 간부들은 대만족이었다. 지나친 욕심만 내지 않는다면 이무환의 뜻을 다 받아들일 생각이었는데, 모든 것을 자신들에게 맡겼으니 어찌 반갑지 않을까.

특히 호연청과 황보광과 소천득 등 밀천회의 사람들은, 입이 찢어지도록 웃고 싶은 걸 감추기 위해서 턱에 힘을 줘야 할 정도였다.

그들은 다른 어떤 것보다도 광룡과 헤어진다는 것이 기뻤다. 그 말을 듣는 순간, 십 년은 젊어진 기분이었다.

그래도 겉으로는 서운한 표정을 지었다.

"이거, 이렇게 헤어지다니, 정말 서운하구만."

하지만 이무환의 말에 재빨리 표정을 바꾸었다.

"서운하면 함께 검운장으로 가던가요."

"허, 허, 허. 뭐, 그럴 필요 있나? 그냥 헤어지지……."

이무환이 헛웃음을 터뜨리는 호연청을 째려보며 중얼거렸다.

"사람들이 어째 솔직하지 못해요. 누가 영감들 아니랄까 봐. 쯔쯔쯔……."

호연청은 속에서 불길이 일었지만, 마지막이라는 심정으로 꾹 참았다.

'빌어먹을 놈! 마지막만 아니면 한판 할 텐데…….'

대충 일을 마무리한 이무환은 황두영과 조약생을 만났다. 그리고 그들에게 염상에 대한 처리를 맡겼다.

당분간 정천무림맹이 지부 형태로 머무를 터, 백염방도 곧 문을 닫을 것이었다.

두 사람은 기쁜 마음을 감추지 않고 이무환의 제의를 받아들였다. 이익의 이 할을 검운장으로 보낸다는 약속과 함께.

그렇게 이 사람 저 사람에게 일을 떠맡긴 이무환은 광룡단과 함께 객잔으로 돌아갔다.

말로는 피냄새 나는 십오형제장에서 밤을 지세우기 싫다고 했지만, 진짜 이유는 조용한 곳에서 남궁산산과 놀고 싶어서였다.

다음날, 이무환은 항주로 떠나기 위해 객잔을 나섰다. 이제 자신이 없어도 될 터. 귀찮은 일이 생기기 전에 떠나고 싶었다.

한데 사람들에게 알리러 간 영호승이 묘한 표정으로 찾아왔다.

"다 말했어?"

영호승이 이마를 찌푸린 손에 들린 것을 내밀었다.

"저, 단주. 이거… 제갈 형의 방에 갔더니, 사람은 안 보이고 이것만 있어서 가져왔습니다."

이무환은 어리둥절한 표정으로 영호승의 손에 들린 것을 건네받았다.

제갈신결이 남긴 것은 한 장의 서신과 작은 주머니 하나였다.

서신의 맨 앞에는 '광룡만 보시오[只見狂龍]'라고 쓰여 있었다.

이무환은 별생각없이 서신을 펼쳐 보았다.

하지만 몇 자 읽기도 전에 입이 서서히 벌어졌다.

"뭐, 뭐야? 서, 설마……?"

남궁산산이 재빨리 옆으로 다가왔다.

"뭔데 그래요?"

이무환은 한숨을 쉬며 서신을 접었다.

"미안한데, 꼬맹이 너도 보면 안 돼. 뇌고자가 그러길 바라니까 말이야."

"피이……. 보면 어때서……."

남궁산산이 입술을 삐죽였다. 그래도 이무환은 서신을 보여주지 않았다.

한참 만에 서신을 가루로 만든 이무환은 작은 주머니를 열어보았다.

눈에 익은 물건이 보였다.

안에 든 것은 용 문양이 새겨진 반쪽짜리 옥패였다.

자신이 가지고 있는 것과 비슷했다. 다만 자신이 가지고 있는 게 꼬리 부분이라면, 주머니에 든 것은 머리 부분이었다.

그녀에 대한 소식을 들었으니 떠나려 하오. 다행히 좋은 사람을 만난 것 같소. 사마 형이라면 그녀를 행복하게 해줄 수 있을 거라 생각하오. 용아라는 아이도 제갈이라는 성보다 사마라는 성이 더 어울릴 것 같더구려. 그리고 동봉한 물건을 그녀에게 전해주면 고맙겠소. 전해주면서, 이제 모든 것을 잊고 행복하게 살기 바란다는 말도 전해주시오.

7

창공이 유난히 맑고 푸르다.

장강에 부는 바람도 유랑하기에 더없이 좋을 만큼 시원하다.

제갈신걸은 장강을 거슬러 올라가는 배에 드러누워 하늘만 바라보았다.

'행복하게 지내, 초련 누이.'

솔직히 상산으로 달려가고 싶었다. 달려가서 자신으로 인해 불행한 삶을 살아온 여인을 만나 안아주고 싶었다. 그리고 그녀가 낳았다는 아이, 자신의 아들 용아도 보고 싶었다.

하지만 그래서는 안 된다. 그러한 행동은 그녀에게 도움이 되지 않을뿐더러, 이제 겨우 새로운 삶을 시작하려는 그녀를 힘들게 할 뿐이다.

자신을 만나면 또 평생을 괴로워할 터. 같은 실수를 또다시 반복할 수는 없었다.

'용아라 했지? 단주가 아주 똘똘한 아이라고 했는데…….'

가슴이 메었다. 저 멀리 자신의 핏줄이 있다는 생각에, 그러함에도 만나러 가지 못한다는 생각에, 행복감과 안타까움이 뒤섞여 가슴이 뜨거워졌다.

'언젠가는… 언젠가는 멀리서라도 볼 수 있겠지. 그 정도는 그녀도 이해하겠지…….'

제갈신걸은 슬며시 미소를 지으며 눈을 감았다. 그의 눈가에 맺혔던 물기가 방울져 옆으로 흘렀다.

8

검운장에 도착한 이무환은 곧장 사마추경을 찾아갔다.

사마추경은 조용히 웃으며 이무환을 반겼다.

"왔구나."

"정말 괜찮으세요?"

"허허허, 곧 죽을 늙은이가 무공이 무슨 소용이겠느냐. 이렇게 손자 얼굴 볼 정도만 되어도 행복한 거지."

이무환은 사마추경의 손을 꼭 잡고 빙그레 웃었다.

"건강하셔서 증손자도 보고 그러셔야죠."

"당연히 그래야지."

"근데 말이죠……. 저번에 제가 돌아오면 선물을 주신다고 하셨는데, 뭘 주실 거예요?"

하지만 행복한 마음은 그날뿐이었다.

다음날.

이무환을 찾아온 사마강이 옥이에 대해 말해주었다.

옥이가 상산에 있다는 것, 그리고 옥이가 정한도를 떠난 이유까지.

이무환은 자리에서 벌떡 일어나며 소리쳤다.

"뭐요?!"

"아버지에게 듣지 못했나?"

"그 망할 양반이 대체 무슨 짓을……!"

얼굴이 벌게진 이무환은 더 이상 검운장에 머무를 마음의 여유가 없었다.

그는 곧바로 광룡단을 집합(?)시켰다.

"집에 갔다 올 테니까, 떠날 사람은 떠나고, 남을 사람은 남으쇼! 꼬맹아, 가자!"

번갯불에 콩 구워 먹는다더니, 영락없이 지금 이무환의 행동이 그랬다.

한데 의외로 순우경이 입술을 깨물고 나섰다.

"나도 함께 가요."

이무환이 눈을 동그랗게 떴다.

"순우 소저도 간다고요?"

"바다를 한 번도 못 봤어요. 그러니 이 기회에 가보고 싶어요."

순간 남궁산산이 싸늘한 눈으로 순우경을 바라보았다.

하지만 순우경은 물러서지 않고 그녀의 눈빛을 맞받으며 전음을 보냈다.

"미안해. 나도 내 마음을 잘 모르겠어. 하지만… 이러지 않으면 안 될 거 같아."

남궁산산은 손을 꼼지락거리며 잠시 생각하더니, 전음으로 자신의 생각을 전했다.

"좋아요, 대신 내 말에 따라줘야 돼요."

순우경은 씁쓸한 웃음을 지으며 천천히 고개를 끄덕였다.

그때 이무환이 외쳤다.

"좋아! 그럼 함께 갈 사람은 따라오고, 남을 사람은 남고, 떠날 사람은 떠나쇼! 자, 가자고!"

9

　남궁산산과 순우경을 제외하고도, 열 사람이 이무환을 따라
나섰다.
　광룡사위, 무설강, 공손척, 엽상, 종리난경, 신기영, 그리고
막위를 따라가는 유소경까지.
　말로는 이무환이 객잔에 갈 때마다 버릇처럼 말하는 성하루
의 요리를 먹어보고 싶어 가는 것이라고 했지만, 실제로는 조
금이라도 더 함께 있고 싶어 가는 것이었다.
　그렇게 열세 명으로 이루어진 이무환 일행이 상산에 도착한
것은 석양이 지기 직전이었다.
　성하루에 들어가자 저만치서 음식을 나르고 있는 옥이가 보
였다.
　"옥아!"
　음식을 놓고 돌라서려던 옥이가 휙 돌아섰다.
　"환 오빠!"
　두 사람이 날듯이 뛰어가 끌어안는다.
　객잔을 가득 메운 사람들은 음식을 먹다 말고 두 사람의 상
봉 모습을 지켜보았다.
　하지만 누구도 두 사람을 비웃거나 욕하지 않았다.
　그럴 수밖에 없었다. 십여 명의 무사가 입구를 꽉 메우고
있다.
　그들을 보고 누가 감히 비웃는단 말인가.
　"아저씨!"

그때 용아가 뛰어나오며 소리쳤다.

이무환은 옥이를 떼어놓고 용아를 쳐다보며 빙그레 웃었다.

용아도 웃으며 머리를 긁적였다.

"저번 일요. 강 아저씨가 알려주지 않았으면 오해할 뻔했어요. 미안해요."

"자식……."

이무환은 씩 웃어 보이고는, 눈물을 글썽이는 옥이에게 말했다.

"내일 아침에 정한도로 가자."

옥이는 눈물을 글썽이며 고개를 푹 숙였다.

"근데… 오빠 아버지랑 엄마랑……. 흑흑……."

"걱정 마! 너는 누가 뭐래도 내 거니까!"

"오빠……. 흑!"

진초련은 이무환이 자신을 찾는다는 말에 객잔 뒤로 나가보았다.

"무슨 일인가요?"

불안한 목소리. 행여나 사마강에게 무슨 일이 생기지 않았나 생각하는 듯하다.

이무환은 숨을 들이쉬고는, 품속에서 작은 주머니 하나를 꺼냈다.

"이거… 받으시죠."

"그게 뭔데……?"

진초련은 의아한 표정을 지으며 주머니를 넘겨받았다.

"그거 주인이 그럽디다. 모든 걸 잊고 이제 행복하게 살라고
요."

주머니를 여는 진초련의 손이 벌벌 떨렸다. 감촉만으로 안
에 무엇이 들었는지 느낀 것이다.

주머니가 열리자 아니나 다를까, 생각했던 것이 들어 있다.

개수는 하나였다. 그러나 반쪽이 아닌 완벽해진 하나였다.
이무환이 내공으로 둘을 하나로 합친 것이다.

"마, 맙소사! 이, 이게… 어떻게?"

진초련이 떨리는 목소리로 물으며 고개를 들었다.

이무환은 담담한 표정을 지은 채 어깨를 으쓱 추켜올렸다.

"중요한 것은 앞으로의 삶이죠. 그 사람도 모든 걸 알고 나
서 형수님의 행복을 빌어주었습니다. 그러니 이제 형님과 행
복하게 사세요. 그 옥패가 하나가 된 것처럼요."

"난… 나는……. 흑……."

그렇게 강해 보이던 여인이 참지 못하고 눈물을 흘린다.

이무환은 슬며시 고개를 돌리며 마지막으로 한마디 했다.

"용아도 제갈이라는 성보다 사마라는 성이 더 어울리겠다
면서 갔습니다. 그리고… 꼭 미안하다는 말을 전해달랬어요."

진초련은 주머니를 꼭 끌어안고 눈물만 흘렸다.

가슴에 응어리진 것이 풀리려면 시간이 걸릴 것이었다.

이무환은 그녀를 뇌둔 채 뒷마당을 나왔다.

철썩, 철썩!

정한도를 출발한 배가 파도를 가르며 나아간다.

옥이 엄마는 설레는 마음 반, 걱정 반의 심정으로 멀어지는 정한도를 바라보았다.

이충량은 그런 옥이 엄마를 안심시켰다.

"아무 걱정 말고 즐거운 일만 생각하구려."

"정말 이렇게 떠나도 괜찮을까요? 당신 몸도 안 좋은데……."

"당신 덕분에 아픈 것도 전보다 훨씬 나아졌소. 그리고 저번에 검운장에 갔을 때 들었는데, 숭산에 굉장히 좋은 약이 있다고 하더구려. 혹시 아오? 재수 좋으면 약을 구할 수 있을지."

"그러면 얼마나 좋겠어요."

"허허허, 걱정 마시오. 내 다 알아보고 가는 것이니. 거기다 노자도 충분하지 않소? 시실 나보다는 당신이 더 걱정이구려."

옥이 엄마의 얼굴이 살짝 붉어졌다.

"저야 아직 여섯 달이나 남았는데요, 뭐."

"그럼 우리 다 잊고 재미있게 놀다 옵시다. 옥이도 잘 지내고 있으니 뭐가 걱정이겠소?"

옥이 엄마는 감격한 표정으로 이충량을 바라보았다.

속에 큰 병이 들어서 잘해야 일 년을 산다는 사람이다. 그런 사람이 자신을 위해 여행을 가자고 했다. 마지막이 될지도 모른다면서.

숭산이라는 곳에 가서 약을 구해 병이 나을 수 있다면 얼마나 좋을까? 부처님께 빌어 병이 나을 수 있다면 삼천 배라도 할 수 있을 텐데.

옥이 엄마는 눈가에 어린 물기를 닦아내고 조용히 웃었다.

설령 약을 구하지 못한다 해도 그동안만큼은 걱정하는 모습을 보이고 싶지 않았다.

"그래요, 당신을 위해서 걱정하지 않을게요."

이충량은 조용히 웃으며 옥이 엄마의 손을 잡았다.

병 때문에 일 년을 넘길지 모른다는 것은 순전히 거짓말이었다.

헛소리를 해서 속인 것이 조금 미안하긴 했다.

하지만 사랑을 위해 무슨 짓을 못할까!

그는 고개를 들고 비룡도를 바라보았다.

속으로 대소가 터져 나왔지만, 겉으로는 최대한 아련한 표정을 지었다.

'크하하하! 내가 없어도 잘 지내라, 아들아! 한 사오 년만 놀고 돌아오마! 네 동생과 함께!'

동생까지 있는데 제까짓 게 어쩔 건가!

그렇게 이충량이 옥이 엄마를 데리고 도망치듯 비룡도를 떠나던 날은 바람도 유난히 시원했다.

그리고 다음날, 이무환이 씩씩거리며 옥이와 남궁산산과 순우경과 함께 비룡도에 도착했다.

하지만 그를 반긴 것은, 상아와 비아를 비롯한 바다의 친구들뿐이었다.

물론 목옥에 사랑(?)이 가득 담긴 이충량의 서신이 한 장 놓여 있긴 했다. 달랑 세 줄짜리 서신이.

사랑하는 아들에게.

신혼여행 좀 갔다 오마.

사랑하는 아버지가.

잠시 후, 광룡의 노성이 울려 퍼지며 동해안에 거대한 해일이 일었다.

"돌아오기만 해봐!!!!!"

그날 이후, 동해의 뱃사람들 사이에서 주의해야 할 사항이 하나 더 추가되었다.

광룡이 울부짖는 날은 바다로 나가지 마라!

『광룡기』 終

뿌리를 찾아가는 목동 파소의 여행.
그 여정의 끝에서
검 든 자들의 고향 대무천향 (大武天鄕)을 만난다.

검객 단보, 그는 노래했다.

…모든 검 든 자들의 고향 무천향.
한초식의 검에 잠든 용이 깨어나고, 또 한초식의 검에 잠든 바다가 일어나네.
검의 흐름을 따라가다 보면 어느새, 세월도 잊어버리고, 사랑도 잊어버리고,
무공도 잊어버려……,
결국에는 자신조차 잊어버리는…….

은하의 가장 밝은 빛이 되어버린다는
그 무성(武星)들의 대지(大地).

아, 대무천향(大武天鄕)이여!

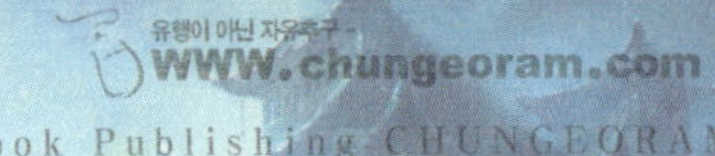

낭왕 狼王

별도 新무협 판타지 소설

살내음 나는 이야기에 여러분은 가슴 졸인 적이 있는가?
남들이 볼까 두려워하며 책을 가리면서 읽었던 구절을 몇 번이나 반복하며
읽은 적이 없는가?

구무협의 향수를 그리워하던 별도가 결국은
〈무협의 르네상스〉를 부르짖으며 직접 자판 앞에 앉았다.

"제가 무협을 쓰기 시작한 이유는 더 이상 읽을 책이 없었기 때문입니다."

모든 일은 4년 전부터 시작되었다.
살인사건을 배경으로 펼쳐지는 음모와 배신, 사랑과 역공작,
그리고 정사!

우리 시대의 이야기꾼, 별도의 새로운 글, 〈낭왕狼王〉!
〈천하무식 유아독존〉, 〈그림자무사〉, 〈검은여우毒心狐狸〉에
이은 그의 또 하나의 역작!

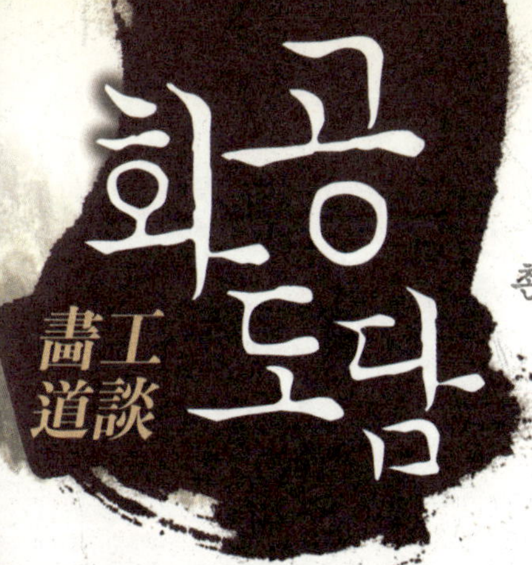

화공도담

畵工道談

촌부 新 무협 판타지 소설

예(禮)와 법(法)을 익힘에 있어
느리디 느린 둔재(鈍才).
법식(法式)에 얽매이기보다 마음을 다하며,
술(術)을 익히는 데는 느리지만
누구보다 빨리 도(道)에 이를 기재(奇才).

큰 지혜는 도리어 어리석게 보이는 법[大智若愚]!

화폭(畵幅)에 천지간(天地間)의 흐름을 담고
일획(一劃)에 그리움을 다하여라!

형식과 필법을 익히는 데는 둔하나
참다운 아름다움을 그릴 수 있게 된
화공(畵工) 진자명(陳自明)의 강호유람기!

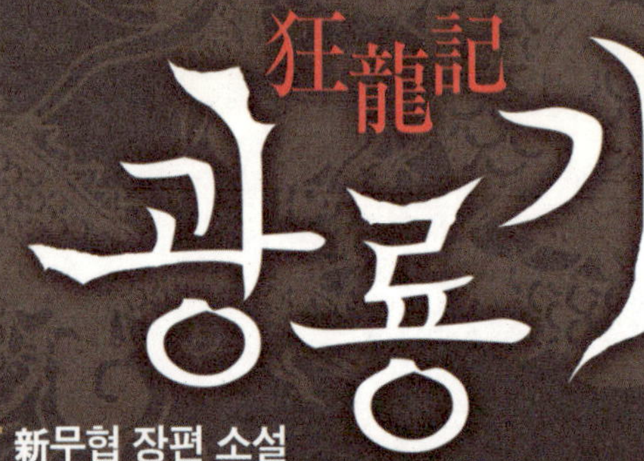

광룡

장담 新무협 장편 소설

미친 바람이 동해에서 불기 시작했다!
둥지를 떠난 광룡(狂龍)이 강호에 나타났다!

내가 가고 싶은 대로 간다.
내가 하고 싶은 대로 한다.
누구도 내 앞을 막지 마라!

한겨울, 마침내 광룡의 전설이 시작되고,
천하가 광룡과 빙심에 뒤집어졌다!

유행이 아닌 자유추구 -
WWW.chungeoram.com

Book Publishing CHUNGEORAM